LES ENFANTS D'ÈVE

www.ada-inc.com
info@ada-inc.com

www.facebook.com/editionsada

LES ENFANTS D'ÈVE

DAVID BÉDARD

ÉDITIONS
CORBEAU

Copyright © 2023 David Bédard
Copyright © 2023 Éditions Corbeau Inc.
Tous droits réservés. Aucune partie de ce livre ne peut être reproduite sous quelque forme que ce soit sans la permission écrite de l'éditeur, sauf dans le cas d'une critique littéraire.

Éditeur : Simon Rousseau
Révision éditoriale : Elisabeth Tremblay
Révision linguistique : Mélanie Boily
Conception de la couverture : Mathieu C. Dandurand
Mise en pages : Catherine Bélisle

ISBN livre : 978-2-89819-135-0
ISBN PDF : 978-2-89819-136-7
ISBN ePub : 978-2-89819-137-4

Première impression : 2023
Dépôt légal : 2023

Bibliothèque et Archives nationales du Québec
Bibliothèque et Archives Canada

Éditions Corbeau Inc.
1471, boul. Lionel-Boulet, suite 29
Varennes (Québec) J3X 1P7, Canada
www.ada-inc.com
contact@ada-inc.com

Imprimé au Canada

Participation de la SODEC.
Nous reconnaissons l'aide financière du gouvernement du Canada par l'entremise du Fonds du livre du Canada (FLC) pour nos activités d'édition.

Gouvernement du Québec — Programme de crédit d'impôt pour l'édition de livres — Gestion SODEC.

Catalogage avant publication de Bibliothèque et Archives nationales du Québec et Bibliothèque et Archives Canada

Titre: Les enfants d'Ève / David Bédard.
Noms: Bédard, David, 1982- auteur.
Description: Suite de : Les fils d'Adam.
Identifiants: Canadiana (livre imprimé) 20230052592 | Canadiana (livre numérique) 20230052606 | ISBN 9782898191350 | ISBN 9782898191367 (PDF) | ISBN 9782898191374 (EPUB)
Classification: LCC PS8603.E424155 E54 2023 | CDD C843/.6—dc23

À grand-maman Liliane,
qui a tant aimé *Les Fils d'Adam*

Je suis probablement la personne la plus seule au monde. Comme il n'y a aucun amour dans ma vie, je dois le remplacer avec autre chose. Alors je le remplace avec de la haine.

— Richard « The Iceman » Kuklinski,
meurtrier américain notoire

PROLOGUE

Mardi 24 décembre 2019
Lorraine
23 h 47

Roberto ordonne à ses poumons de cesser d'inspirer.

En fait, son corps en entier a reçu l'ordre formel de se figer. Seul son cœur, qui rebondit à l'intérieur de sa cage thoracique comme s'il était possédé par le diable, continue de s'agiter.

Sous un grincement railleur, une porte s'ouvre, à quelques mètres de lui.

Va-t'en ! S'il te plaît, va-t'en… S'il te plaît, va-t'en… implore silencieusement Roberto derrière ses paupières closes.

D'épaisses semelles s'écrasent contre le plancher. Elles entrent dans la pièce, mais ne font que deux maigres pas. L'interrupteur principal est actionné, et le luminaire au-dessus de la table s'allume.

Les prières de Roberto ont été ignorées.

Heureusement pour lui, deux des trois ampoules sont brûlées. La lumière que produit la survivante est plus pâle encore qu'une journée nuageuse de novembre. Suffisante, par contre, pour que Roberto puisse détailler les bottes qui contournent à présent la table sous laquelle il a pris couvert.

Va-t'en... répète-t-il.

Mais les bottes et son propriétaire ne vont nulle part, sinon devant le réfrigérateur, à proximité. La porte s'ouvre. Quelque chose en est retiré, puis la porte se referme. Les bottes se déplacent de quelques pas sur la gauche. Cette fois, c'est un tiroir qui s'ouvre. Roberto reconnaît le bruit distinct produit par un tas d'ustensiles de plastique dans lequel une main pige.

C'est quoi les chances qu'il vienne prendre une collation à cette heure-là? se décourage le Dominicain.

Plus que jamais, la panique s'empare de lui. Son front se met à transpirer abondamment. Plusieurs des gouttelettes qui s'échappent de ses pores de peau traversent ou contournent ses sourcils pour venir lui brûler les yeux.

Le temps presse.

Elle sera bientôt là. La *Diablesa*. Son heure approche.

Un second grincement retentit. Celui émis par une chaise que l'on tire, et dont les pattes frottent contre le plancher. Roberto est aussitôt tiré de ses horribles réflexions.

Non, non, non! Prends ta bouffe et fous le camp! Reste pas manger ici en plus...

Un derrière vient choir mollement sur la chaise, et une paire de genoux effleure le nez de celui blotti sous la table.

Toujours à quatre pattes, Roberto sent ses bras trembler malgré le fait qu'ils n'ont pas à supporter énormément de poids. Au-dessus de sa tête, il entend le bol fraîchement récupéré du frigo être déposé sur la table. La seule chose plus dégoûtante encore que le bruit de succion émis par la cuillère qui y creuse, c'est le bruit produit par la bouche qui en mastique le contenu, à demi ouverte.

Profitant du fait que l'intrus semble concentrer toute son attention sur son goûter, Roberto risque un discret déplacement. Dans un silence absolu, il parvient à faire pivoter son corps sur sa gauche. Il abaisse ensuite la tête et cherche à connecter son regard à celui de son complice, planqué debout, dos au mur, à couvert derrière l'énorme garde-manger. Visiblement plus posé que lui, son acolyte n'en paraît cependant pas moins inconfortable. Par l'entremise de différentes grimaces, Roberto tente de lui communiquer ses états d'âme, simagrées auxquelles le complice met rapidement fin d'un regard glacial.

Leur cœur à tous les deux passe bien près de leur remonter le long de la gorge et de leur sortir par la bouche lorsque la porte de la cuisine s'ouvre à nouveau, résultat d'un violent coup de pied. L'homme assis à la table doit avoir eu aussi peur qu'eux puisqu'il en échappe sa cuillère de plastique, qui dégringole pour atterrir sur la main de Roberto. Les petites pâtes orangées qu'elle contenait, enduites d'une couche de salive, lui glissent entre les doigts. Plus que jamais, le Dominicain sent sa dernière heure approcher.

— Qu'est-ce que j'vois là ? demande une voix féminine et glacée en faisant irruption dans la pièce. Un petit rat...

Euh, Mike ? Veux-tu ben m'dire c'que tu câlisses ici à cette heure ? T'es censé être dehors, en train de faire ta tournée ! J'ai failli te prendre pour un invité ! Un peu plus pis j'te *stabbais* dans l'front !

D'où il se trouve, Roberto arrive à voir que le dénommé Mike pose une main contre son cœur.

— Bâtard, j'ai failli chier dans mes culottes ! Euh… Désolé, Ève. C'est que j'avais pu de Kraft Dinner dans ma *shed*. Pis j'me suis rappelé que j'avais laissé un bol dans le *fridge* ici le mois passé. Comme j'avais vraiment faim, je…

— Prends ton plat gastronomique, pis va le finir dehors ! J'ai le *feeling* que quelqu'un va essayer de se pousser à soir. C'est Noël, pis ça serait vraiment cool d'avoir un *show* pour l'occasion.

— C'est bon. J… Je ramasse ma cuillère pis j'arrive.

Michel pousse sur le sol avec ses pieds. Sa chaise recule bruyamment.

— Tout d'suite, Mike, le somme Ève, au moment où il tend le bras sous la table. Tu mangeras avec tes mains, au pire. C'est pas comme si je t'avais jamais vu le faire.

Pas très chaud à l'idée de mettre la patience d'Ève à l'épreuve, il obéit timidement et s'éclipse, son bol de mixture froide et pâteuse à la main.

Même une fois la lumière et la porte de nouveau fermées, Roberto et son complice patientent de longues minutes avant de bouger, ne serait-ce que pour soupirer de soulagement. L'idée d'abandonner leur projet d'évasion, de revenir sur leurs pas et de retourner à leurs chambres leur traverse momentanément l'esprit.

On est pratiquement arrivés au hall d'entrée. On a probablement plus de chances de se faire prendre si on revient en arrière, se convainc Roberto.

Sans faire de bruit, les fuyards abandonnent leur cachette respective et vont coller une oreille sur la porte.

Rien. De l'autre côté, il ne semble pas y avoir âme qui vive.

— C'est bon. Je pense qu'on peut y aller.

Comme les pentures se lamentent dès qu'elles sont sollicitées, Roberto tire le battant avec précaution et se faufile par l'ouverture dès que cela lui est physiquement possible, suivi de près par son acolyte.

La chance donne l'impression qu'elle continue de leur coller aux basques, puisqu'ils parviennent à combler la distance qui les sépare du hall sans croiser qui que ce soit.

— Je te l'avais dit : le plan de leurs itinéraires que j'ai trouvé est précis à la seconde près. C'est le gros colon de Michel qui aurait jamais dû se pointer dans la « salle à manger » personnelle de Kenny.

Roberto acquiesce en silence.

Bien que très sombre, le hall n'est cependant pas complètement plongé dans le noir. Quelques rares lampes tamisées fournissent un minimum d'éclairage et permettent de circuler aisément. À gauche comme à droite, la pièce est meublée de luxueux canapés. Elle compte également plusieurs tables basses, quelques cadres dont il est impossible de discerner ce qu'il y a de peint dessus ainsi qu'un duo de mannequins revêtus d'une armure métallique gardant chaque côté de la porte maîtresse. Mais Roberto ne porte pas la moindre attention à toute cette décoration. La seule chose qui a de l'intérêt pour lui se trouve directement en face : un signal lumineux, bleu clair, clignotant à intervalles réguliers tout près de la porte principale. Fébrile, il scrute les alentours avec minutie, craignant soudain que l'un de monstres qui habitent l'endroit ne soit dissimulé dans l'ombre, prêt à le surprendre.

— Tu vois bien que le hall est désert ! Grouille avant qu'on se fasse repérer, lui reproche son compagnon. Envoye, on sort d'ici !

Fouetté par ces paroles, Roberto traverse la pièce d'un pas sautillant, le dos arqué, et ne s'arrête qu'une fois devant la porte. Il laisse cependant toute la place à son complice, qui, après tout, est le grand responsable de leur évasion. Ce dernier s'empare tout d'abord d'un morceau de ruban adhésif transparent qu'il gardait sur lui, ruban taché d'une empreinte bien grasse. Il se dépêche de l'apposer sur le dispositif de reconnaissance digitale. Le système reconnaît immédiatement l'empreinte et une petite lumière verte s'allume. Les deux hommes ont besoin de toute leur volonté pour ne pas pousser le cri de joie qui se forme dans leur gorge.

— Allez, allez ! La voix, maintenant ! marmonne Roberto.

— Les nerfs ! Tu penses que je fais quoi, au juste ? lui répond l'autre, tandis qu'il soulève son chandail afin de retirer un petit appareil que plusieurs tours de ruban adhésif maintiennent en place sur son abdomen.

Seulement, avec le bas de son chandail prisonnier entre ses dents et le tournevis qu'il s'entête à conserver dans sa main gauche en guise d'arme, la tâche semble pénible.

— Hey! Le tournevis; donne-le-moi!

— Bas les pattes! Je te l'ai dit cent fois depuis qu'on a quitté nos chambres : pas question que je m'en débarrasse!

Roberto grimace. Vrai qu'il aimerait se rendre utile et permettre à son complice de travailler avec plus d'aisance, mais il se sentirait également plus rassuré s'il avait en sa possession n'importe quel objet susceptible de l'aider à se défendre au cas où les choses tourneraient au vinaigre.

— C'est bon, je l'ai…

Sitôt l'appareil libéré, on l'approche du dispositif de reconnaissance vocale. La touche *Play* est pressée et une voix familière s'échappe du petit haut-parleur intégré.

« Les émissions que j'écoutais quand j'étais jeune? Bah, y'en a pas mal! J'ai toujours été un grand fan des *Tortues Ninja*, ça c'est un secret pour personne. Ha! Ha! Sinon j'aimais ben gros *Radio Enfer*. *Le Géant du Château*, avec Bruno pis Guy. *La Forêt verte*. *Sur la rue Tabaga…* »

Une seconde lumière verte s'illumine, juste au-dessus de la première. Les yeux des deux hommes s'écarquillent, tandis que leurs cœurs s'affolent à leur rompre les côtes.

— On a réussi! Ha! Ha! Ha!

Roberto agrippe la poignée et la fait tourner. La porte est bel et bien déverrouillée. Une poussée plus tard, elle s'ouvre lentement, laissant se faufiler à l'intérieur un vent glacial transportant une armée de flocons blancs. De l'air frais.

La première bouffée du prisonnier depuis des mois. Mais à peine amorce-t-il sa course inespérée vers la liberté qu'une silhouette, haute et élancée, surgit sournoisement devant lui, sur le perron, et lui barre la route. Le Dominicain fige, paralysé par une peur démesurée.

Non... c'est forcément un cauchemar! Pas lui... Pas si près du but!

— Imagine-toi donc qu'y'est passé minuit! annonce gaiment l'un des hôtes du manoir en pointant la montre à son poignet. Joyeux Noël, mon RobertO-HO-HO!

Son interlocuteur s'avance doucement. Au fur et à mesure que la lumière de l'intérieur en dévoile les traits, Roberto discerne sur la tête de l'individu une tuque de père Noël ainsi qu'une large poche rouge – vide en apparence – sur son épaule.

— J'vais être ben honnête, mon Bobby; t'es pas celui que j'm'attendais à confronter à soir. T'ennuies-tu à ce point-là de travailler au 281? Pourtant, c'est pas les cris de femmes qui manquent ici, hein? Ni les *shows*, d'ailleurs! Hé! Hé!

Roberto parvient à reculer d'un pas et à élever lentement ses mains, comme pour dissuader Fred de s'en prendre à lui.

— Pis parlant de *show*... j'ai ben l'impression que t'es le prochain à monter sur le *stage*.

Un détail saisit alors Roberto. Quelque chose dans la façon qu'a Fred de s'adresser à lui... et à personne d'autre.

— En passant, je sais pas si t'es au courant, mais tu vas faire équipe avec moi! C'est cool, hein? J'te l'dis tout d'suite, j'ai de quoi d'assez malade de planifié! J'suis certain que tu vas triper!

Il jette un coup d'œil à sa gauche. Personne. Rien d'autre qu'un tournevis étoile et un magnétophone prisonnier d'une longue guirlande de ruban adhésif sur le plancher.

— Ah ben, que l'grand crique me croque! Si c'est pas mon tournevis, bout d'réglisse! Ça te gêne pas si j'le reprends, j'espère? J'vais en avoir besoin pour une job demain. Y va m'être pas mal utile, j'peux t'le garantir. Pis sais-tu quoi? Comme t'as eu la gentillesse de pas t'en servir contre moi comme un cave, j'ai une surprise pour toi!

Fred pige à l'intérieur du sac qu'il trimballe. Il en ressort deux objets.

— Tadam! J'te laisse le choix entre le chiffon : *Choisis-moi, Roberto! Je vais te faire de douces chatouilles et nous irons ensemble au pays des rêves*, s'exclame Fred d'une voix enfantine, alors qu'il agite la guenille usée.

Roberto ferme les yeux et soupire. Cette fois, l'aventure semble bel et bien terminée pour lui.

— *Puta madre...* souffle-t-il, anéanti. C'est bon... je prends le chiffon.

— Euhhh, ouin... Là, c'est juste que j'avais trouvé une voix vraiment malade pour le marteau aussi. Ça t'dérange-tu si j'la fais pareil?

Sans attendre de réponse, Fred remue cette fois l'outil, auquel il attribue un fort accent russe.

— *Si toi prendre moi, je casser ta foutue crâne de primate occidental!*

Il n'obtient aucune réaction de la part de Roberto. Toujours amusé par ses propres plaisanteries, Fred lui lance la guenille imbibée d'une substance aux propriétés anesthésiques. L'ancien danseur nu l'attrape, soupire une fois de plus, puis s'enveloppe le nez et la bouche avec. Au bout d'un moment, il vacille, titube, puis s'effondre.

Tandis qu'il se met à siffloter l'air de *Vive le vent*, Fred se penche et transfère le corps inerte à l'intérieur de sa poche de père Noël. Avant de se relever, il récupère son tournevis ainsi que le magnétophone.

Toi, j'suis ben curieux de savoir d'où tu sors… songe-t-il à propos de l'appareil électronique.

En retirant le ruban adhésif dont le magnétophone est prisonnier, Fred remarque qu'autre chose y est également collé : des poils. De longs poils foncés. Intrigué, il plonge les mains dans son sac et soulève le chandail de Roberto, toujours inconscient.

— C'est ben c'que j'pensais, exprime-t-il à haute voix en apercevant le corps imberbe du Dominicain. On dirait ben qu'il y avait une deuxième p'tite souris…

Cette fois, Fred fouille à sa ceinture, dans son dos, et sort un énorme poignard. Celui-là même que possédait Greg, avant son décès. Il vient ensuite taper le plat de la lame contre sa cuisse à quelques reprises. Un geste banal en soi, mais qui témoigne de tout l'énervement qu'il ressent.

— Si j'étais une petite souris, où est-ce que j'irais bien me cacher? Hum… Faut dire que les options sont pas mal limitées. Sous les divans… ou derrière les chevaliers?

Fred se penche et regarde sous le canapé près de lui. Personne. Il se redresse, effectue quelques pas en direction des mannequins en armure, jonglant avec son arme d'une main à l'autre, mais se ravise rapidement.

— Bah... t'sais quoi? Ça sera pour une prochaine fois. J'ai un *show* à préparer, après tout. Pis ça va rocker!

Il dévie de sa course et atteint la porte d'entrée, qu'il referme après l'avoir laissée grande ouverte tout ce temps. Ses doigts exécutent une commande sur le dispositif de verrou, où ils passent plus d'une trentaine de secondes. Ensuite, il agrippe son sac et s'éloigne en le laissant glisser sur le sol, tout en chantonnant :

— *Suuuuuur la rou-te, parapapampam... p'tit Roberto s'en va, parapapampam...*

Les minutes s'égrènent. Tout redevient silencieux. Puis, avec précaution, le complice se révèle, abandonnant sa cachette derrière l'un des deux chevaliers en armure. Bien qu'il sache la chose inutile, il ne peut s'empêcher de tester la porte d'entrée. Sans surprise, celle-ci refuse de s'ouvrir. À son tour, il pianote sur le dispositif d'identification, qui l'informe de sa plus récente mise à jour : le mot de passe a été modifié et le système de reconnaissance n'est plus digital, mais bien rétinien.

L'œil de Fred, peste-t-il. *Rien de moins...*

CHAPITRE 1

Mercredi 25 décembre 2019
Saint-Jérôme
16 h 59

— Daph, c'est Nick. Tu m'entends?

Assise au comptoir du resto-bar La Boîte de Pandore, Daphnée Chéry doit subtilement insérer un index dans son oreille gauche afin de parvenir à entendre la voix de son partenaire en provenance de son émetteur. Malgré qu'il ne soit pas encore bien tard, l'endroit, fidèle à son habitude, est plein à craquer.

— Sans surprise, c'est hyper bruyant, ici, répond-elle. Mais je te reçois cinq sur cinq.

— Parfait. Et tes yeux de faucon te disent quoi? Toujours pas de visuel sur la cible?

Avec autant de discrétion que possible, la policière en civil balaie les lieux du regard. Si *elle* ne l'aperçoit pas, c'est que la cible en question n'est pas dans les parages.

— Négatif. La seule chose à signaler, c'est le beau barman avec la gueule de Gérard Butler que j'ai juste en face de moi.

— Reste focus, Daph, la sermonne son équipier. J'ai vu à quel point ton DVD de *300* est usé. Pas question que t'utilises ton *sex appeal* pour te faire payer des *drinks*.

— Mon *sex appeal* devait déjà servir à amadouer la cible, Nick. Aussi bien me réchauffer. Me semble qu'un Barbancourt serait pas de refus en ce moment.

Nick se frotte le front et soupire. Il est forcé d'admettre qu'une rasade de rhum lui ferait le plus grand bien. Cette opération est vraiment en train de le consumer à petit feu. Ce soir, après d'interminables mois de recherches, d'interrogatoires, et surtout, avec une liste de personnes portées disparues qui ne cesse de s'étirer, son équipe et lui ont finalement une véritable chance de coincer leur cible. Pour cette raison, le lieutenant Nicholas Friedmann préfère ne pas songer à ce qui se passerait s'ils devaient rater leur coup.

— Steven ? Hey, Steven, t'es là ? Je reçois toujours pas le signal de ta caméra.

— Calme tes couilles, Nick, tu veux ? C'est bon, je suis en position.

— Mes couilles vont se calmer quand tu vas finir par ouvrir ta foutue camér…

Le second écran de son poste de surveillance, situé à l'arrière de sa fourgonnette, s'allume aussitôt. Nick peut à présent voir à travers les yeux de ses deux partenaires. Daphnée lui permet d'avoir une vue d'ensemble du bar, tandis que Steven semble plutôt s'être déniché une table sur la mezzanine surplombant la place. De là-haut, il parvient à pratiquement tout couvrir.

Bien joué... concède Nick en sirotant une gorgée de son café, froid depuis un bon moment déjà.

Pendant qu'il pose ses lèvres sur le gobelet, ses yeux alternent d'un écran à l'autre, ordonnant à son cerveau de filtrer le maximum d'informations possible. La résolution de l'image est loin d'être haute définition (ce modèle de caméra semble tout droit sorti de la préhistoire), mais Nick parvient à détailler chacun des clients de la place d'un simple coup d'œil. Malheureusement pour lui, ces derniers sont extrêmement nombreux et ne demeurent pas en place très longtemps.

— Près de la colonne de son, à trois heures, Daph. Fais attention.

Le cœur de la policière rate un battement.

Ça y est...

Daphnée fait pivoter sa tête et analyse rapidement le périmètre en question.

— Négatif, Nick. Je vois la cible nulle part, lui communique-t-elle discrètement.

— Je sais. Je voulais te mettre en garde contre le p'tit baquet avec un manteau de cuir. Ça fait un bout qu'il te zieute ; c'est sûrement juste une question de temps avant qu'il t'aborde.

Au moment où Nick termine sa phrase, les yeux de la policière croisent ceux de l'homme en question, déjà posés sur sa personne. Interprétant sans doute ce contact visuel comme un signal, le type affiche un sourire prétentieux et dirige ses pas vers celle sur qui il a jeté son dévolu.

— Ahhhhh, tabarnak... jure Daphnée en se mordillant les lèvres. C'est pas l'temps. C'est tellement pas l'temps !

— Je l'ai ! Nick, je l'ai ! J'ai repéré la cible !

— Quoi ? Où ça ?! Où, Steven ?! s'énerve subitement Friedmann en bondissant hors de son siège, le nez à présent appuyé contre son écran.

Ses yeux frétillent, alors qu'ils cherchent désespérément à localiser leur cible.

— Près des salles de bain, au fond à gauche, précise Steven en ajustant la mise au point de sa caméra à l'endroit désigné.

Il ne faut que peu de temps à Nick pour constater que son partenaire dit vrai. La nervosité qui le ronge décuple d'un coup.

— À toi de jouer, Daph ! Voilà notre chance !

— J'y vais !

Daphnée déserte son siège avec empressement. Au moment où elle saisit son sac à main, accroché au dossier de sa chaise, l'individu au manteau de cuir – visiblement éméché – émerge de la foule et s'adresse à elle, son visage presque collé au sien :

— Salut, ma belle. Moi, c'est Phil !

Avant même que le type ne puisse réagir, Daphné lui subtilise la bouteille de Labatt 50 à demi entamée qu'il tient à la main, tire vers elle l'avant de son pantalon et glisse la bière dans l'ouverture sous son nombril, le goulot vers le bas.

— Pas intéressée ! déclare-t-elle froidement, tandis que le liquide tiède se déverse dans les sous-vêtements et le long du pantalon.

Après avoir poussé l'indésirable hors de son chemin, Daphnée joue du coude et traverse la marée humaine qui la sépare de son objectif. Les habitués ne lui rendent pas la tâche facile, particulièrement au moment où elle traverse la piste de danse. Dans un contexte différent, elle se serait fait un plaisir de disloquer les doigts appartenant aux quelques mains baladeuses que ses hanches et ses fesses croisent en cours de route.

— La cible se déplace vers la table du DJ. Dépêche-toi, Daph !

— Bien reçu, Steven, confirme-t-elle en modifiant légèrement son itinéraire.

Le fait d'avoir choisi de ne pas porter de souliers à talons hauts lui permet de se déplacer avec aisance, même si sa petite taille limite sa vision. Elle pose la main sur sa cuisse et s'assure qu'elle a toujours son revolver qu'une jarretière de cuir maintient en place sous sa robe noire. Avec de la chance, elle n'aura pas à s'en servir.

— Plus vite, Daph !

— J'arrive, j't'e dis ! s'énerve-t-elle en passant littéralement à travers un couple en train de s'embrasser lascivement.

Pendant ce temps, Nick jongle avec l'idée de quitter son poste de surveillance pour aller leur prêter assistance, même s'il était convenu qu'il resterait à l'écart, puisque la cible connaît son visage.

C'est une grande fille, Nick. Elle pourrait te casser la gueule sans problème si elle le voulait. Fais-lui donc confiance, pis va pas tout gâcher, se répète-t-il sans cesse pour se convaincre.

— J'suis là, Steven. Personne en vue, s'inquiète Daphnée.

Toujours perché au balcon, Steven arrive sans difficulté à percevoir l'énervement dans le ton de sa collègue. Il ne s'écoule qu'un bref instant avant que l'anxiété ne le gagne aussi.

— Je l'ai perdue! Daph, j'ai perdu la cible!

— Du calme! Restez calmes, tous les deux! ordonne Nick, visiblement plus angoissé qu'eux. Steven, descends et occupe-toi de couvrir la sortie arrière. Je viens vous rejoindre et je prends celle de devant.

— Nick, non! oppose Daphnée. Y'a trop de chances que ça dégénère! On s'en tient au plan initial. Laissez-moi l'approcher!

— Négatif! Si on a perdu le contact visuel, y'a des risques que vous ayez été repérés! J'suis déjà en route! On bloque les issues, on empêche notre cible de sortir et on la neutralise par tous les moyens possibles!

D'un élan vigoureux, Nick referme la porte arrière de sa fourgonnette avec beaucoup plus d'aplomb que nécessaire et se dirige avec empressement vers l'établissement, de l'autre côté de la rue. D'une main, il signale aux automobilistes de le laisser passer, de l'autre, il chasse les flocons que le vent lui souffle au visage. Une fois devant l'entrée, il coupe la file qui attend à l'extérieur et exhibe sa plaque au videur qui s'apprête à lui barrer l'accès. D'un mouvement de tête, le gorille lui fait savoir qu'il peut passer. Nick range son badge et pénètre dans le bar, mais ne fait pas plus que deux pas une fois à l'intérieur, prenant position tout près du vestiaire.

— Parlez-moi ! Vous en êtes où ?

Daphnée est la première à répondre.

— J'ai fait le tour de la table du DJ et de la piste de danse. Toujours aucune trace.

— La sortie arrière est condamnée et y'a pas d'autres issues, les informe Steven. La seule façon de sortir, c'est par la porte principale. Garde l'œil ouvert, Nick ! Et essaie de pas faire le cave !

— Je pense pas avoir de conseils à me faire donner à propos de pas faire le cave par Steven Papatonis.

Ce à quoi Steven ne trouve rien à argumenter.

Pendant ce temps, Daphnée continue de ratisser l'endroit du mieux qu'elle peut. Elle sait que leur cible ne demeure jamais plus de quinze minutes sur chaque terrain de chasse ; le temps joue contre eux. Pour cette raison, elle ne se gêne plus pour bousculer tous ceux qui se retrouvent sur son chemin, s'attirant l'indignation de plusieurs clients, et même quelques insultes. Bien évidemment, leur acrimonie ne l'importune pas le moins du monde.

Alors qu'elle approche de l'entrée, ses yeux croisent ceux de Nick à travers la foule.

— Toujours rien, grogne-t-elle. J'ai presque fait le tour de la place.

— Personne lui ressemblant de près ou de loin est sorti par ici, lui confirme son partenaire.

— C'est bon, je v...

Daphnée se fige, sans jamais terminer sa phrase. À la table en face d'elle, la serveuse distribue à ses clients les bières que contient son plateau, en plus d'une assiette de bâtonnets de fromage, de deux salades César et d'un panier de nachos.

Y'a une cuisine...

Ne faisant ni une ni deux, elle fonce vers la serveuse et lui agrippe le bras avant qu'elle ne soit avalée par la foule.

— Pardon, madame ! La cuisine, c'est où ?!

— Je... Hey ! On s'calme ! proteste l'employée en tentant de se dégager.

— La cuisine, ma belle, s'énerve Daphnée en lui collant presque son badge entre les deux yeux. La cuisine !

La pauvre employée lui pointe alors la section au fond à droite, à l'opposé d'où Nick fait le guet. Sans même la remercier, Daphnée la libère et fonce dans la direction indiquée.

— Daphnée ? Daph ! Qu'est-ce qui s'passe ? Où tu vas ?

— Bouge pas de ton poste, Nick ! Continue de garder l'entrée. Steven, rejoins-moi devant...

— C'est beau, Daph. Je suis juste derrière toi. Je te suis.

Bien qu'elle sache son partenaire à proximité, elle s'empare de l'arme accrochée à sa jambe, consciente du type de danger vers lequel elle accourt. Un coup d'œil rapide à sa montre lui indique 17 heures 18.

La cuisine devait ouvrir à 17 heures. J'ai pas allumé avant parce qu'aucun serveur ne transportait de bouffe à notre arrivée.

Même si sa partenaire progresse à vive allure, Steven parvient tout de même à la rattraper. Ensemble, ils repassent devant la table du DJ sans jamais cesser de regarder partout autour. Les clients du bar sont cependant bien trop absorbés par leurs conversations, leurs entrées et leurs mouvements de danse pour accorder aux agents le moindre intérêt.

— Là! signale Daphnée en pointant un serveur qui vient de disparaître entre deux rideaux.

— Bien vu, répond Steven, qui, malgré le fait qu'il soit passé par là à plusieurs reprises, n'a jamais remarqué cet accès.

À quelques pas de leur nouvel objectif, les agents s'arrêtent et s'assurent que personne ne les suit, ou ne les épie. Puis, dès qu'une serveuse approche, ils la talonnent, traversent les rideaux avec elle. Une fois dans les cuisines, leur présence ne passe toutefois pas inaperçue très longtemps.

— *Hey, you! Out! You no come in kitchen! Out!* leur crie à la tête en remuant les bras un cuisinier à la peau brune et au fort accent indien.

Cette fois encore, les agents doivent avoir recours à leur insigne pour calmer le jeu. L'arme qu'ils tiennent à la main contribue également à refroidir les ardeurs du cuisiner agité.

— *We need your help*, explique Daphnée dans un anglais parfait, troquant son badge pour son téléphone cellulaire.

À l'aide de son pouce, elle accède à sa galerie de photos et sélectionne un cliché bien précis.

— *Do you recognize this person?* demande-t-elle en lui mettant l'écran de l'appareil sous le nez.

Le cuistot demeure muet, mais l'expression sur son visage ne laisse aucun doute possible; il reconnaît la personne.

— *Tell me, where d…*

Daphnée ne termine même pas sa phrase qu'elle se fait pointer une porte, près de la plonge, qu'elle devine donner à l'extérieur.

— *You late. Two minutes. There!*

Mais Daphnée est déjà partie en trombe. Sans attendre son partenaire, elle enfonce la porte et est aussitôt accueillie par une rafale de vent glacé. À gauche comme à droite, la sombre ruelle ne lui dévoile rien de plus que quelques conteneurs à déchets et un vieux chat de gouttière se faisant les dents sur les restes renversés d'un repas datant de plusieurs jours.

— Non… Non, non ! NON !

Furieuse, elle envoie un solide coup de pied contre l'une des bennes à ordures et se met à décrire des cercles en ruminant.

— Nick… tu m'entends ? On l'a perdue, rage-t-elle. La cible… la cible nous a échappé.

CHAPITRE 2

— ... et espérer être heureux, un peu avant de mourir. Mais au bout du ch'min, dis-moi c'qui va rester... de notre p'tit passage dans ce monde effréné. Après avoir existé pour gagner du temps, on s'dira que l'on était finalement que des étoiles filantes...

— Euh... t'sais, Fred... je voudrais surtout pas te sembler désagréable, mais y'a pas une autre toune que t'aurais le goût de fredonner?

— Un peu plus à droite, s'te plaît, Mike.

Les mains moites de Michel obéissent et déplacent le miroir qu'elles retiennent en s'efforçant de ne pas en modifier l'angle.

— Comme ça, c'est parfait. Bouge pas.

Les yeux rivés sur la glace que vient de bouger Michel, Fred ajuste en conséquence la paire de pinces qu'il tient dans chaque main. À présent qu'il a un bien meilleur visuel, il peut approcher ses outils de l'amas de fils avec beaucoup plus de précision.

— Tu penses mettre combien de temps à désamorcer celle-là ?

Fred réfléchit.

— Hum… autour de dix minutes. Peut-être moins que ça, si j'nous fais exploser avant, répond-il le plus sérieusement du monde.

— OK, fait qu'on va dire dix minutes…

Pendant que Michel continue de suer à grosses gouttes, le fils de leur ancien gourou approche à nouveau ses pinces de la bombe qu'il cherche à désamorcer. Comme l'engin explosif a été dissimulé derrière un mur, parmi la plomberie de l'une des salles de bain du sous-sol, les deux hommes demeurent étendus sur leur ventre et ne disposent que d'un espace extrêmement restreint. Son surplus de gras lui comprimant les organes, additionné à l'angoisse insoutenable de la situation, Michel a l'impression de respirer par l'entremise d'une paille.

— Câlisse de Greg à marde… grommelle-t-il, tandis que ses lunettes s'embuent tranquillement. J'irais déterrer son cadavre juste pour pisser dessus, si c'était pas que je l'ai déjà fait deux fois.

— Prends ça cool, Mike. La bonne nouvelle, c'est que si mes estimations sont bonnes, y nous reste juste deux bombes à désactiver, celle-là comprise. Après, on va être *safe* pour de bon.

Ces dernières paroles n'ont aucun effet sur Michel, qui ne comprend toujours pas pourquoi Fred s'entête à requérir son aide, alors qu'il est de loin le moins adroit de leur groupe. Le moins posé aussi.

— Tu *shakes* comme si ta mère venait de tomber sur ton historique de recherche internet. On a un souper à soir, Mike. Comment tu veux qu'on fasse une bonne première impression aux nouveaux invités si on explose en morceaux ? R'saisis-toi !

— Ou... ouais, c'est bon, balbutie le bedonnant psychopathe en raffermissant sa poigne sur le miroir, qui se stabilise aussitôt.

Satisfait, Fred sectionne l'un des fils. Rien ne semble se produire.

— Parlant du souper d'à soir, est-ce que tout est pas mal prêt ?

Michel se doute bien que la question posée a pour unique but d'occuper son esprit terrifié, mais il s'en moque. Ne pas songer à cet engin, qui menace de l'expédier dans l'autre monde, lui convient parfaitement.

— Hein ? Euh... oui. Pour le souper, en tout cas. Ah, pis j'ai reçu un texto de Heather ; elle dit qu'elle risque d'arriver à la dernière minute.

— Vraiment ? Elle recrute juste des chiffes molles, c'est pourtant pas ça qui manque. Hey, en parlant d'invités, va falloir que j'me grouille à aller chercher la mienne si j'veux pas être *flush* pour le souper moi aussi.

Le bruit des pinces sectionnant un nouveau fil se fait entendre et retourne le cœur de Michel, qui grimace.

Rien n'explose.

— Hey, tu t'souviens tout à l'heure quand j'ai dit que j'en avais pour dix minutes ? Finalement, ça va être ben moins que ça.

— T'as réussi ?! *All right* ! Solide, mon Fred ! s'exclame Michel, soulagé comme jamais.

— Ouin, mais non. En fait, figure-toi donc que j'ai plutôt activé la minuterie. Ça fait que dans trois minutes, toute va sauter. C'est cave, hein ?

Le frisson qui parcourt le corps crispé de Michel est si glacé qu'il a l'impression que son sang a gelé dans ses veines. Quant à Fred, il dépose doucement ses outils au sol et se redresse, son visage dépourvu de toute expression. Sans se presser, il s'éloigne ensuite et quitte la pièce, lançant au passage un simple :

— J'reviens tout d'suite. Bouge pas.

Cette directive ne pose pas le moindre problème, puisque bouger, Michel en est incapable. Maintenant que Fred est parti et que plus personne ne parle, il entend le faible bruit qu'émet la minuterie à chacune des secondes qui s'écoule. En tout, c'est une interminable minute qu'il doit patienter avant le retour tant espéré de son compagnon. Ce dernier revient dans la salle de bain avec un petit contenant de plastique.

— C'est-tu… Es-tu allé te chercher un pudding ?!

— Pantoute. C'est un yogourt. J'ai pas dîné encore.

Michel le fixe, la bouche grande ouverte. Le désarroi a envahi son regard. Parmi les dizaines de phrases que son esprit souhaite formuler, seuls quelques mots parviennent à se frayer un chemin le long de sa gorge.

— OK... mais, euh... la bombe...

— Hein ? Ah ! Relaxe ! À ce stade-ci, y reste juste un fil à couper, lui répond Fred en avalant une bouchée de yogourt. En plus, j'suis à peu près certain de savoir lequel. J'pense.

— « À peu près » ? C'est... c'est parce que... si tu te trompes...

— Yep, si j'me trompe, on saute. Pis y'était hors de question que j'meure sans m'être envoyé un dernier yogourt à vanille.

Sur quoi, il plonge à nouveau sa cuillère dans le contenant. Michel crispe les doigts. Ses ongles grattent la céramique. À ce moment bien précis, s'il avait eu affaire à n'importe qui d'autre que Fred, il serait en train de lui défoncer le crâne contre le cadrage de la porte en hurlant comme un possédé. N'importe qui sauf lui, et Ève, bien entendu.

Après avoir avalé sa dernière bouchée et déposé le contenant vide sur le rebord du lavabo, Fred reprend sa position initiale, aux côtés de « son préposé au miroir », titre dont il a gratifié Michel dès leur première session de désamorçage, huit mois plus tôt.

— Relaxe, Mike, on doit avoir encore une bonne vingtaine de secondes devant nous.

Fred plonge son regard dans l'ouverture et jette un coup d'œil au compte à rebours.

— Ah. Ben non, toi. On a ben moins que ça, finalement.

Il étire le bras et sectionne le premier fil à sa portée. La minuterie s'éteint.

— J'vais demander à Kenny d'me préparer un p'tit *grilled cheese* au bacon pour grignoter en attendant le souper. T'en veux un ?

Michel secoue la tête. Son visage rougi est couvert de sueur. Manger est la dernière chose à laquelle il songe à cet instant.

— J'vais plutôt aller prendre une douche avant l'arrivée des invités. Pis mettre des boxers qui sont pas imbibés de pisse.

— Ça m'a l'air d'être un plan de feu, ça ! Bonne chance dans ta quête aux bobettes sèches ! Bon… ben, j'ai encore deux heures devant moi avant d'aller chercher ma *date*. J'vais en profiter pour faire une p'tite sieste, histoire de pas cogner des clous pendant le souper. On s'voit plus tard !

Sans rien ajouter, Fred tourne les talons et quitte la pièce à nouveau. C'est en se déhanchant et en claquant des doigts qu'il se rend jusqu'à la cuisine. Sur place, il commande à Kenny le *grilled cheese* extra bacon qu'il convoite tant. Pendant que le cuisinier format géant et partiellement lobotomisé lui prépare son plat, Fred lui raconte une série de blagues qui ne font rire que lui-même. Sitôt le sandwich sorti de la poêle, il s'en empare, y mord à pleines dents et gratifie le chef d'une tape à l'épaule. En fredonnant l'air de *Daddy Cool* malgré sa bouche pleine, il se dirige ensuite vers l'escalier le plus proche, ses lèvres étirées enduites de beurre et de miettes de pain grillé. Il pose un pied sur la première marche, puis grimpe ensuite les autres en reproduisant à l'envers la fameuse danse de Joaquin Phoenix dans son rôle du Joker, dans le film sorti sous le même nom en octobre dernier. Arrivé à l'étage, il fouille dans la poche de son pantalon et en sort un petit objet métallique accroché à son porte-clefs fétiche à l'effigie d'Alf l'extraterrestre. Fred l'utilise pour déverrouiller la porte de sa chambre et se glisse à l'intérieur. Il règle ensuite la montre qu'il a au poignet pour qu'elle sonne une fois sa sieste terminée.

— Deux heures. Ça devrait être en masse, juge-t-il.

Dès l'instant où la porte se referme derrière lui, les muscles de son visage se relâchent et la lumière dans ses yeux s'évapore.

Son masque a disparu.

Adoptant à présent une démarche lente et mécanique, Fred traverse la pièce et s'immobilise devant son garde-robe. Il active ensuite un dispositif caché sous le meuble et déplace ce dernier, révélant du même coup une porte secrète derrière. Il approche son visage de marbre du dispositif jumeau de la porte d'entrée du manoir, prenant bien soin de positionner son œil gauche devant le petit écran. Tandis que le système confirme son identité, il entrouvre la bouche et sa voix morne révèle son nouveau mot de passe :

— Bam Bam Bigelow.

Le carillon retentit.

Fred pousse le battant et entre. La pièce baigne dans une noirceur absolue. Dès qu'il y met le pied, des détecteurs de mouvements sont activés et une série de néons teintés d'un vert sombre s'allument. Sur trois des quatre murs, ainsi que sur une partie du plafond, s'étendent d'innombrables photographies immortalisant tout autant de visages déformés par une insoutenable douleur. Bien que tout soit parfaitement silencieux, Fred peut toujours y entendre leurs cris d'agonie résonner entre ses oreilles. Il se souvient de chacun d'eux.

Sans se presser, il longe les trois rangées de sièges de la minisalle de spectacle qu'il a aménagée dans la pièce, gravissant la faible pente dans laquelle ils ont été disposés. Une fois le sol redevenu plat, Fred continue jusqu'au mur du fond, le seul où aucune photographie morbide n'est épinglée. En fait, ce mur est vierge. D'un lent mouvement, Fred agrippe le dossier de la chaise en métal qui y fait face et la tire doucement vers lui, l'en décollant de quelques centimètres à peine. Le frottement des pattes contre le plancher occasionne un grincement qui aurait soutiré une grimace à plusieurs, mais son visage à lui demeure imperturbable. Dès qu'il s'y s'assoit, ses mains viennent se poser sur ses genoux. Son regard éteint fait de même avec le mur devant lui. Fred cesse de bouger. Complètement. Dans la prison qu'est son esprit, il se permet d'entrouvrir quelques portes, libérant momentanément divers débris de souvenirs et de rêves. D'entre ses lèvres frissonnantes, un faible murmure s'échappe.

— *Comment ça va... ma p'tite sœur?... Viens que j'te serre dans mes bras.*

Pis as-tu r'trouvé l'bonheur, dans ton trip dans l'au-delà.

Dans l'boutte c't'année, y s'est pas passé grand-chose.

C't'un peu morose...

CHAPITRE 3

— Encore un peu de champagne, ma belle Marie-Pier ? Me semble que ça fait un p'tit bout que ton verre est vide.

— Je l'ai terminé v'là cinq secondes à peine. Mais je dis pas non ! Ha ! Ha ! Ha ! On dirait peut-être pas en regardant vite de même, mais y'a de la place en masse ici d'dans ! blague la dénommée Marie-Pier en pointant la monstrueuse panse se cachant derrière l'horrible robe fuchsia qu'elle porte.

À la suite d'une longue révérence qui fait résonner les grelots sur sa tuque de père Noël, Fred remplit une nouvelle fois le verre de la dame du Dom Pérignon White Gold qu'il sert à ses invités depuis le début de la soirée. Marie-Pier est visiblement charmée. L'alcool qu'elle a ingéré jusqu'à maintenant n'est qu'à moitié responsable du pourpre qui s'étend sur ses joues et son double menton. Aussitôt sa flûte remplie, elle y boit sans retenue, laissant sur le rebord une nouvelle trace de rouge à lèvres de couleur identique à sa robe.

— En tout cas, on peut dire que l'endroit est quand même bien, affirme avec un air hautain un jeune homme assis en face d'elle, tandis qu'il examine la salle à manger où le groupe se trouve. Évidemment, on est loin du Palais Schönborn-Batthyány de Vienne, où j'ai eu le plaisir d'être invité à maintes reprises, mais quand même. Je serais bien curieux de jeter un coup d'œil à votre bibliothèque.

— Crois-moi sur parole, mon Charlot! On va avoir le temps en masse d'aller la voir, lui répond Fred avec un clin d'œil.

— Charles, en fait. Je préfère qu'on m'appelle Charles.

— Aucun problème, voyons. Désolé, j'ai cette manie-là de devenir vite à l'aise avec les gens avec qui ça clique, explique Fred.

D'un haussement d'épaules et d'un sourire forcé, Charles lui signale qu'il accepte ses excuses.

— Donc, qu'est-ce qui vous intéresse côté littérature? demande-t-il ensuite au reste du groupe. Quelqu'un a lu Noam Chomsky?

La moitié des gens à la table fait une curieuse moue à l'annonce de ce nom qu'ils entendent pour la première fois, tandis que l'autre moitié porte son verre à ses lèvres, espérant que quelqu'un réponde pour ne pas avoir à le faire. C'est finalement Fred qui les sauve de ce nouveau malaise.

— J'ai lu tout c'qu'il a écrit. De *L'analyse formelle des langues naturelles*, jusqu'à *Qui mène le monde?* C'est bien. Mais en ce qui me concerne, ce qui me fait vraiment triper, c'est *Les aventures de Tintin*.

Sa réponse, bien que tout à fait honnête, occasionne un rire général de la part du groupe, à l'exception de Charles, qui étire à peine les lèvres, et d'une dame dans la cinquantaine, aux cheveux courts et hirsutes.

— Tintin, c'est le p'tit crisse de blond efféminé ? Ces livres-là sontaient plates à mort. Tu peux ben avoir viré en serviteur d'avoir lisé ça !

— Ça, c'est probablement l'analyse psychologique la plus solide qu'on m'ait jamais faite de toute ma vie ! Vous avez un don pour lire les gens, ma chère Diane !

— C'est à cause que j'ai un quota intellectuel de plusse de deux cents. Mais là, mon verre est vide à moi aussi, pis t'as juste servi la toutoune. M'a te prendre un p'tit *refill* itou. J'imagine que ça dérange pas si je fume ?

Personne n'est surpris lorsqu'elle s'empare de son paquet de Marlboro et de son briquet, sans avoir eu l'autorisation des hôtes.

— Si ça nous dérange ? Que vous vous détendiez à grosses bouffées de monoxyde de carbone ? Hey, j'vais même vous l'allumer si vous voulez !

— Non, non ! C'est correct. Fais ta job comme du monde pis sers-moi à boire, à place.

Fred s'exécute, sans jamais s'offenser du comportement exécrable de Diane. Il retourne ensuite au verre de Marie-Pier, déjà vide.

— Merci beaucoup ! Mais là, va falloir que j'me calme sur l'alcool, sinon je pourrai pas prendre mon char pour m'en retourner.

— Faut pas tu t'en fasses pour ça, ma belle. On a des lits en masse ici pour vous garder à coucher toute la gang. Le mien est particulièrement confortable, lui répond sans aucune subtilité l'homme à la courte barbe grisonnante assis près d'elle.

— Hummm… C'est noté, lui répond lascivement Marie-Pier. Merci pour votre généreuse offre, monsieur André.

Un curieux rictus se dessine sur le visage de l'homme.

— Je te l'ai déjà dit, ma belle. Ici, tout l'monde m'appelle Papy.

Marie-Pier sourit naïvement, hausse les épaules, et ingère quelques gorgées d'alcool supplémentaires.

— Wow ! Ça fait longtemps qu'on a pas eu un souper aussi arrosé ! Les gens sont à l'aise, c'est cool ! commente Fred. Même Mike se laisse aller. C'est pas mal rare, ça !

Assis quelques sièges plus loin, Michel se débouche une nouvelle bière. Non seulement cherche-t-il à effacer tout souvenir de leur mésaventure de cet après-midi avec la bombe, mais également à oublier le fait qu'on l'ait obligé à revêtir un costume de lutin pour le souper de ce soir.

— Mettons que la journée a été chargée en émotions pis que j'ai b… besoin de décompresser, explique-t-il, visiblement éméché.

— Tu le mérites, mon chum ! Tant que tu t'endors pas avant le *show* !

La mention d'un spectacle soulève immédiatement une vague d'intérêt parmi les invités.

— Ohhhh! Un *show*! C'est donc ben malade, ça! s'exclame Marie-Pier en déposant sa flûte sur la table avec aplomb. Tant que c'est pas du *heavy metal*.

— Inquiète-toi pas pour ça, la rassure Fred. C'est pas c'te genre de *show* là. Quoique ça risque d'être assez *heavy*.

— OK, fiou! En tout cas, si jamais tu joues de la guitare, je lance ça à bon entendeur, je capote ben raide sur Oasis et Alanis Morissette.

— Eh *boy*! se décourage Michel. Ça y est, tu vas le *starter*!

— Qui, moi? *Starter* qui? cherche à savoir Marie-Pier.

Du regard, Michel, Papy et une brunette qui n'a pas beaucoup participé à la discussion jusqu'ici désignent simultanément Fred.

— *Come on, guys*! Vous savez que j'suis un amoureux de musique. De Mozart à D-Natural. Mais Alanis... Saint-jériboire de p'tit Jésus d'plâtre! Y'a toujours ben des saperlipopette de limites!

— Ben là... Alanis, c'est pas si mauvais que ç...

— Les paroles! l'interrompt Fred. Les paroles de ses maudites chansons font aucun sens.

— Y va encore péter une coche sur *Ironic*, murmure Michel en portant sa bière à ses lèvres.

— Prenez la toune *Ironic*! Quatre minutes de supplice pendant lesquelles on s'fait énumérer des situations supposément ironiques. Trouver une mouche noire dans son verre de Chardonnay! Oui, c'est plate, j'suis ben d'accord. Mais c'est pas ironique pour deux maudites cennes. Être pogné dans le trafic quand t'es déjà en retard ; même combat. Hey, j'vais vous raconter une anecdote véridique ! L'an passé, je faisais du rangement. Pis en manipulant le contenu d'une grosse boîte, j'me suis ouvert le doigt sur la bordure de la trousse de premiers soins. *Catchez*-vous ? J'me suis blessé avec un objet dont l'unique utilité est d'me soigner. *Ça* ! Ça, c'est ironique ! D'la pluie le jour de ton mariage, c'est d'la *badluck*. De vouloir fumer pis d'être dans une section non-fumeurs, c'est d'la *badluck* ça aussi ! Sa toune de marde aurait dû s'appeler *Badluck* !

À la fin de ses explications, Fred cale sa flûte d'un trait et se ressert à boire.

— *My God* ! J'avais jamais vu ça comme ça, déclare Marie-Pier, amusée. Je vais plus jamais l'écouter de la même façon.

— Évidemment, le *best*, ça serait de juste pu jamais l'écouter, la taquine Fred, après avoir rapidement chassé le petit nuage gris au-dessus de sa tête.

— Ahhhh… Pour toi, je serais prête à faire ce sacrifice-là.

Marie-Pier accompagne sa réplique d'un sourire coquin et d'une discrète caresse le long du bras droit de Fred. Consciente que son geste n'est pas passé aussi inaperçu qu'elle l'aurait souhaité, elle s'efforce aussitôt de changer de sujet.

— Hey, je m'excuse si je suis indiscrète, mais y faut que je te le demande : es-tu genre infirmier ? Ou préposé aux bénéficiaires ?

Les yeux de Marie-Pier, dans lesquels baigne une légère ivresse, désignent un homme dans la jeune trentaine assis en face d'elle. Cheveux châtain foncé, courts, barbe mal entretenue malgré sa belle gueule, l'interpellé est vêtu d'un curieux pyjama vert pâle, identique aux uniformes portés par le personnel infirmier dans les centres de santé et les CHSLD. Tenue vestimentaire qui détonne considérablement avec l'apparence et la personnalité du dénommé Ian, que l'on imaginerait davantage coiffé d'une casquette à palette droite, à faire la tournée des clubs dans sa Honda Civic blanche modifiée.

— Pas vraiment, non, répond Ian, légèrement embêté. C'est à cause que... y'a eu un accident avec mon linge. Pis, euh... on m'a passé c'te *kit*-là pour pas que j'sois obligé d'me promener les fesses à l'air.

— Ohhhh! Dommage, réplique Marie-Pier. Moi, ça m'aurait pas dérangée. Hi! Hi!

Ian sourit, mais semble mal à l'aise.

— Si la tenue te gosse, tu peux ôter ton chandail, t'sais, lui dit Fred. Hey, ton poil de *chest* est-tu noir, par hasard?

— Euh... c'est beau. Je vais rester habillé, merci.

— Qu'est-ce que tu fais dans la vie, mon beau Ian, si t'es pas infirmier?

Il se racle la gorge et renifle grossièrement avant de répondre.

— Je suis, euh... j'étais... gérant chez un concessionnaire automobile à Blainville.

— Pas mal ça que je m'étais imaginé, commente Charles.

— Ah oui ? Comment ça, *t'étais* ?

Les sourcils de Ian s'étirent jusqu'au milieu de son front, tandis qu'il grimace et se gratte nerveusement la nuque. Alors qu'il laisse échapper un étrange soupir, Marie-Pier a l'impression que les yeux de son interlocuteur vont très brièvement croiser ceux de Fred, avant de revenir sur elle.

— J'suis en arrêt de travail, explique-t-il. Pour une durée indéterminée. Fort probablement prolongée.

— C'est encore drôle, se permet de commenter Fred.

— Ahhhhh ! Je te comprends donc, mon beau. On devient pas la meilleure conseillère Tupperware de la région de Mascouche sans savoir c'est quoi travailler sous pression ! J'ai d'ailleurs fait un gros *burnout*, au printemps dernier. J'ai passé six mois à rester enfermée dans la maison, toute seule avec mes chats.

— Urgh ! Des chats, fait Diane avec une moue dégoûtée, avant de s'allumer une nouvelle cigarette. Ça fait juste manger, chier pis fourrer dans les ruelles. Pis à part de ça, c'est plein de puces ! Moi, je comprends pas le monde qui garde ça chez eux.

— C'est intéressant de constater comment la perception de cet animal diverge d'une époque à l'autre. Saviez-vous, madame Gagné, qu'en Égypte antique, plus de trois mille ans avant Jésus-Christ, les chats étaient vénérés ?

— Charlot a raison, bout d'citron ! confirme Fred. Bastet, une de leurs déesses, était une femme avec une tête de chat.

— Mon nom, c'est Charles. Et je pense pas que c'est comme ça que ça marche, pour être honnête. Anubis était un dieu avec une tête de chacal, ou d'hyène. Je doute que les Égyptiens aient vénéré pour autant les hyènes.

— Ouin ! Surtout que c'est plein de maladies, ces ostie d'bibittes-là ! lance Michel.

Un silence s'installe. Les gens à la table se regardent entre eux, incertains d'avoir bien saisi les propos de l'hôte bedonnant.

— Mais… de quelles maladies est-ce que tu parles ? demande finalement Charles.

— Ben là ! Des maladies « vénère-hyène » ! répond Michel du bout des lèvres, avant d'éclater de l'affreux rire qui le caractérise tant.

Hilare, l'informaticien peine à respirer. Son visage passe rapidement au pourpre, alors que ses interminables silements l'empêchent d'inspirer. La moitié des convives s'esclaffe de bon cœur, tandis que l'autre grimace de découragement.

— OK, j'ai souvent été un public difficile en c'qui concerne tes jeux de mots à chier, mais là, t'as vraiment réussi à prendre ma rate par surprise ! Même Greg l'aurait ri, celle-là ! affirme Fred, amusé.

— Eh *boy* ! Qu'est-ce que j'entends là ? demande une voix féminine que certains entendent pour la première fois, alors qu'une grande femme blonde fait son entrée dans la salle à manger.

Près d'elle se tient un type costaud, bien plus grand encore, aux épaules larges et à la peau basanée. Son crâne rasé a une repousse d'une journée, alors que son épaisse barbe lui couvre le menton.

— On parle de revenants, à ce que j'ai pu comprendre. Vous avez pas trouvé de meilleur sujet de discussion pendant mon absence ?

— Ah ben ! Ah ben ! Le party peut commencer, ils sont finalement arrivés ! annonce Fred. Tout le monde, j'vous présente la sublime Heather !

La nouvelle arrivante est accueillie par une chaleureuse vague de cris et plusieurs verres levés.

— Et son ami...

Toutes les têtes se tournent vers le compagnon de Heather, que la stupéfaction fige sur place. N'eussent été ses yeux, qui viennent successivement se poser sur chacune des personnes assises à table, on aurait pu croire qu'il venait d'être transformé en statue de pierre après avoir croisé le regard de Méduse la Gorgone.

Habituée aux différentes réactions de surprise qu'ont ceux qu'elle appâte jusqu'à son antre – eux qui s'attendent chaque fois à passer une soirée en tête à tête –, Heather ne s'en formalise pas.

— Tout le monde, voici Shawn.

De tous ceux qui saluent Shawn en lui levant son verre, seul Ian le fait avec un flagrant manque de sincérité.

— Ben, évidemment, y'a quelques nouveaux visages dans le lot, mais je vais te présenter ceux que je connais, enchaîne Heather. Premièrement, ici à notre droite, on a Ian. D'habitude, les gens sont gênés au début et deviennent de plus en plus bavards au fur et à mesure que t'apprends à les connaître. Ian, lui, c'est le contraire. Ha ! Ha ! Ensuite de ça, on a Michel, notre génie en informatique. Son sens de l'humour laisse autant à désirer que son hygiène, mais on l'aime ben gros.

— Quoi ?!

— Le beau monsieur juste là qui ressemble à Ed Harris, c'est Papy. C'est un excellent danseur, mais il a mauvais caractère et il déteste les enfants.

— J'aurais pas pu mieux me décrire, rétorque Papy, amusé.

La grande blonde lui adresse un large sourire.

— Ensuite, à notre gauche, on a la belle Sandra. Elle parle pas beaucoup, mais c'est une gentille fille. En tout cas, quand tu la fais pas chier. Pis elle a une mémoire phénoménale ; elle oublie jamais rien !

La brunette semble embarrassée d'être devenue le centre d'attention, même si ce n'est que pour un bref instant. Discrètement, elle tire les manches de sa robe moulante cuivrée Fendi jusqu'à ses poignets et cache son visage derrière la flûte qu'elle porte à ses lèvres. Heather n'étire pas le supplice plus longtemps.

— Le dernier et non le moindre, l'être humain avec les meilleurs goûts en vin et les pires goûts vestimentaires au monde : le pétillant Fred !

Sous la pincée d'applaudissement qu'il reçoit, Fred se lève de son siège et souffle des baisers à un public imaginaire. Les deux nouveaux arrivants peuvent alors constater qu'il est vêtu d'un smoking si grand qu'il pourrait avoir appartenu à Luciano Pavarotti. Costume qui jure outrageusement avec le nœud papillon orange format géant qu'il a d'accroché au cou ; accessoire qu'il se fait un devoir de porter à chaque premier souper. Il s'empare de deux flûtes propres, qu'il remplit et va offrir à Heather et à son invité.

Dès qu'il tient la sienne entre ses doigts, Shawn se met à fixer Fred. Ses yeux se posent ensuite sur les centaines de bulles dansant au fond de sa flûte de cristal. Puis, sur chacune des personnes à table, avant de finalement revenir sur Fred. Alors l'expression sur le visage de Shawn change du tout au tout. Il s'illumine.

— Merci, dit-il sobrement.

— Y'a rien là, mon brave ! Bienvenue dans la maison qui rend fou ! Allez vous asseoir, j'vais revenir plus tard chercher votre laissez-passer A-38.

Fred gratifie Shawn de deux tapes amicales à la poitrine.

— Ataboy, mon gars ! Y'a du muscle de caché en d'sous de c'te chandail-là ! C'est plus dur encore que Michel qui regarde quatre heures de *Hentai* !

Les lèvres de Shawn s'étirent. Il laisse échapper un long rire, qu'il interrompt finalement d'une gorgée de champagne. Pendant ce temps, Fred retourne à son siège.

— Oh ! Je commence à déceler une odeur de fruits d'mer ! Soit les huîtres sont bientôt prêtes, soit Kenny s'est encore fait venir des escortes de St-Lin !

— Oh, mon Dieu ! C'était tellement bon ! J'ai jamais autant mangé de toute ma vie ! s'exclame Marie-Pier en jetant sa serviette de table dans son assiette vide.

— J'ai des sérieux dout...

— Michel, ferme donc ta yeule, pour voir ! l'interrompt Fred, alors qu'il fait le tour de la table pour ramasser la vaisselle sale.

— La belle Marie-Pier a raison : j'me suis régalé moi avec, corrobore Papy. J'peux pu rien avaler !

— Moi, j'pourrais, lui répond la représentante Tupperware sur un ton aguicheur.

Le sourire et le regard que lui retourne Papy sont des calques de ceux du Cheshire Cat d'*Alice au pays des merveilles*.

— Ouais, c'était bien, affirme Charles, sans trop de conviction. Mais disons que manger de la dinde et du ragoût de boulettes avec des ustensiles en plastique fait perdre un peu de son lustre au souper. Avec une demeure comme celle-ci, ça aurait valu la peine d'investir dans une coutellerie digne de ce nom.

— On en a, d'la coutellerie ! C'est juste qu'on la garde au Studi...

— Là, Mike, j'ai l'impression que t'as assez bu, l'interrompt une fois de plus Fred sans jamais se départir de son air jovial. Toi, t'en penses quoi ?

Michel donne l'impression de dégriser d'un coup. Tout l'amusement qui se lisait sur ses traits s'efface instantanément. Il pose deux doigts sur la base de sa flûte et la pousse au centre de la table.

Satisfait, Fred reprend sa cueillette de vaisselle là où il l'a laissée.

— Pour dessert, comme j'ai mangé toute la bûche de Noël à matin en prenant mon bain, Kenny nous a concocté des profiteroles avec un coulis au chocolat et de la crème glacée à la vanille maison, annonce-t-il. Tout le monde va en prendre ?

Cette offre met l'eau à la bouche de plusieurs, même parmi les plus repus. En fait, elle n'est déclinée que par Papy et Ian.

— Ben voyons, s'étonne Marie-Pier. T'as presque pas touché à ton plat, pis tu prends pas de dessert ! Ça *feel*-tu ?

— Hein ? Ah oui ! Ça va. J'ai juste pas le goût de trop me remplir l'estomac à soir, lui explique Ian, qui lui semble plus blême que tout à l'heure.

— T'es ben *down*, mon Ian ! On passe pourtant une super soirée, non ? lui demande Fred, à quelques centimètres de son oreille, alors qu'il le débarrasse de son assiette à peine entamée. Hey, d'un coup que c'est ton dernier souper avec nous... ça serait plate en s'il vous plaît que tu rates les profiteroles de Kenny...

Ian déglutit. Son esprit semble s'être égaré à des années-lumière du manoir. Tranquillement, sa tête se met à balloter. Il accompagne ses légers hochements d'une réponse discrète.

— C'est vrai. Bonne idée. Si c'est pas trop de trouble, peux-tu demander à Kenny de me mettre un extra coulis, s'te plaît ?

La requête comble Fred de bonheur.

Une fois son guéridon bien rempli de vaisselle sale, Fred disparaît derrière la porte battante, au fond de la pièce. Il en revient quelques minutes plus tard, transportant habilement neuf assiettes à dessert. Ceux qui le rencontrent pour la première fois s'imaginent qu'il a dû travailler longtemps dans le domaine de la restauration pour réaliser ce tour de force avec autant d'aisance.

— C'est toute? C'est juste ça, des profitoriles?! C'est la même crisse d'affaire que des Timbits!

— C'est exactement ça, ma succulente Diane! Même affaire que des Timbits! lui répond Fred dans un élan de joie excessive. Bon, vous allez m'excuser, mais je vais devoir vous quitter. Comme je l'ai mentionné tout à l'heure, j'vous ai préparé un p'tit *show* à soir, pis là, j'vais aller m'assurer que tout est prêt! J'tiens à c'que tout soit parfait! En attendant, j'vous laisse entre les mains de la charmante Heather, qui va vous expliquer les règles à suivre durant votre séjour au manoir. Bons Timbits, tout l'monde! On se revoit dans pas long!

Sur ces paroles, Fred s'éloigne avec son assiette de profiteroles à la main, laissant derrière lui des invités médusés. Au loin, tous peuvent l'entendre chantonner :

— *Y'avait Brouha dans un coin qui r'semblait à un lama…*

CHAPITRE 4

Comme toutes les fois où Fred offre une prestation, les invités sont dirigés jusqu'à sa chambre à coucher plutôt qu'au Studio, au sous-sol, là où ont lieu toutes les autres. Pendant qu'elle mène la marche accompagnée de Sandra, Heather se régale de la tension qu'elle sent croître chaque seconde derrière elle. Dociles, les nouveaux arrivants ont accepté de la suivre sans protester, espérant que cette histoire de règlements et de séjour ne soit rien de plus qu'une mauvaise blague. En queue de file, Michel et Papy s'assurent que personne ne songe à rebrousser chemin. Pour l'instant, le calme dont fait preuve Ian, qui semble coincé dans la même galère qu'eux, est la seule chose qui parvient à apaiser les esprits les plus craintifs.

Arrivés à la chambre en question, Marie-Pier, Diane, Ian, Shawn et Charles sont invités à y pénétrer. À l'intérieur, il n'y a qu'un lit, une commode, un coffre de bois massif et un monstrueux amas de vêtements hétéroclites.

— Par ici, leur indique Heather en les dirigeant tout au fond, là où les attend, toute grande ouverte, une épaisse porte de métal.

De l'autre côté, ils sont accueillis par ce qui, à première vue, leur apparaît comme étant une petite salle de spectacle. Malgré l'éclairage tamisé, ils identifient sans difficulté une scène surélevée à leur gauche, en grande partie dissimulée derrière un rideau de couleur grenadine. Sinon, la vaste majorité de l'endroit est occupée par des rangées de sièges coussinés, similaires à ceux que l'on retrouve dans les salles de cinéma.

Heather poursuit alors avec ses directives.

— Trouvez-vous une place à votre goût et mettez-vous à votre aise. Petit conseil : j'éviterais la première rangée. Comme je vous l'ai expliqué plus tôt, à partir de maintenant, vous avez accès à toutes les pièces du manoir, sauf les chambres à coucher des hôtes et le sous-sol. Vous devrez obéir à chacune des directives qui vous seront adressées, sans exception. Un manquement entraînera automatiquement une correction adéquate. Et s'il vous prenait malencontreusement l'envie de fuir, ou de vous en prendre à l'un ou à l'une d'entre nous, bien... voici un aperçu de ce qui pourrait vous arriver. Bon spectacle !

Heather leur désigne la salle du bras, tandis que ses lèvres s'étirent malicieusement.

Même si personne ne se sent d'humeur curieuse, tous ont le sentiment qu'ils ont intérêt à obéir. Chacun opte donc pour un siège situé plus ou moins au centre de la salle. Lorsque tout le monde est installé, celui que l'on surnomme Papy se flanque devant la porte et la garde. Comme Greg avant lui, c'est chaque fois le moment qu'il choisit pour exhiber son arme fétiche : un couteau papillon.

Beaucoup moins imposant que l'énorme poignard de son prédécesseur, son couteau n'en est cependant pas moins létal. Son impressionnante liste de victimes va même bien au-delà de ce que ses compagnons s'imaginent.

Regarde-moi un peu c'te gang de larves là... Y sont tous en train de chier dans leurs shorts ben raide ! Si seulement y faisait assez clair pour qu'ils puissent voir les photos sur les murs ! Hé ! Hé ! J'espère qu'au moins un d'entre eux va essayer de s'pousser ce soir, j'commence à être dû pour un peu d'action ! se dit Papy.

Des haut-parleurs, situés aux quatre coins de la pièce, se mettent alors à vibrer au son de la guitare en crescendo de la chanson *Pilgrimage*, un choix qui en surprend plusieurs.

Fred qui met du Nine Inch pendant un de ses shows ?! s'étonne Michel. *Ça va chier, les amis ! Ça va chier sur un ostie d'temps !*

Allumé comme il ne l'a pas été depuis un moment durant la prestation de l'un de ses « collègues », Michel s'empresse de détacher son pantalon et d'en libérer son sexe, déjà en érection. Au bout de deux ou trois minutes, alors que des bruits de marche militaire s'élèvent dans la chanson, le rideau qui enveloppe la scène en fait tout autant.

Assis directement derrière Marie-Pier et Charles, le duo formé de Sandra et Heather pousse une série de cris hystériques. Les deux femmes ont d'ailleurs apporté le reste d'une bouteille de champagne, qu'elles se partagent.

— *Let's go*, Fred !

— T'es le meilleur, Fred !

Le rideau soulevé, une faible lumière munie d'un filtre rouge révèle la présence d'un homme, dont le cou, la poitrine, le bassin et les mollets sont solidement attachés au poteau de métal auquel il est adossé. Ses mains semblent également liées derrière son dos. Ses pieds sont dissimulés par l'étrange réceptacle de plastique noir dans lequel ils reposent.

À l'exception d'Ian, chacun des invités voit cet homme pour la première fois.

Il leur paraît plutôt jeune, soit entre vingt et vingt-cinq ans. Ses longs cheveux bouclés sont noués en queue de cheval. Il n'est vêtu que d'une paire de shorts-boxers et d'une camisole blanche. Malgré les nombreux liens qui limitent ses mouvements, le corps du pauvre est en proie à d'incontrôlables tremblements, qui n'ont rien à voir avec le fait qu'il est si légèrement vêtu.

Roberto est terrifié.

À gauche de la scène, au fond complètement, des lumières blanches disposées en cercle s'allument à leur tour, avec Fred au centre. Accroupi, il porte un pantalon, un chandail ainsi qu'un bandana, tous tachetés, comme s'il appartenait à un bataillon des Forces armées. Son visage est même couvert de traits de peinture noirs, verts et bruns, pour accentuer l'effet de camouflage. L'éclairage dévoile également un brouillard artificiel, flottant tout autour de l'hôte immobile, quelques centimètres au-dessus du sol.

Puis, le cercle blanc s'éteint. Fred est de nouveau englouti par la noirceur.

— Ça va chier... Ça va chier...

À peine cinq secondes plus tard, un nouveau cercle s'illumine, identique au précédent, mais quelques mètres plus à droite. Fred, encore une fois au centre, s'est rapproché de Roberto. À l'aide de son pouce gauche, il frotte la bordure de la lame du monstrueux poignard qu'il tient, afin de s'assurer que celle-ci est bien tranchante.

Dans la salle, même si les invités lui font dos, Heather peut sentir leur angoisse s'intensifier. C'est généralement le moment où les nouveaux saisissent la nature du spectacle qu'ils s'apprêtent à regarder de force. Tel que la grande blonde l'anticipait, quelques têtes se tournent discrètement vers la sortie.

— Le *show* est en avant, les amis, leur souffle-t-elle en se penchant vers eux. Si vous insultez Fred encore une fois en détournant votre regard de la scène, ça sera pas long que vous allez vous retrouver à la place de Roberto! Le meilleur bout s'en vient, vous allez voir...

Consciente qu'elle n'a fait qu'attiser leurs craintes, Heather se recale confortablement dans son fauteuil, satisfaite.

Sur la scène, Fred se volatilise pour la seconde fois.

— Ça va être violent, je le sens ! Ostie que ça va être violent, jubile Michel, dont la séance de masturbation protocolaire bat son plein.

Fred apparaît au centre d'un nouveau cercle de lumières. Il se trouve derrière Roberto, à moins de deux mètres. Cette fois, des ampoules au plancher s'allument sous chacun de ses pas furtifs. Le brouillard s'est presque entièrement dissipé. La main qui tient le poignard se dresse bien haute. Le regard de Fred est d'une froideur troublante.

Michel peine à contenir son excitation. Très rares sont les fois où il a eu la chance de voir Fred, le véritable Fred, en action. Il n'en faut pas plus pour que ses mouvements de va-et-vient s'accélèrent.

— Envoye, *stabbe*-le ! *Stabbe*-le, l'ostie d'Mexicain !

Mais au moment où tous sont convaincus qu'il va frapper, Fred lance son poignard au sol. La pointe de la lame vient se planter solidement dans l'une des planches de bois de la scène. La musique s'arrête d'un seul coup et Fred se fige. Incertains de ce qui se passe, tous les spectateurs se regardent entre eux, les hôtes y compris.

Puis, les haut-parleurs ressuscitent.

Hey oh, Captain Jack !
Hey oh, Captain Jack !
Bring me back to the railroad track !
Bring me back to the railroad track !

Dès que les premières notes effrénées de la fameuse chanson techno retentissent, des dizaines d'explosions font tourbillonner dans la salle une quantité hallucinante de confettis multicolores. D'un seul mouvement, Fred arrache les vêtements tachetés qu'il porte, eux qui ne tenaient en place que par quelques bandes de velcro. N'étant à présent vêtu que d'un *G-string* léopard, son corps maigrelet se trémousse énergiquement sur scène, sous les scintillements d'une boule disco.

Heather et Sandra s'enflamment d'un coup.

— Woohoo!!

— Envoye, Fred! Bouge-moi ça, ce petit cul là! hurle Heather en bondissant de son siège.

— Vas-y, mon Fred!

De son côté, Michel met un peu plus de temps à saisir ce qui se passe. Ses yeux s'abaissent et fixent son sexe, à l'intérieur de sa propre main, recouvert de confettis scintillants. En relevant la tête, il n'est guère plus enjoué par les fesses de Fred, qui se dandinent à quelques centimètres de son visage, comme si elles essayaient de mâchouiller la ficelle du *string* qui les sépare.

— Ben oui, mais... Ben non, mais...

Fred effectue un saut et tourne sur lui-même. Il positionne ses mains derrière sa tête et continue ses déhanchements. Michel, de plus en plus médusé, remarque que son ami s'est même épilé et huilé la poitrine. Ses yeux retournent finalement sur sa bite.

— Mais... Pourquoi est-ce que... Pourquoi y'a... Ah, pis d'la marde, tabarnak!

Déterminé à ne pas gaspiller sa précieuse érection, Michel reprend sa session de masturbation là où il l'avait laissée. Après tout, il s'agissait bien d'un spectacle de Fred ; ce n'était qu'une question de temps avant que le festif ne laisse la place au sanglant.

Toujours aussi à fond dans sa chorégraphie, Fred tournoie plusieurs fois sur lui-même et danse jusqu'à Roberto. Une fois son prisonnier à portée, il déchire sa camisole et exhibe le corps d'Apollon de l'ancien danseur nu. Une partie de la gent féminine de l'assistance fait une fois de plus sentir sa présence par une série de cris euphoriques. C'est donc tout sourire que Fred récupère deux objets, jusque-là dissimulés quelque part derrière le captif.

— Pis ? Aimes-tu le bel hommage que j'tai fait, mon Bobby ? Combien de danses à dix tu penses que j'pourrais me faire demander dans un vrai bar ?

Roberto garde le silence et s'efforce de fixer le sol. Il sait trop bien qu'il ne lui reste que peu de temps avant que les choses ne s'enveniment.

— C'est quand même une belle attention de ma part, tu trouves pas ? Surtout en tenant compte du fait que tu nous as pris pour une belle gang de totons en t'imaginant que tu pourrais nous fausser compagnie de même. Ah, pis justement, en parlant de totons...

Avec une fierté exagérée, Fred lui présente les objets dont il vient de prendre possession, soit une paire de pinces à mors droits ainsi qu'un sécateur à contre-lame.

— J'ai une mauvaise nouvelle pour toi.

Roberto lutte de toutes ses forces pour ne pas redresser le menton, mais échoue. Décision qu'il regrette aussitôt.

— Là, ça va être le temps de passer aux choses sérieuses, parce que je commence à manquer de cardio. J'suis pas habitué à danser comme ça, t'sais! Faut juste que j'me décide par lequel je commence, l'informe Fred en faisant glisser le bout des pinces sur la poitrine du prisonnier.

Badadadidadooooo!

Left, right! Right, left...

Après plusieurs allers-retours, les pinces se mettent à décrire des cercles autour du mamelon droit.

— Oh! Ohhh! On dirait bien qu'on a un gagnant!

Les pinces cessent de tourner. Fred les ouvre d'un mouvement du majeur. Roberto ferme les paupières et commence à prier. Une décharge électrique lui soutire une horrible grimace lorsque les pinces se referment avec fermeté sur le bout de son sein et l'emprisonnent.

— Je l'ai vu prier! Dis-y qu'il sait plus à quel sein se vouer, Fred! beugle Michel sans cesser de se branler furieusement. Quel « sein »! Envoye, dis-y!

Le vrai show *va bientôt commencer. C'est le temps de voir ce que nos nouveaux invités ont dans le ventre*, songe Heather.

Elle crie et encourage Fred de plus belle. Jamais on ne pourrait soupçonner qu'elle vient tout juste de prendre possession de son bistouri, prête à bondir sur le premier invité récalcitrant.

De son côté, par souci de bien faire les choses, Fred ralentit la cadence de ses mouvements de danse. Il tire doucement sur la pince pour que la peau du mamelon soit bien tendue. De son autre main, il approche les sécateurs tout en leur faisant trancher l'air.

— Num, num, num, num, num! fait-il avec sa bouche, comme si les ciseaux de jardin étaient affamés.

Évidemment, le volume de la musique est bien trop élevé pour que quiconque puisse l'entendre, mais il s'en moque ; sa mise en scène l'amuse beaucoup trop.

Alors que la lame effleure la peau de son prisonnier, Fred sent ce dernier se débattre pour la première fois. Mais comme il s'est lui-même occupé des liens, il ne s'en fait pas avec ce détail. De toute façon, comme anticipé, sa victime se raidit dès l'instant où elle ressent le froid de la lame contre sa peau.

— Qu'est-ce qui s'passe, Bobby? Dans ma tête, t'étais pas mal plus énergique que ça sur un *stage*!

Le sécateur se referme légèrement.

— C'est-tu mes choix musicaux qui te font pas triper? Me semble que *Captain Jack*, ça met dedans, pourtant!

En se rejoignant davantage, les lames coincent et entaillent un fin segment de la chair qui retient l'aréole rosée. L'outil se retrouve rapidement taché du sang qui s'écoule de la micro-incision. La quantité est insignifiante, mais la douleur engendrée, elle, est suffisamment intense pour que Roberto émette un grognement, tout en se mordant les lèvres.

— Ahhh! J'comprends! C'est mes outils, c'est ça? Ben là... fallait l'dire avant, déclare Fred, tout sourire.

Il libère le sein et jette pinces et sécateur au sol.

— Hey, des pinces... des scies... des marteaux... des *cutters*... je sais pas c'est quoi ma fixation avec les outils. J'imagine que j'étais menuisier dans une autre vie. Qu'est-ce t'en penses? Ouin… sauf que là, comment j'vais faire pour rendre le *show* intéressant ? Oh! Attends! J'pense que j'ai trouvé!

Fred retourne fouiller derrière Roberto, qui comprend aussitôt que tout ceci fait partie du spectacle depuis le début. Au nombre de *shows* auxquels il a assisté depuis sa capture, il aurait dû se douter que son bourreau n'allait pas se contenter de le torturer physiquement. Même chose en ce qui concerne les nouveaux invités, qui, plus que jamais, cherchent à savoir si tout ceci n'est qu'un grotesque canular, ou si leur vie est réellement en danger.

— Là, Bobby, faut que tu comprennes qu'avec un corps parfait comme le tien, les grandes échalotes comme moi peuvent pas tellement rivaliser. C'est clair que les filles vont toujours être après toi ! Si c'est OK pour toi, on va juste niveler ça un peu, explique Fred en lui dévoilant avec fierté la râpe à fromage qu'il vient de dégoter.

La réaction de la foule est vive et instantanée. Mais Roberto, lui, n'a pas le temps de réagir.

— C'est parti, mon kiki!

Fred ne fait ni une ni deux ; il presse la râpe contre le même mamelon que tout à l'heure et débute la boucherie. Dès la première motion vers le bas, des tronçons de peau sont brutalement arrachés par les dizaines d'ouvertures aux rebords tranchants.

Le sang ne fait plus que s'écouler de la blessure ; il se déverse à fort débit. Fred râpe, et râpe encore. La salle de spectacle se remplit vite des hurlements de Roberto et des portraits Polaroïd crachés en provenance de quelque part au plafond. Le pauvre souffre tellement qu'il n'aperçoit pas son bourreau se déplacer sur sa gauche, avec le sordide dessein de réserver au second mamelon un sort identique au premier.

Encore une fois, les lames, si petites soient-elles, mordent et déchiquètent la chair tendre, à la pointe du pectoral. La râpe sévit à un rythme qui calque parfaitement celui de la musique. Fred semble passer la meilleure soirée de sa vie. Situation drastiquement opposée en ce qui concerne Roberto. Ses hurlements continuent d'alimenter le Polaroïd accroché au plafond, dont le *flash* se perd à travers les divers effets visuels du spectacle.

Gooooooo... left, go right, go pick up the step!
Go left, go right, go left!

De ce nouveau cratère de chair naît une nouvelle rivière de sang, qui, comme la première, ne met que peu de temps à imbiber les sous-vêtements de la victime, avant de continuer son chemin le long de la jambe et d'être recueillie par le curieux récipient.

— Cool! lance Fred, tandis qu'il prend un pas de recul afin d'admirer son œuvre. J'me sens déjà moins intimidé d'être en *chest*. Bon, c'est sûr que j'suis pas aussi *cute* que toi, mais au moins mes *tits* ont pas l'air d'la face de Kurt Cobain le jour de sa mort! Ha! Ha! Ha! Hey, en parlant de face, mon Bobby... Ton torse ressemble à un bonhomme qui pleure, tu trouves pas? Bon, c'est clair que de pleurer du sang c'est pas l'*best*... Ton bonhomme souffre clairement d'une maladie grave, mais...

— LE SEUL QUI EST MALADE ICI, C'EST TOI, CRISSE DE DÉBILE MENTAL!

Non seulement Fred ne se vexe-t-il pas de l'insulte, mais cette irruption de colère inattendue l'amuse au plus haut point.

— Merci pour cette illumination, *Captain Obvious*! Si c'était pas l'cas, je serais sûrement pas ici, pas vrai? Hey, pis arrête de crier comme ça, tu vas faire peur à ton bonhomme. Regarde comment y'a l'air tout marabout!

Fred s'empare de son poignard, et également d'un feutre noir, qu'il utilise pour tracer un croissant de lune, pointes vers le bas, sur le ventre de Roberto.

— Ouin... c'est pas la plus belle bouche du monde, mais on comprend que le bonhomme est triste.

— Malade... T'es un vrai de vrai malade... articule Roberto, en larmes.

— Ah ben, ça parle au mosus, Bobby! C'est quoi les chances que tu me traites de malade... deux secondes avant que ton bonhomme soit malade?

— Q... Quoi?

À deux mains, Fred enfonce sauvagement son poignard dans l'abdomen. La longue lame pénètre au complet, une quinzaine de centimètres à gauche du nombril. La douleur qui en résulte paralyse net Roberto qui, cette fois, est incapable d'émettre un seul son. Son visage vire au violacé et sa mâchoire se met à trembler, comme s'il soulevait un rocher de cent kilos au-dessus de sa tête.

D'un élan vif et brutal, Fred lui ouvre le ventre sur un axe horizontal. Des cris sont alors poussés dans l'assistance. Le maître du spectacle ne saurait dire s'ils expriment l'effroi ou l'excitation, mais il s'en moque; l'un comme l'autre lui convient parfaitement.

L'énorme plaie qu'il vient de créer s'ouvre d'un coup, déversant lentement un horrible mélange de sang et de boyaux.

L'hilarité de Fred est instantanée.

— *Check*! *Check*, Bobby! Y'est malade pour vrai! Y vient de dégueuler, pis pas à peu près! Ha! Ha! Ha! Ah, wow!

Après quelques déhanchements supplémentaires, il se penche une première fois et s'empare d'un des clichés jonchant la scène.

— Ouaip! C'est nettement celle-là que je garde pour mon mur! Regarde!

Sans surprise, Roberto n'y porte pas la moindre attention. Fred hausse les épaules et glisse le cliché dans son *string*. Lorsqu'il se penche à nouveau, il attrape cette fois un segment de l'intestin en cavale. Comme pour la photo, il agite l'organe sous le nez de son propriétaire.

— Hey, s'cuse-moi, Bobby! Je l'vois bien que tu tripes pas! J'ai vraiment un humour de colon…

Fred danse encore et va se positionner derrière sa victime. Il passe ensuite le cordon organique par-dessus la tête de Roberto, le fait glisser sous son menton en lui faisant faire deux tours puis se met à tirer. Jusqu'à ce que toute entrée d'air devienne impossible, le faciès du pauvre passe du pourpre au violacé. De nouvelles veines se mettent à saillir sur les tempes, tandis que ses yeux se révulsent.

C'est le moment que choisit Fred pour écraser son pied sur le bouton d'une étrange pédale, à proximité. S'active alors un mécanisme qui aspire tout le sang recueilli par le récipient de plastique et le recrache dans la foule par l'entremise d'arroseurs. D'où il se situe, Fred ne peut voir la réaction de la foule, mais il l'entend parfaitement, malgré la musique.

Sous cette nouvelle série de cris de l'assistance, Roberto cesse de bouger, étranglé à mort par son propre intestin et vidé de son sang.

Ainsi sont accueillis les nouveaux invités du manoir.

CHAPITRE 5

Nick ouvre péniblement les yeux. Il a l'impression que des ancres sont accrochées à chacune de ses paupières. Ce qui lui conviendrait parfaitement, puisqu'il a l'air d'une épave.

À mi-chemin entre les bras de Morphée et la minuscule cuisine de son trois et demie, il peut entendre le bruit agressant qu'émet la déneigeuse en reculant, trois étages plus bas. Il préfèrerait des ongles sur un tableau à ce timbre monocorde infernal. L'idée d'ouvrir la fenêtre et de flinguer le chauffeur le tenaille au point où il s'aperçoit que sa main glisse jusqu'à son arme. Heureusement pour l'employé de la Ville, le carillon strident de l'appartement retentit et reconnecte Nick avec la réalité.

Du moins, en partie.

— Mehhhhh, râle-t-il, sa mâchoire molle bien écrasée contre la table de la cuisine, où il s'est endormi il y a un peu plus de deux heures.

Lorsqu'il relève enfin la tête, une feuille de notes reste collée sur sa joue. D'un geste gauche, il l'en déloge et la jette parmi toutes celles déjà éparpillées devant lui. Une partie d'entre elles engloutissent même le clavier de son portable, demeuré allumé tout ce temps. Les stores horizontaux de l'unique fenêtre sont entrouverts, mais pas le moindre rayon de clarté ne circule par les fentes. Nick ramène son poignet à quelques centimètres de son visage. Sa montre indique 6 heures 38 du matin.

Les yeux baignant dans le néant, il pousse un interminable soupir, tandis que son autre main agrippe la carafe de café au tiers pleine qu'il s'est fait la veille et qui n'a pas quitté sa table depuis. Son contenu est aussi tiède qu'un liquide peut l'être. Sans se donner la peine d'aller chercher une tasse, Nick en avale deux grosses gorgées à même le contenant de verre.

La sonnette de son appartement se remet à sonner.

Sans dire un mot, il se redresse péniblement et se traîne les pieds jusqu'à la porte d'entrée, carafe toujours à la main. Ce n'est qu'après y avoir bu à nouveau qu'il se décide à presser la touche de l'interphone.

— Si c'est pas Scarlett Johansson en déshabillé sexy ou Yves Corbeil avec sa Roue de fortune, j'veux rien savoir…

Je pense que t'aurais plus de chance que ce soit Yves Corbeil en déshabillé sexy. Et en passant, ça fait une éternité que c'est plus lui qui anime la Roue de fortune. *Asteure, arrête de niaiser pis ouvre-moi ! On gèle, dehors !* proteste la voix de Steven.

Le carillon d'ouverture, c'est tout ce qu'il reçoit en guise de réponse.

Pendant que son partenaire gravit les escaliers de son appartement, Nick, avec sa démarche de mort-vivant, atteint le garde-manger. Une fois la porte ouverte, il s'empare d'une poche de sucre de deux kilos et en déverse une alarmante quantité dans sa carafe. D'un mouvement répétitif du poignet, il remue le liquide, puis y boit de plus belle, sans jamais grimacer. Du bout des doigts, il tire la ficelle du store, au-dessus de l'évier. Dehors, la grisaille déprimante de décembre semble lui faire un pied de nez.

— Saison de marde…

Pendant que Nick se frotte les yeux d'une main, quelqu'un frappe deux petits coups à sa porte et entre sans attendre. Sans surprise, il s'agit de Steven, qui transporte son ordinateur portable ainsi qu'une boîte de beignes. De larges cernes sous ses yeux bouffis trahissent un flagrant manque de sommeil, mais son état n'est jamais aussi déplorable que celui de son partenaire.

— Je savais qu'on trouverait de quoi, Nick. Je le savais ! affirme Steven, animé d'une vigueur qu'on ne lui soupçonnerait pas en voyant ses traits tirés.

— Steven. La porte.

— Laisse faire la porte, Nick, pis écoute plutôt ce que je suis en train de te dire ! De toute façon, Daph est en chemin, La porte sera déjà ouverte pour elle.

S'il est le moindrement intrigué, Nick n'en laisse rien paraître. Il faut dire que depuis le début de leur enquête, le destin s'acharne à leur mettre des bâtons dans les roues. Il voit mal comment la situation pourrait avoir soudain pris un nouveau tournant. Surtout après avoir passé la soirée et une partie de la nuit debout sans progresser d'un iota. Un échec qui peut se vanter d'avoir accompli tout un tour de force en noircissant le moral à toute épreuve du lieutenant.

— C'est bon, capitule-t-il en prenant place aux côtés de Steven, tandis que ce dernier repousse la paperasse qui masque la table. Il y dépose ensuite son propre ordinateur, soulève l'écran, et l'allume à la hâte.

— J'ai commencé par visionner les bandes vidéo des caméras de surveillance des commerces à proximité de La Boîte de Pandore.

— J'me les suis tapées mille fois chacune, Steven. Notre cible apparaît nulle part.

— Oui, c'est vrai. Mais... si on regarde attentivement l'enregistrement du stationnement payant, sur la 24e Rue, pas loin derrière, on peut remarquer un détail intéress...

Un profond bâillement vient interrompre Steven au beau milieu de sa propre phrase.

— Whoaaa! Excuse-moi, je commence à cailler. T'aurais pas un petit café pour moi, par hasard?

— Tiens, gâte-toi.

Nick lui tend sa carafe. Le visage de son équipier se fripe en examinant ce qu'elle contient.

— Veux-tu ben me dire c'est quoi la croûte dégueulasse qui flotte là-dedans ?

— Du sucre.

— Du sucre ? C'est pas censé fondre dans le café, ça ?

— Quand le café est chaud, oui !

Son besoin de caféine dominant largement les caprices de ses papilles gustatives, Steven finit par hausser les épaules.

— Meh...

D'un seul trait, il avale la moitié de ce qu'il reste de café. Il dépose ensuite la carafe sur la table, juste à côté de son portable.

— Si tu me fais attendre deux secondes de plus, j'enfonce ta tête tellement profondément dans ton anus...

— Que je vais pouvoir me porter moi-même en guise de chapeau... Oui, j'ai souvent eu droit à cette menace de ta part. En fait, toutes tes réponses se trouvent là-dedans !

Steven fouille dans son veston et en ressort une clef USB, qu'il s'empresse de connecter à son ordinateur.

— J'ai déjà un portable, t'sais. Ç'aurait été ben moins de trouble pour toi d'apporter juste la clef. Pis ça t'aurait permis d'amener une plus grosse boîte de beignes, le sermonne Nick en jetant son dévolu sur un crème Boston à l'érable.

— *Plugger* une de mes clefs dans ta boîte à virus ? C'est beau, j'vais passer mon tour. Bon, le dossier est là ! Juste à cliquer... Et bam ! Tiens, regarde cette capture d'écran !

Nick plisse les yeux et approche son visage de l'écran. Il y aperçoit l'image assez claire de la 24e Rue, mais rien de particulièrement intéressant. Qu'un couple, sur le trottoir du fond, se prenant en selfie.

— J'me rappelle avoir vu les tourtereaux sur mes enregistrements vidéo. J'te confirme que j'ai jamais vu ces personnes-là de ma vie.

— Ça, j'le sais déjà. Par contre, ça veut pas dire que nos deux amis ici sont sans importance. Premièrement, regarde où ils sont ! Tout juste à côté de la Caisse populaire ; en plein là où débouche la ruelle du bar. À moins que notre cible se soit infiltrée par effraction dans un des commerces avoisinants, elle est forcément passée à cet endroit pour rejoindre la rue. Ensuite, regarde l'heure à laquelle a été prise la photo ! Elle concorde parfaitement avec le moment où Daph et moi on a fait irruption dans les cuisines.

Une à une, les pièces du casse-tête se déplacent et tentent de s'imbriquer les unes dans les autres dans l'esprit de Nick.

— Attends un peu, là. Qu'est-ce que t'es en train d'me dire, au juste ? Que notre cible apparaît pas sur cette photo-ci…

— Mais sur le selfie des amoureux, quelque part en arrière-plan, oui !

Nick se gratte le menton. Sans rien ajouter, il s'empare de la carafe et bondit de sa chaise. Il balance le fond de café froid dans l'évier et allume sa machine.

— On va avoir besoin de café frais, mon Steven ! On doit tout faire pour identifier les deux amoureux sur le cliché, pis retrouver leur trace. Ça sera pas facile, mais on peut y arriver, annonce-t-il, gagné par un élan soudain d'optimisme.

— Je dis pas non pour un peu de café chaud. Mais la bonne nouvelle, c'est que j'ai déjà réussi à identifier le gars de la photo.

— Il est fiché ?

— Ouais ! C'est un dénommé Patrice Cazin. Un petit truand de l'ouest de la ville. Arrêté en 2014 pour avoir braqué une banque. Il a été relâché en 2020.

— On sait où y s'trouve ?

— Sur la 101e, à Saint-Jérôme aussi.

— Quoi ?! Mais c'est à dix minutes de chez Daph ! Je l'appelle pour qu'elle s…

— Trop tard, Nick. C'est fait depuis longtemps. Daph a débarqué chez lui v'là vingt minutes de ça. Le gars s'est montré frileux au début, mais il a fini par céder.

Le visage de Nick s'allonge comme s'il venait de surprendre le Bigfoot à boire du thé avec des poupées dans son salon.

— Ça fait que là, tu m'dis… Tu m'dis que t'as les photos du gars sur toi ?

— Daph me les a envoyées pendant que je me stationnais en bas. Tu devineras jamais qui on peut apercevoir derrière le couple sur un des clichés.

Reconnu pour aimer faire languir tous ceux qui l'entourent, Steven Papatonis sourit à pleines dents. Alors qu'il termine sa dernière phrase, il tend son téléphone cellulaire à Nick, qui est à deux poils de la crise de nerfs.

Il lui arrache presque l'appareil des mains et scrute l'image à l'écran. Steven ne mentait pas ; leur cible a bel et bien été prise en photo à son insu.

— Non seulement on a réussi à identifier la personne qui l'accompagne – ils se sont sans doute rencontrés au bar pendant qu'on y était –, mais on a également réussi à trouver une adresse, clame fièrement Steven.

Le regard sévère de Nick quitte le cellulaire pour aller fusionner avec le sien.

— Tu t'fous de moi ?!

— Je vois que tu portes encore ton linge d'hier. Va te laver et trouve-toi un habit qui a pas l'air d'avoir été volé à un robineux. Daph va être là d'une minute à l'autre.

— Sauf que là, si la cible est bien à cette adresse, on peut pas prendre le risque d'arriver là sans mandat ! Faut qu'on puisse rentrer tout d'suite ! Pis obtenir un mandat, ça peut prendre des jours !

— Pas quand tu t'appelles Steven Papatonis ! Un certain juge, dont je vais taire le nom, me doit un p'tit service. J'suis sûr que j'peux avoir notre mandat d'ici la fin de la journée !

CHAPITRE 6

Sept heures sont sur le point de sonner. Même s'il se doute qu'aucun invité ne viendra – peut-être à l'exception d'Ian, le seul ancien –, Fred cuisine pour une armée. La quantité de bols, de cuillères, de coquilles d'œufs cassées et de farine répandue sur le comptoir peut en témoigner.

Encore légèrement ivre de l'effervescence de la veille, Fred se permet quelques mouvements de danse en cuisinant, hypnotisé par chacune des chansons que lui joue sa cassette de *Queen, A Night at the Opera*. Ce matin, il a troqué son éternel pyjama des Tortues Ninja pour une robe de chambre blanche, des pantoufles en tête d'Ewok ainsi qu'un authentique chapeau de pâtissier.

Partout dans la pièce, l'air est chargé d'effluves de bacon et de cannelle.

— Mon Dieu que ça sent bon! J'espère que personne d'autre ne va se présenter à matin, qu'on puisse tout garder pour nous deux, commente Heather en apparaissant dans la salle à manger.

— D'après moi, on sera pas ben, ben plus que trois ou quatre. Inquiète-toi pas, on manquera pas de bouffe, la rassure Fred, qui en est à ses derniers préparatifs.

À l'aide d'une fourchette, il transfère la moitié du bacon qui frétille toujours dans la poêle jusqu'à un large bol qui en contient déjà une montagne. Il la recouvre ensuite de feuilles essuie-tout maculées de taches de gras. Quant à l'autre moitié, elle est divisée en deux parts égales, qui sont ensuite déposées dans deux assiettes. Fred éteint la radio et va rejoindre Heather à table.

— Et voilà, ma chère! C'est prêt! Mes succulentes crêpes à déjeuner *à la Roberto*!

Heather écarquille les yeux en apercevant la crêpe humanoïde au fond de son assiette. Fred lui a dessiné un visage élémentaire avec du coulis de chocolat et a ajouté une saucisse de veau entre les jambes en guise de pénis. Deux framboises écrasées font office de seins mutilés, alors que des œufs brouillés et des tranches de bacon représentent les boyaux qui lui sortent du ventre.

— J'ai de la difficulté à savoir ce qui m'impressionne le plus : ta prestation d'hier, ou les efforts que t'as mis sur le déjeuner de ce matin...

Fred lui sourit. Quelque chose dans le comportement de Heather a changé depuis plusieurs semaines, elle qui n'a jamais eu l'habitude de s'emporter pendant les prestations, encore moins de complimenter un des hôtes sur ses déjeuners.

L'effet « Ève », ne peut s'empêcher de songer Fred.

Même Sandra, extrêmement introvertie de nature, a fini par tomber en amour avec la personnalité épicée de leur maîtresse, et s'est progressivement laissé influencer par elle.

— Pis tout s'est bien passé avec les nouveaux pendant le *show* ?

— Numéro un ! Y'a juste chose, là… le p'tit fendant…

— Charles.

— Charles ! En plein ça ! Il a essayé de se pousser quand t'as commencé à râper Magic Mike. Il s'est vite rendu compte que mon bistouri et moi, on est toujours prêts ! Il s'est écrasé dans son siège bien assez vite.

Son compagnon acquiesce et tous deux passent à table.

Après avoir mangé sa première crêpe en silence, Fred en propose une seconde à Heather, qui ne se fait pas prier pour accepter. En retournant vers ses poêlons, il fait un subtil détour et s'assure que le corridor qui mène à la salle à manger est bel et bien vide.

— T'as senti sa présence, toi aussi ? Cette nuit, pendant ta tournée.

Heather hésite avant de répondre.

— Oui. J'allais justement t'en parler. Quelqu'un s'est promené dans les corridors après le couvre-feu, j'en suis certaine. J'ai entendu le plancher craquer à quelques reprises, mais je n'ai pas réussi à coincer qui que ce soit.

— Même chose de mon côté. Des suspects ?

— Non. Je sais qu'on les connaît pas encore super bien, mais j'ai le *feeling* que ça peut pas être Marie-Pier.

— C'est vrai qu'elle a pas *full* le profil du ninja typique. Bah… le ninja de Beverly Hills, peut-être.

— Charles, alors ?

— J'aimerais vraiment ça. Le seul désavantage de le pincer tôt, c'est que j'aurais pas le plaisir de l'avoir dans mon *show*, vu que le mien vient de passer.

— Wow ! C'est rare que je t'entends parler ouvertement de même d'un invité. On a pourtant eu de solides plaies au fil des ans.

— J'sais. Mettons que j'dors pas super bien ces temps-ci. J'ai l'impression que ça affecte mon humeur pis ma patience.

Heather l'examine discrètement pendant qu'elle avale une longue gorgée de son café noir. Jamais elle n'aurait eu le courage d'aborder le sujet, mais elle a remarqué quelques changements subtils dans son comportement depuis quelque temps. Comme si son masque se fissurait plus fréquemment. Bien qu'il ne parle jamais d'elle, Heather est convaincue que cela a un lien avec sa jeune sœur, source du trauma d'où est née sa psychose.

Elle ignore si elle le fait par empathie ou par peur de savoir sa vie en danger si jamais il devait entrer en état de crise, mais Heather prononce la dernière phrase qu'elle se serait imaginé sortir de sa bouche un jour :

— J'ai une idée. Qu'est-ce que tu dirais qu'on se déguise en magiciens pis qu'on écoute le premier *Seigneur des anneaux* version allongée ?

Le visage de Fred s'illumine comme un gamin de dix ans sur le point de déballer ses cadeaux de Noël.

— JUSTE le premier! précise-t-elle. Je vais avertir Sandra, Michel et Papy, histoire qu'ils gardent un œil particulièrement attentif sur nos petits nouveaux pendant notre absence.

— Ah ben, saint-ciboulette à bicyclette! Là, tu fais vraiment ma journée! Va préparer le film, j'vais aller nous chercher les costumes pis l'assiette de *lembas* que j'ai faite cuire hier matin!

Sur ce, Fred s'éclipse en riant, pendant qu'Heather se demande si elle n'aurait pas préféré qu'on lui tranche la gorge.

« Fred à l'écoute! T'es là, Fred? C'est Michel! »

L'interpellé se retourne vers le walkie-talkie laissé sur l'appuie-bras du fauteuil qu'il occupe. Si Michel cherche à le rejoindre aussi vite, c'est que quelque chose ne va pas.

— Oui, Mike! Je suis là. C'est ben mieux d'être important parce que Frodon vient de s'faire *stabber* par une grosse araignée, pis j'veux pas manquer la suite. Qu'est-ce qui s'passe?

« Tu dois être le seul être humain au monde à avoir vu les Deux Tours *plus de fois que moi. Je suis pas mal sûr que tu connais déjà la suite. Je vois un char approcher sur les caméras de surveillance. Un Dodge Charger blanc. Ma main au feu que c'est un char de bœufs banalisé. »*

Fred attrape la télécommande et met le film sur pause.

— Combien de personnes dedans ?

« *Trois. Deux gars et une fille. Ils vont être à porte dans pas long.* »

— C'est bon, j'm'en occupe. *Good job*, Mike !

« *Y'a rien là !* »

Fred met fin à la conversation et glisse le talkie dans la poche de sa robe de chambre.

— La police ! Ici ? *Fuck* ! S'ils entrent, on est faits à l'os ! s'alarme Heather.

Tout le *lembas* qu'elle a mangé pèse soudain aussi lourd qu'un boulet de canon dans son estomac.

— Ben voyons donc, tire-bouchon ! Qu'est-ce que tu dis là ? C'est cool, ça met un peu de *spicy* dans notre journée !

Une opinion qui n'est visiblement pas partagée par sa comparse. Heather ne se gêne pas, d'ailleurs, pour monter aux barricades une fois de plus. Mais Fred refuse de le voir ainsi.

— Inquiète-toi pas avec ça. Va te changer. Gère les invités, assure-toi qu'ils se promènent pas lousse dans place, pis tout va bien aller. J'vais m'amuser avec nos visiteurs, pis leur enlever l'goût d'entrer.

— OK, mais comment tu comptes faire ça ?

— Facile. J'vais les mettre le plus mal à l'aise possible.

Même en roulant à basse vitesse, le lieutenant Friedmann passe près d'envoyer sa voiture dans le fossé, alors que son attention est concentrée sur les sublimes jardins qui tapissent une importante superficie du domaine Caron.

De loin le membre du trio ayant cumulé le moins d'heures de sommeil depuis la veille, Nick a tout de même insisté pour être au volant. Conduire lui donne l'impression qu'il n'est pas qu'un passager dans cette enquête, lui qui est le seul à ne pas avoir contribué aux plus récentes progressions de leur équipe.

— Bonté divine! M'as-tu vu la cabane?! s'émerveille Steven, la bouche encore pleine du dernier beigne que contenait sa boîte. Le bonhomme Caron doit se perdre dans sa propre maison tellement c'est immense!

— Le bonhomme Caron, comme tu dis, est mort au printemps, lui remémore Daphnée. On a retrouvé son corps dans une ruelle à Longueuil. Il s'est fait poignarder dans la gorge à onze reprises. C'est son fils qui est le propriétaire, asteure.

Nick stationne sa voiture devant la porte principale. Le seul autre véhicule en vue est un Ford Mustang décapotable noir de jais, garé quelques mètres plus loin.

— J'ai rencontré Adam Caron à deux reprises durant ma carrière. C'était un gros connard excentrique, doublé d'un pervers. J'espère que son fils a plus de classe que lui, ajoute-t-elle.

— J'te parie cinquante dollars que c'est un fils à papa qui porte des polos hors de prix pis des sandales brunes, lance Nick, tandis qu'il frappe au battant.

Dix secondes plus tard, celui-ci s'ouvre. De l'autre côté les accueille un jeune homme, en apparence dans la fin vingtaine, plutôt grand, élancé, souriant, et... complètement nu ! Exception faite de son bonnet de Noël.

— Salut ! J'peux vous aider ?

Pris de court, aucun des trois policiers n'arrive à formuler la plus basique des réponses, ne serait-ce qu'un bégaiement.

— Allez-vous rester plantés toute la journée sous mon porche avec votre regard de merlan frit ? leur demande Fred en appuyant l'une de ses mains contre le cadrage.

Daphnée est la première à retrouver l'usage de la parole.

— Excusez-nous. Êtes-vous Frédérick Caron Imbeault ?

— En chair et en gosses !

— Euh... je... OK.

— Écoutez... Je suis le lieutenant Nicholas Friedmann. Voici mes collègues, les agents Chéry et Papatonis. On s'excuse de vous déranger le lendemain de Noël, mais on aurait une couple de questions à vous poser. C'est-tu correct si on entre quelques minutes ? demande Nick une fois la stupeur évanouie.

Sans gêne, Fred se gratte allègrement les testicules.

— Ahhhh, j'pense pas, non. Vous l'avez peut-être pas remarqué, mais j'suis à poil.

— Non, non. On l'a remarqué, l'assure Nick.

— J'étais en train de faire du sexe avec des filles. Plein de filles. Pis j'étais pas mal bon. C'est vrai qu'elles sont peut-être pas toutes belles, mais j'peux vous assurer qu'elles sont toutes majeures. Y'en a même deux qui ont quatre-vingts ans. Elles sont lesbiennes pis cousines. Elles ont un gros penchant pour le *fist*...

— Monsieur Car... Fred. C'est drôle, j'ai comme le *feeling* que j'peux vous appeler Fred !

— Ben sûr !

— Écoute Fred, on n'est pas des caves ; on voit ben que t'as pas envie de nous laisser entrer, mais on peut t'assurer que notre visite d'aujourd'hui a rien à voir avec toi.

Le propriétaire n'a pas la moindre réaction et conserve son air amusé. Friedmann est incapable de dire si son argument a fait mouche.

— On enquête sur une série de disparitions dans plusieurs secteurs de la Rive-Nord. C'est primordial qu'on parvienne à s'entretenir avec cette femme. Tu la connais ? demande Daphnée en tendant une photographie à Fred.

— Elle s'appelle Heather St-Clair, précise Nick. Elle était chirurgienne à l'Hôpital général juif de Montréal, de 2005 à 2012.

Bien entendu, Fred la reconnaît immédiatement, même si elle est beaucoup plus jeune sur le cliché. Mais il n'en laisse rien paraître. Il prend ensuite quelques secondes pour faire une brève analyse des trois agents de la paix à sa porte. Les chances qu'ils sachent déjà que Heather a emménagé ici il y a presque sept ans sont de pratiquement cent pour cent. Inutile d'essayer de leur faire gober qu'il ignore qui elle est. Par contre, cela ne signifie pas nécessairement qu'ils savent tout sur elle.

— Évidemment que je connais Heather. Elle a habité ici avec nous. Pendant quoi ? Quatre ou cinq ans ? Ça fait un sacré bout que je l'ai pas vue, par exemple.

Les policiers échangent un regard interrogateur.

— Donc... elle habite plus ici ? C'est ça que tu nous dis ? veut s'assurer Nick.

— Exact !

— Et tu saurais pas où on peut la trouver, par hasard ? demande Daphnée.

— *Nope*. Aucune idée ! Elle a jamais été ben, ben loquace.

Nick soupire discrètement. Il refuse de croire que leurs plus récents indices les ont menés tout droit dans un énième cul-de-sac. Après tout, rien ne prouve que les dires de Fred soient véridiques.

— Si ça te dérange pas, on aimerait ça entrer pis faire un p'tit tour pour s'en assurer. C'est pas qu'on te croit pas, mais en bout d'ligne, on a une job à faire. Après ça, on disparaît.

— Avez-vous un mandat ?

L'œil de Nick tique.

Cette phrase...

Cette putain de phrase que tous confondent avec une formule magique permettant d'ingénieusement bafouer le système judiciaire dès l'instant où un représentant de l'ordre se présente à leur porte. En fin de compte, Steven ne tirait pas autant de ficelles qu'il semblait le croire, et sa demande pour ledit mandat allait prendre plus de temps qu'escompté. Déterminés à mettre la main au collet de leur cible le plus tôt possible, tous les trois s'étaient tout de même mis d'accord pour rouler jusqu'au manoir et convaincre le propriétaire de les laisser entrer. Ce qui allait s'avérer plus ardu que prévu.

Devinant que la patience de son collègue se tarit à vue d'œil, Daphnée s'apprête à répondre à sa place, mais le lieutenant se ressaisit aussitôt.

— Non, on a pas de mandat. Comme je te l'ai expliqué, on n'enquête pas sur toi. On veut juste retrouver Heather St-Clair. On comptait sur ton bon vouloir pour nous faire faire le tour du proprio, histoire qu'on puisse remplir notre rapport, montrer à notre boss qu'on a fait une belle job, pis passer à une prochaine piste. Par contre, si c'est un mandat que tu veux, on peut t'arranger ça. Pis à ce moment-là, c'est une fouille complète du manoir qui t'attend. Ça serait pas mal plate qu'on tombe sur des affaires illicites auxquelles on s'intéressait même pas au départ, pas vrai?

Fred hausse les sourcils et hoche la tête.

— C'est bon, concède-t-il. J'vous arrange ça. Sauf que là, j'sens comme une p'tite brise. Ça vous dérange-tu si j'prends le temps de m'habiller avant?

— On t'en serait ben gros reconnaissant, en fait.

CHAPITRE 7

Jusqu'ici, la visite du manoir n'a pas donné les résultats escomptés. Après avoir fait le tour d'une dizaine de pièces au rez-de-chaussée, Friedmann et son équipe n'ont pas récolté un seul petit indice pouvant leur laisser croire que Heather puisse se trouver en ces lieux.

— C'est encore plus grand que ce que je m'étais imaginé de l'extérieur, commente Papatonis. Tu vis vraiment seul ici?

— Seul? Ben non! Kenny et Michel habitent ici en permanence. Le premier est mon chef cuisinier, l'autre est le responsable de l'entretien et de la sécurité. En espérant de tout mon cœur qu'ils interchangent jamais de job, admet Fred, qui s'est entretemps affublé d'un t-shirt du groupe Hanson, d'une veste en laine couleur charbon, d'un horrible jean vert forêt et d'une paire de souliers Converse édition *Star Wars*.

— Pis Heather? Elle faisait quoi quand elle vivait ici? C'était la blonde de ton père? se risque Friedmann.

— Eh *boy*, non! Quoiqu'elle était pâmée sur lui ben raide. Elle lui aurait mangé l'bat même si y se l'était saucé dans mélasse pis dans vitre cassée! Mais mon père a jamais rien voulu savoir. Y'avait pas de blonde. Y'en voulait pas. Y'a toujours juste vu Heather comme une excellente amie.

— Pis toi? Tu t'entendais bien avec?

— Avec Heather? Vraiment! On a eu du fun comme c'est pas possible pendant qu'elle vivait avec nous. On regardait des *shows*... on se faisait des soupers avec des amis... on organisait des *games* de poker...

Droit devant eux, Fred aperçoit le corridor qui se termine. Dans peu de temps, les policiers et lui atteindront la section des chambres d'invités. Les risques de tomber sur l'un d'entre eux augmentent à chacun des pas qu'ils font. Comme si cela n'était pas déjà suffisamment dangereux, ils se rapprochent aussi de l'un des escaliers principaux, menant à la fois aux chambres des hôtes, à l'étage, ainsi qu'au sous-sol, et à tous les secrets qu'il renferme.

Sans avertissement, l'agent Chéry tourne brusquement la tête.

— Hey, Daph! Ça va?

— Hum? Ouin. J'ai l'impression d'avoir senti une présence. Comme si quelque chose s'était déplacé. T'es bien sûr qu'y'a personne d'autre ici à part tes deux employés ? demande-t-elle à Fred.

— Sûr comme le scrotum de Carey Price après une *game* en triple prolongation !

— Pis j'imagine que vous avez pas de chats ?

— *Nope*. Pas de chats. Michel est allergique. Par contre, saviez-vous qu'en Égypte antique, les chats étaient vénér...

— Cette pièce-là, c'est quoi ? l'interrompt Friedmann, qui n'a visiblement aucun intérêt pour ses histoires de chats.

Tout sourire, Fred tend les bras de chaque côté de son corps et effectue deux tours complets sur lui-même.

— Mesdames et messieurs, soyez les bienvenus dans la partie la plus intense et la plus excentrique du manoir : les chambres d'amis !

Les trois policiers ont besoin de se repasser la phrase en boucle dans leur tête avant d'en relever le sarcasme.

— Comme je reçois jamais personne, elles sont à peu près aussi utiles que le deuxième soulier d'un unijambiste.

Friedmann pouffe d'un rire qu'il étouffe aussitôt et qu'il aurait préféré garder sous contrôle. Quelque chose cloche depuis qu'ils sont entrés dans le manoir. Il le sent. Il a également l'impression que les simagrées et le comportement loufoque de leur guide cachent quelque chose. Dans le regard de ce Fred, dans la façon qu'il a d'avoir réponse à tout sans jamais sembler déstabilisé lui laisse croire que le personnage est beaucoup plus futé que ce qu'il veut laisser paraître. Rire de ses pitreries ne fera que gonfler sa confiance. S'il veut lui faire faire un faux pas, Friedmann doit lui mettre de la pression. Lui faire comprendre, sans le dire ouvertement, qu'il voit clair dans son petit manège et qu'il ne se laissera plus endormir. L'idée que Heather peut bel et bien se trouver en ces lieux croît dans son esprit à chaque seconde qui passe.

— C'est pourquoi l'ange sur la porte ? demande Papatonis. Vous êtes croyant ?

— Moi non. Mon père l'était. Y'avait une fixation malsaine sur la Bible. Plus particulièrement sur la Genèse. À cause de son prénom, j'imagine. C'est pour ça que chacune des chambres d'amis porte le symbole d'un des apôtres. L'ange, par exemple, c'est le symbole de saint Matthieu. Un peu plus loin, on a une porte avec une hallebarde, symbole de saint Jude, patron des causes perdues. Ou encore une autre avec un serpent dans un calice, qui représente saint Jean, patron des libraires.

Issue d'une famille chrétienne pratiquante, Chéry se surprend à voir son intérêt piqué par cette anecdote.

— Si elles sont pas occupées, j'imagine que ça dérange personne qu'on jette un œil à l'intérieur ?

— *Be my guests* ! leur lance Fred, arborant un sourire digne d'un présentateur d'infopub.

D'un mouvement rempli de grâce, il s'écarte et désigne la porte de son bras tendu.

Pendant ce temps, son autre main – positionnée derrière son dos – effleure avec subtilité l'endroit où se trouve son poignard afin de s'assurer qu'il y est toujours, au cas où les choses tourneraient au vinaigre.

Friedmann et Chéry entrent dans la chambre, la main sur la crosse de leur arme. Papatonis s'apprête à faire de même, mais son partenaire l'en dissuade.

— On a pas besoin d'être trois ici, Steven. Reste dans le corridor. On en a pas pour longtemps.

L'agent acquiesce. Il comprend d'emblée que la consigne de son partenaire de longue date contient en fait deux messages cachés. Premièrement, Nick a besoin de la vue bionique de Daphnée pour trouver un maximum d'indices, même les plus subtiles. Deuxièmement, il veut garder une paire d'yeux en permanence sur ce Fred, envers qui sa confiance semble de plus en plus se fragiliser.

À première vue, tout paraît normal à l'intérieur de la chambre. Un lit simple en parfait état, une large commode en bois clair, une table de chevet sur laquelle repose une lampe coquette. Jusqu'à ce qu'un détail insolite saute au visage de Friedmann, qui ne peut s'empêcher d'interroger le propriétaire à ce sujet.

— Y'a-tu une raison pourquoi tout est vissé?

— Et aussi, pourquoi y'a un cadran numérique rouge derrière un Plexiglas? demande Chéry.

Comme à son habitude, Fred est imperturbable. Il répond aux questions sans un soupçon d'hésitation.

— C'est simple, on s'est fait voler pas mal de stock par le passé. Mon père est viré parano. C'est vrai que j'aurais pu tout remettre comme c'était avant depuis l'temps… mais, comme j'vous l'ai dit tantôt, j'viens pratiquement jamais dans cette section-ci.

— Tu veux dire que toutes les chambres sont comme ça? Avec une lampe vissée sur la table, pis tout?

— Ouep. C'est en plein ça!

Pendant que les deux hommes discutent, Chéry en profite pour fouiller à l'intérieur de la commode.

— C'est ça que vous fournissez à vos invités pour passer la nuit? Des *kits* de préposés aux bénéficiaires? demande-t-elle en dépliant le premier sur le dessus de la pile.

— Écoutez, ces *kits*-là, ça date de l'époque où Heather a emménagé avec nous. Elle en a rapporté je sais pas combien de l'hôpital où elle travaillait pis j'ai rien trouvé de mieux à faire avec que de les stocker ici. C'est-tu pour ça que vous vous êtes donné autant de mal pour entrer? Pour coincer Heather St-Clair, la terrifiante voleuse de linge d'hôpital?

Friedmann et Chéry échangent un regard irrité. Après tout le mal qu'ils se sont donné pour trouver ce semblant de piste, ni l'un ni l'autre n'est d'humeur à tolérer que quelqu'un se paie leur tête.

Malgré les particularités saugrenues que recèlent la chambre, rien de ce qu'ils y ont vu ne leur est de la moindre utilité dans leur recherche. Ils préfèrent donc chercher ailleurs.

— C'est bon... On va aller voir la prochaine.

— La prochaine? La prochaine chambre? s'exclame Fred. Vous voulez vraiment vous taper treize pièces identiques?

— On n'est pas pressés, lui répond Friedmann. Et j'ai pas l'impression que t'es ben occupé toi non plus. J'me trompe? Le plus vite on a fait le tour d'la place, le plus vite tu te débarrasses de nous.

— On voudrait pas faire attendre tes filles nues trop longtemps, le nargue Chéry.

— C'est correct. Je leur ai dit de partir quand j'suis allé m'habiller. Les deux vieilles venaient juste de finir de s'pisser dans face. Le *timing* était bon.

— Elles sont parties? Vraiment? Pourtant, on n'a croisé personne.

— Elles sont passées par une autre porte, invente Fred.

— OK! Et y'a combien de sorties ici, au juste?

— Y'en a deux. La porte principale, et celle en arrière, qui mène dans cours.

Encore une fois, Fred demeure inébranlable durant cette interrogation éclair.

— Ma propre maison rentre trente fois dans ce manoir. Tu vas me faire croire qu'il y a seulement deux portes de sortie?

— Une voiture a généralement quatre portes. Un Boeing 747 fait environ quarante-cinq fois la taille d'une voiture. Combien y'a de portes dans un Boeing déjà, agent Chéry?

Un sourire amer s'étire sous le nez de l'agente. Dans un geste involontaire, elle fait claquer sa langue contre son palais. Friedmann en profite pour revenir à la charge.

— La chambre n'a aucun loquet. J'imagine que c'est la même chose pour toutes les autres. Vos invités ont pas le droit d'avoir d'intimité?

— C'est avant tout une question de sécurité, improvise Fred. Si jamais le feu pogne dans place, on veut pas que les gens restent coincés dans leur chambre.

— Ah, ben oui ! Parce qu'ils vont avoir tellement plus de facilité à ouvrir une porte qui requiert un mot de passe probablement secret pis une identification rétinienne !

La déduction de Friedmann frappe droit dans le mille. Pour une des rares fois de sa vie, Fred se fait surprendre. Chéry profite de l'occasion pour ajouter son grain de sel.

— Si tu veux mon avis, ça ressemble plus à des cellules de luxe qu'à des chambres d'amis. Dis-nous la vérité, Fred ! Est-ce que Heather est retenue dans une d…

Elle tourne brusquement la tête vers la droite. Ses coéquipiers n'ont rien vu, rien entendu, mais tous deux l'imitent. Idem lorsque Chéry retire doucement son arme de son étui.

— Daph… qu'est-ce qui s'passe ? Qu'est-ce que t'as vu ? demande Friedmann, sur le qui-vive.

— J'ai encore senti quelque chose bouger. Impossible de dire ce que c'était…

Pendant que ses yeux demeurent verrouillés sur le corridor, ceux de ses partenaires finissent par dévier vers Fred.

— C'est une vieille bâtisse… La plomberie fait souvent des bruits étranges, leur explique-t-il avec une désinvolture qui frise l'arrogance.

Non seulement Friedmann n'en croit pas un mot, mais il a la très forte impression que Fred se paie leur tête. Et il a horreur de ça.

— Est-ce que par hasard ça avait l'air d'un bout de tuyau, c'que t'as vu, Daph ?

— Oh non !

— C'est c'que j'me disais. Dernière chance, bonhomme ! Conduis-nous à Heather ! Tout d'suite !

— J'vous avertis, c'est grand comme Poudlard, ici. Heather est peut-être en train de faire un *gangbang* avec des elfes de maison. Êtes-vous ben certains que vous voulez tomber là-dessus ?

Chaque fois que quelqu'un ouvre la bouche, la tension monte d'un cran. Si Friedmann a d'abord considéré le propriétaire comme un jeune millionnaire excentrique, il envisage de plus en plus la possibilité que ce dernier soit réellement instable mentalement, et qu'il puisse potentiellement avoir un rôle à jouer dans la disparition de Heather. Ses coéquipiers et lui sont persuadés qu'il se trame des choses louches dans ce manoir, et Fred sait qu'ils le savent. À ce stade-ci, il est trop tard pour reculer. Ils doivent aller de l'avant.

Le gars s'est compromis devant trois agents armés et y'a nulle part où se sauver. Veux-tu ben m'dire pourquoi je décèle pas le moindre signe de nervosité de sa part ? C'est pas normal qu'il sourie comme s'il venait de gagner un voyage dans l'Sud ! On a quand même réussi à trouver une faille dans ses défenses en mettant de la pression sur lui. J'pense que le best *est de conserver cette stratégie-là...*

— Y'a vraiment quelque chose qui tourne pas rond, ici. On devrait sortir et revenir avec plus de gars, propose Chéry, cherchant toujours à identifier la source du mouvement.

— OK, Johnson ! Le propriétaire du manoir Caron a posé du Plexiglas pour pas se faire voler ses horloges ! Envoie le S.W.A.T. pis ça presse ! Pis six hélicoptères, se moque Fred en imitant Friedmann appeler du renfort.

— Tu m'auras pas avec ta psychologie à cinq cennes pis tes bouffonneries ! La visite de la chocolaterie continue, Willy Wonka !

Pendant une fraction de seconde à peine, tout le pétillant au fond des yeux de Fred est terni par une ombre, aussi fugace qu'un battement d'ailes de corbeau.

— Comme vous voulez, lieutenant.

Fred s'empare du walkie-talkie dont il a repris possession en allant s'habiller plus tôt.

— Mike ! C'est Fred ! Es-tu là ?

« Euh… oui, Fred. Je suis là », répond la voix hésitante de Michel au bout de quelques secondes.

— Mike, trouve Heather, s'te plaît ! Dis-lui de venir nous rejoindre à l'Euphrate. J'suis avec des policiers qui pensent que je l'ai kidnappée. Ou tuée, j'suis pas sûr.

Un rire nerveux s'échappe du talkie. Encore une fois, Friedmann a la désagréable impression qu'on se paie sa tête. Peut-il avoir fait fausse route ?

« Je suis justement avec elle, Fred. Je vous l'envoie dès qu'elle finit de dégueuler son pain elfique ! »

— Merci, mon chum !

Fred éteint l'appareil et le range dans sa poche.

— L'Euphrate ? L'un des quatre fleuves du paradis ? demande Chéry.

— J'vous l'ai dit : mon père avait une fixation sur la Bible. La plupart des pièces sont nommées d'après différentes villes, ou différents saints, ou n'importe quoi d'autre qu'on retrouve dans le fameux livre. Y'a donc fait construire quatre salons de détente, et chacun porte le nom d'un des fleuves du paradis. J'ai donné rendez-vous à Heather à celui qui est le plus proche d'ici. À moins, bien sûr, que vous teniez toujours à inspecter les douze autres chambres vides.

Cette nouvelle moquerie passe six pieds par-dessus la tête des policiers. La situation vient de prendre une toute nouvelle tournure alors que, selon toute vraisemblance, ils seraient enfin sur le point de s'entretenir avec la femme sur la photographie.

— C'est bon. On va tous y aller ensemble. Daph, tu passes devant. Steven, garde un œil sur le rigolo pendant qu'il nous guide Je reste en arrière.

— Ça marche.

— Compris.

Fred, quant à lui, approuve d'un salut militaire railleur.

Tout en suivant l'ordre dicté par Friedmann, le groupe revient momentanément sur ses pas, puis s'enfonce à droite dès que l'occasion se présente. Leur arme pointant vers le sol, les policiers se déplacent lentement et en silence, à l'affût du moindre bruit ou mouvement suspect. Ils ignorent si le fait que les corridors qu'on leur fait traverser sont plus sombres que les précédents n'est que le fruit du hasard, ou si on tente volontairement de nuire à leur vision. Du manoir de Hugh Hefner, on passe subitement à celui du comte Dracula.

Leur unique source de lumière provient de quelques globes, situés en hauteur, dont la faible luminosité parvient à peine à se rendre jusqu'au plancher de pierres rondes.

— Savez-vous qu'au Canada, environ quatre-vingt mille personnes disparaissent chaque année ? C'est fou, hein ? J'me demande c'est quoi le pourcentage de policiers qui vont investiguer dans des endroits louches pis qui en ressortent jamais.

— Veux-tu que j'te sorte les chiffres sur les détenus qui sont victime d'abus sexuels en prison, mon Fred ? Ça va peut-être te donner un avant-goût de tes prochaines années si t'essaies de nous en passer une vite, rétorque Friedmann. Va falloir que tu trouves autre chose si tu veux m'faire peur.

— Ben… je dois admettre que moi, ça me chicote un peu, confesse nerveusement Steven. Quatre-vingt mille ?

— C'est moi qui vais te faire disparaître si tu gardes pas ton sang-froid, Steven Papatonis !

Le principal intéressé soupire discrètement. Afin de garder ses deux mains sur son arme, il utilise son épaule droite pour essuyer la gouttelette de sueur qui s'est formée sur sa tempe.

Daph a raison… J'ai travaillé sur des cas cent fois plus dangereux qu'une visite dans un manoir, résonne Papatonis.

Sa réflexion ne parvient toutefois pas à l'apaiser totalement. Fred s'en aperçoit et ne rate pas sa chance.

— Quatre-vingt mille… articule-t-il lentement, sans émettre le moindre son, dès que l'autre se tourne vers lui.

— OK, faut aller où à partir d…

— À gauche, agent Chéry de mon cœur. C'est à gauche.

— Si j'avais eu un dollar toutes les fois où je l'ai entendue, celle-là, je vivrais dans un manoir pas mal plus gros qu'ici, répond-elle froidement.

— Bon… j'imagine que j'ferais mieux d'arrêter d'essayer d'être drôle, d'abord.

— Excellente idée !

À un certain moment, Papatonis ralentit volontairement le pas, dans le but d'être rattrapé par Nick et de converser discrètement avec lui. Fred s'en aperçoit et se tourne vers eux, mais Friedmann lui fait signe de se mêler de ce qui le regarde et de continuer de guider Chéry.

— Qu'est-ce qui s'passe, Steven ? T'as remarqué quelque chose de pas net ? lui demande son collègue à voix basse.

— C'est bizarre, Nick. J'ai l'impression qu'on revient vers notre point de départ. Pas l'entrée du manoir, là. J'parle des chambres d'invités.

— Tu veux dire qu'on tourne en rond ? Pourtant, j'ai pas l'impression qu'on est passés deux fois au même endroit.

— Non, pas qu'on tourne en rond, c'est pas ça. Je dirais plus qu'on a fait un long détour pour aboutir tout près d'où on était au départ.

Friedmann se concentre. Il cherche à visualiser le trajet qu'ils ont effectué depuis la chambre avec l'ange sur la porte. Son manque de sommeil se charge aussitôt de lui malaxer l'esprit.

— J'suis incapable de me repérer, capitule-t-il. Mais j'vais me fier à ton sens de l'orientation légendaire. As-tu une idée de c'qui pourrait pousser notre ami à nous amener sur le train de Papon-Ville ?

— Probablement pour la même raison qu'il nous a accueillis à poil ; parce que ça l'amuse. Ou peut-être bien qu'il nous teste. C'est pas non plus impossible qu'il cherche à gagner du temps…

— Gagner du temps ? Pourquoi y ferait ça ?

— Et juste ici, à droite, se trouve notre destination ! trompette Fred en désignant une immense pièce. Mesdames et messieurs, soyez les bienvenus à l'Euphrate !

C'est le souffle coupé que les policiers mettent les pieds dans le salon de détente, soit un gigantesque ovale, au pied de cinq larges marches. Les deux murs principaux ne sont que de hautes bibliothèques où sont stockés par milliers bouquins et vinyles. Celui de gauche est tapissé d'énormes miroirs aux épais cadres argentés, tandis qu'un sombre foyer sur lequel sont incrustées quelques chandelles éteintes creuse celui de droite. La salle tout entière est ceinturée de colonnes blanches si massives qu'il est impossible d'en faire le tour avec ses bras. Au centre, à partir du plafond, un voile d'eau vient se déverser presque sans bruit à l'intérieur d'un profond bassin, dans lequel ont été disposés – tout juste sous la surface – une dizaine de hamacs.

— Y'a combien de salons comme celui-là ? demande Papatonis.

— Quatre. Mais les autres sont vraiment pas aussi grands que celui-ci.

— Combien de temps avant l'arrivée de Heather? cherche à savoir Chéry.

— Honnêtement, considérant qu'elle a pas bouffé tant de *lembas* que ça, elle devrait déjà être là. J'imagine que ça sera plus ben long. Hey, pendant que vous êtes là, y'a quelque chose de cool que j'aimerais vraiment vous montrer.

Sans attendre de réponse de leur part, Fred se rend jusqu'à une étagère du foyer. Il épluche les différents vinyles, jusqu'à ce qu'il tombe sur l'album désiré. Sous le regard interrogateur des trois flics, il extirpe minutieusement le trente-trois tours d'une pochette pour le déposer ensuite sur le tourne-disque, à deux pas.

— Bon... asteure le fun peut commencer, déclare Fred au moment où débute la chanson *Sgt Pepper's Lonely Hearts Club Band*, des Beatles.

— Arrête de te foutre de nous autres! On est pas venus ici pour *chiller* dans ton salon de détente, rage Friedmann. Où est Heather?!

— Qui ça? J'ai aucune idée de qui vous voulez parler.

Friedmann commence à voir rouge. Plus que jamais, l'index appuyé contre la gâchette de son arme le démange. Il prend de longues respirations et compte sur Chéry pour intervenir avant de commettre un homicide. Malheureusement, la patience de sa coéquipière arrive également à terme.

— C'est assez le niaisage, Caron! On n'a plus de temps à perdre!

— Caron ? Où est donc passé le bon vieux « Fred » ? J'pensais qu'on était *chummy* ? Bon… ben dans ce cas-là, y me reste juste une chose à faire…

Avec assurance, il s'empare du poignard qu'il gardait derrière son dos et s'amuse à le faire tourner entre ses doigts. Déjà sur un pied d'alerte, il n'en faut pas plus aux agents pour diriger la bouche de leur canon vers lui. À voir la réaction amusée de Fred, on aurait tout aussi bien pu le menacer de trois sucettes à la framboise qu'il n'aurait pas été moins effarouché.

— Lâche ton arme, Fred ! Fais pas le cave ! Tu cherches vraiment à aggraver ton cas !

— OK, wow ! Les *guns* pointés sur moi pis toute ?! Malade ! On se croirait vraiment dans un film policier !

— Teste-nous pas, mon gars ! Tu pourrais le regretter assez vite ! ajoute Friedmann.

— Vous tester ? Mais j'fais juste faire c'que vous m'avez demandé, pourtant.

— C'qu'on t'a demandé, c'est de voir Heather St-Clair !

Chéry termine à peine sa phrase qu'une main plonge dans sa chevelure et lui tire la tête par-derrière. La pointe d'une lame affûtée vient aussitôt se coincer sous sa gorge, parfaitement exposée.

— Vos désirs sont des ordres, souffle une voix froide et féminine dans son cou. Je suis ici.

CHAPITRE 8

Friedmann se serait tapé le front s'il n'était pas en train de se faire passer ses propres menottes aux poignets, derrière son dos. Ses collègues et lui viennent de se faire avoir comme de pauvres recrues. Il a compris trop tard que Fred, sous ses traits loufoques, a pu brosser un portrait extrêmement fidèle de chacun d'eux, et ce, dès leur premier contact. Toutes ses âneries n'avaient pas pour but de les mettre en confiance, comme il l'a d'abord cru, mais bien d'éroder, couche par couche, leur patience déjà fragile. Fred savait dès le départ que les policiers finiraient par découvrir des éléments compromettants s'ils venaient à trouver une façon d'entrer. Il n'a donc pas tardé à déceler chez eux un manque flagrant de sommeil et à exploiter cette faiblesse afin de les rendre à cran. Un rendez-vous à l'Euphrate a toujours eu comme signification de tendre un guet-apens. La plupart du temps à un invité malcommode que l'on s'apprête à châtier. Dans ce cas-ci, Fred se doutait bien qu'à l'unique vue de son poignard, les trois indésirables dirigeraient momentanément leur attention sur lui, sans se douter de ce qui allait leur tomber dessus par-derrière. Prévoyant, il a même eu la présence d'esprit de couvrir les pas de ses complices avec de la musique.

Vraiment, Friedmann s'est déjà senti moins con.

— Mike, pogne leurs plaques, leurs radios pis leurs armes. On verra c'qu'on fait avec après.

— Pas de trouble, Fred!

— Avez-vous la moindre idée de la marde dans laquelle vous êtes en train de vous mettre? se décourage Friedmann.

— Vite de même, j'ai l'impression que c'est plus vous que nous qui êtes dans le trouble. J'vous ai pourtant avertis de pas entrer. Vous avez couru après, se défend Fred. Bon... assoyez-les là-bas.

De nouveau menacés par une lame, les policiers sont priés de se déplacer jusqu'à un long divan albâtre, amplement spacieux pour contenir leurs trois postérieurs. Ainsi, pour la première fois depuis leur capture, ils ont la possibilité de voir les visages de ceux qui leur ont tendu cette embuscade. Pour une raison qui leur échappe toujours, Heather St-Clair fait partie de ceux-là. Mais cette révélation est loin d'être la dernière de leurs surprises...

— Ah ben, j'ai mon ostie d'voyage... André Papineau! s'exclame Friedmann, stupéfait. Faque c'est ici que t'as atterri après t'être sauvé de prison!

— André Papineau n'existe plus! Ici, tout l'monde m'appelle Papy! Pis j'te conseille de faire comme eux! Sinon, ça risque de mal se passer pour toi, Friedmann! En fait, je dirais que ça va déjà pas terrible, le nargue celui qui vient de lui menotter les poignets.

De se faire ainsi humilier par ce dangereux sociopathe en liberté fait bouillir le sang dans les veines du lieutenant, qui teste, par réflexe, la solidité de ses menottes. Il se souvient alors qu'elles lui appartiennent et que, sans clef, il n'arrivera à rien.

Avec Papineau et Heather se trouve également un petit homme, grassouillet, aux larges épaules et au crâne rasé. Il ne faut pas longtemps au prisonnier pour comprendre qu'il s'agit du dénommé Michel, avec qui Fred a communiqué plus tôt par l'entremise de son walkie-talkie. Est-ce le même Michel qu'on leur a dit responsable de la sécurité du manoir? Les chances sont bonnes.

Quoi qu'il en soit, après avoir ramassé leurs effets personnels, ce Michel s'est rapidement connecté à l'ordinateur portable qu'il semble avoir trimballé avec lui.

— Techniquement, vous avez rien fait de trop grave à date. Y'est encore temps de nous laisser partir pis de vous en tirer avec des conséquences mineures. Plus longtemps vous nous gardez, plus vous risquez d'écoper gros au bout de la ligne, cherche à les raisonner Chéry.

Sa mise en garde ne lui attire que des rires mesquins.

— Qu'est-ce que t'as pour nous, Mike ? À qui exactement est-ce qu'on a à faire ?

— Oui… euh… j'y arrive, Fred ! Ça sera pas long ! Me reste juste à.. Ah ! C'est bon ! Je l'ai ! Le p'tit laid s'appelle Steven Arsen Papatonis. Matricule 1104. Citoyen de la ville de Terrebonne. Y'a pas l'air, mais y possède un Q.I. de 168. Affecté à bla-bla-bla… Bref, c'est un nerd avec un *gun*. Le genre de gars qui connaît les cinquante premières décimales de PI, mais qui perd connaissance s'il fait trois *push-ups* d'affilée.

— Hey ! Mais… c'est confidentiel, ces infos-là ! Comment vous pouvez avoir accès à tout ça ?!

— Ouep ! C'est pas mal le Steven que j'connais, ça, approuve Friedmann.

Son partenaire ne se gêne pas pour le dévisager.

Michel poursuit.

— Ensuite, on a Daphnée Karyl Chéry, trente et un ans. Ses parents ont quitté Haïti en 2001 pour s'installer à Montréal-Nord. Elle a déménagé à Saint-Colomban en 2015 et demeure là depuis. Son dossier fait mention d'un tempérament bouillant. Elle a plusieurs avis disciplinaires à son actif, la plupart pour insubordination. Elle est l'agente qui a compté le plus d'arrestations dans son district trois années de suite, de 2017 à 2020. Suspendue en 2021 pour avoir frappé un suspect au visage pendant un interrogatoire.

— Elle lui a cassé trois dents !

— Ta gueule, Nick ! C'est vraiment pas le temps !

Son partenaire ne répond rien. Si ses réparties donnent l'impression que sa confiance demeure inébranlable malgré les circonstances, il n'en est rien. Friedmann est tourmenté. Il sait qu'il est le prochain sur la liste et il n'a aucune envie qu'on étale les détails de sa vie, autant privée que professionnelle. Il ferme les yeux et lève la tête, souhaitant pouvoir se trouver n'importe où ailleurs.

— Et finalement, Nicholas Abraham Friedmann. Diplômé de l'Université McGill en *Clinical Psychology*, il pratique le métier de psychologue pendant plus d'un an. Après la mort de sa sœur, abattue pendant un hold-up qui a mal viré en 2013, il décide de se réorienter et devient policier. Des notes parfaites à ses tests écrits, à ses tests physiques et le meilleur tireur de sa cohorte. Par contre, depuis, on trouve plusieurs taches à son dossier. Il est jugé instable et impulsif par ses supérieurs. Et… Ohhhhh! Imaginez-vous donc qu'il est présentement suspendu sans salaire, pour avoir mené une enquête de façon illégale!

— Suspendu pour avoir mené une enquête de façon illégale, répète Papy. Ça veut dire que l'enquête que vous menez présentement sur Heather est pas *legit* non plus! Ça veut dire que personne d'autre est au courant que vous vous trouvez icitte! Heyyyy, c'est plate, ça!

Alors que tous les résidents du manoir sourient à pleines dents et se délectent de cette excellente nouvelle, le visage de Fred se fane tandis qu'il pose sur Friedmann un regard affligé.

— Maintenant, vous savez qu'on peut vous faire tout ce qu'on veut, et que personne viendra jamais vous chercher. Je vais donc vous le demander une seule fois : comment avez-vous fait pour savoir ? les interroge Heather sur un ton méprisant.

— Pour savoir ? Savoir quoi ? demande Chéry.

— Je pense que vous me prenez pas au sérieux... Vous pensez que je blague ? !

Furieuse, Heather saisit Chéry à la mâchoire et lui serre les joues. De son autre main, elle vient chatouiller les paupières de sa prisonnière avec la pointe de son bistouri.

— On s'est planté solide sur son cas, Daph. Ça prend pas un génie pour s'apercevoir qu'on est tombé sur un genre de fraternité d'la psychose meurtrière. Heather était pas une victime en danger. Elle l'a sûrement recruté pour faire partie de leur club de désaxés.

Heather est alors prise d'un fou rire incontrôlable, et entaille d'un geste involontaire l'arcade sourcilière de la policière.

— Aïe !

L'incision n'est pas très large ni très profonde, mais elle saigne considérablement.

— Oups, se moque Heather. C'est ça qui arrive quand on raconte trop de conneries ! Moi, en danger ? Puis quoi encore ? Et c'est quoi cette histoire de recruter pour notre groupe ? On est complet depuis un bon moment, déjà. Les Enfants d'Ève, c'est pas un *country club*.

La blessure de sa partenaire agit sur Friedmann comme un fouet sur sa peau. En un éclair, toutes les raisons qu'il a de se morfondre disparaissent. Il ne lui faut cependant qu'un coup d'œil pour constater que, malgré le saignement, la coupure n'est que superficielle.

— Si c'est pas pour le recruter dans votre gang pis qu'il t'a pas découpée en morceaux après votre sortie à la Boîte de Pandore, qu'est-ce que tu faisais hier avec Shawn Kader?

Le moins que l'on puisse dire, c'est que la question déstabilise Heather, qui ne s'attendait certainement pas à se faire interroger à propos de sa plus récente proie.

— J'ai le *feeling* que vous ne reverrez jamais la lumière du jour, alors aussi bien vous le dire : j'ai choisi Shawn pour être mon prochain joujou. En fait, on va tous s'amuser avec lui, comme bon nous semble, jusqu'à ce qu'il enfreigne une de nos règles. Ensuite... Couic!

— Un joujou? Shawn Kader?! s'alarme Chéry.

— En plein ça, leur confirme Papy. On a tous un joujou, ici. Pis j'ai l'impression que c'est le rôle que vous allez tous devoir camper pendant le temps que vous allez être là! Hé! Hé!

Les trois policiers pâlissent simultanément. Ils n'auraient pas été plus blêmes s'ils avaient vu passer un revenant. À un point tel où Heather elle-même se surprend à se questionner.

— Attendez... Attendez un peu, là... J'veux être certain que j'ai bien saisi. Vous avez appâté Shawn Kader ici, c'est ça? Pour en faire votre jouet personnel pis vous amuser avec lui? Sous la menace d'un p'tit scalpel pis d'un couteau-papillon de boy-scout? Pis là... au moment où on s'parle, y'est ici, pis y'est lousse? Y peut aller où y veut? Y'a personne qui le surveille?

— Non... murmure Chéry en secouant la tête. Non, non, non, non...

— *Skata...*

— OK, c'est quoi l'affaire? s'impatiente Heather. Vous avez peur de lui? C'est un gros nounours timide. Je l'ai mis au pas, ç'a pas été long!

— Fred! lance Friedmann en le fixant intensément dans les yeux. Fred, regarde-moi! Tu t'habilles tout croche pis t'agis comme un bouffon sans cervelle, mais j'ai pas besoin de mon doctorat en psychologie pour deviner que t'as une intelligence ben au-dessus d'la moyenne. Là, oublie deux minutes qu'on est d'la police. Si vous nous libérez pas tout d'suite, vous mettez la vie de tout l'monde en danger. Tu comprends?

— Ça nous a tout pris pour retrouver sa trace! Vous vous imaginez même pas comment y'est dangereux, ajoute Chéry. On pense que le gars est responsable d'au moins une trentaine de disparitions depuis la dernière année. La plupart de ses victimes sont des jeunes filles. J'ai laissé la liste dans la boîte à gants du char, si vous me croyez pas! Catherine Lavallée, Annie Chabot, Marianne Goupil, Sarah-Ève Therrien... pour ne nommer que celles-là! Toutes des pauvres victimes qui reverront plus jamais leurs familles!

— Oh, wow! s'exclame la voix d'une femme qui vient à peine de se joindre à eux.

Emportée par ses propres explications, Chéry ne l'a jamais vue arriver.

— S'cuse-moi de te dire ça, ma belle, mais ta liste de filles mortes... ben a vaut pas d'la marde! Salut, j'me présente, poursuit la nouvelle arrivante en lui tendant la main. J'm'appelle Sarah-Ève Therrien!

Marie-Pier est réveillée depuis tôt ce matin, mais elle est incapable de quitter son lit, même si dehors, le soleil a pratiquement disparu. Elle est terrifiée. Sa couverture tirée jusqu'à son menton est la seule chose qui lui confère un sentiment de sécurité, aussi risible soit-il. Ses yeux chancelants balaient sans cesse l'axe entre la porte et le cadran numérique, comme un métronome dont les piles seraient sur le point de rendre l'âme. Combien de temps a-t-elle dormi, cette nuit? A-t-elle seulement dormi? Ou a-t-elle passé la nuit dans un état de semi-conscience, à se maudire d'avoir accepté l'invitation d'André? Elle aurait dû écouter sa mère et commencer à fréquenter des hommes de son âge. Quoique Fred soit bien plus jeune que Papy. Cela n'a pas empêché Diane de se retrouver dans la même situation qu'elle à cause de lui...

Je veux sortir d'ici, implore-t-elle mentalement depuis de longues heures.

Mais elle s'en sait incapable. La simple idée qu'elle puisse un jour se retrouver à la place de Roberto sur la scène dilue en elle toute forme de volonté. Demeurer ici jusqu'à ce qu'elle meure de faim ou de soif lui paraît plus doux que de se faire étrangler avec son propre intestin devant une foule exaltée. Qu'a-t-elle fait au bon Dieu pour mériter un tel châtiment ? Son unique chance de sortir d'ici vivante, elle le sait très bien, est d'être secourue. Par une aide extérieure, ou peut-être même par les autres captifs, si l'un d'entre eux vient qu'à, un jour, trouver une façon de s'échapper de ce repère infernal.

Marie-Pier est brusquement tirée hors de ses pensées lorsque la porte de sa chambre s'ouvre dans un discret grincement. Son cœur s'emballe d'un seul coup. A-t-elle déjà enfreint un règlement sans le savoir ? Vient-on la chercher pour l'exécuter ? D'un geste automatique, elle tire sa couverture jusqu'à son nez, alors que ses yeux s'embuent.

Quelqu'un pénètre dans la pièce.

— Mike, ramasse les *guns*, les plaques pis les radios. Va porter ça dans ta cabane pis reviens nous voir. Ils ont l'air pas mal plus compétents que les policiers qu'on est habitués de voir. Si jamais y devaient se libérer de leurs menottes, au moins ils auront pas accès à leur *gear*. Heather va t'attendre avant d'annoncer à nos nouveaux amis la liste des règlements d'la place.

— Aucun problème, Fred. J'vais en profiter pour charger ma batterie pendant que j'suis là. Je fais ça vite !

Michel s'empare des objets et disparaît par une des deux portes de l'Euphrate. La décision de Fred, additionnée à son entêtement à ignorer ses avertissements, exaspère Friedmann.

— Es-tu sérieux ? T'envoies un Oompa-Loompa charrier tout seul notre stock ? Si Kader a le malheur de tomber sur lui, y va hériter de nos *guns* ! Vous tenez pas à la vie pis c'est vrai !

— Tu sous-estimes Michel à cause qu'y est pas ben grand, pis t'es pas le premier. Si votre *chummy* Shawn est assez cave pour faire la même gaffe, c'est lui qui va passer un mauvais quart d'heure. Quand Michel se fâche, y'est fort comme un cheval !

— Si Shawn tombe sur lui, Michel aura pas le temps de se fâcher, explique Chéry.

— On a *dealé* avec notre lot d'invités malcommodes depuis le temps, les rassure Heather. C'est gentil de vous inquiéter pour nous, mais on sait tous que vous essayez de nous effrayer pour qu'on vous enlève vos menottes. J'ai des petites nouvelles pour vous : ça n'arrivera pas !

Les policiers sont consternés. Comment les autres peuvent-ils se permettre d'ignorer leurs avertissements de la sorte ?

Si seulement ils savaient… rage intérieurement Friedmann.

— Tuez-moi tout de suite, alors, réclame Papatonis. Je préfère cent fois me faire trancher la gorge par un de vous autres que le sort que me réserve Kader s'il me tombe dessus.

Il n'en faut pas plus pour réveiller les pulsions meurtrières de Papy. Une grimace sadique et un dégoûtant reniflement plus tard, il se dirige sur Papatonis, ses doigts dansant autour du manche de son couteau.

— Tu m'diras pas ça deux fois…

— Arrête, Papy, le somme Fred. C'est pas comme ça qu'on marche, ici. C'est pas la première fois que j'te l'explique. Les Enfants d'Ève ont leurs règles.

— C'qu'y est même pas l'cas de la plupart des filles que t'as molestées avant de te ramasser en d'dans, renchérit Friedmann.

Lorsque Papy freine son élan, il semble déjà sur le point de bouillir. Il ne digère pas du tout le fait d'être à la fois ridiculisé par son acolyte et son ennemi. L'envie de changer de cible le tenaille soudainement.

Ses ardeurs sont cependant refroidies d'un seul coup, alors que toutes les lumières du salon s'éteignent simultanément. Seule la pâle lumière émise par les flammes du foyer empêche la pièce d'être engloutie par la noirceur.

— C'est lui… souffle Friedmann. C'est Kader.

— Ah, ferme-la avec ton ostie d'Kader à marde! rage Papy. C'est juste une panne de courant, t'as jamais vu ça?

— Et même si c'est bien lui, plonger la place dans le noir est un *move* de cave, se moque Heather. On connaît le manoir comme le fond de notre poche. Pas lui. Je pourrais traquer n'importe quel invité les yeux ferm…

Un hurlement à glacer le sang se propage alors à travers le labyrinthe de corridors et se rend jusqu'à eux. À l'exception d'Ève et de Fred, tous tournent la tête, telle une bande de poules effarouchées cherchant de quelle direction provient le cri.

— Vous auriez dû nous écouter, s'alarme Friedmann. Le cauchemar va bientôt commencer…

CHAPITRE 9

Pendant que les hôtes se regardent entre eux, les policiers, eux, réclament une nouvelle fois qu'on les libère. Requête qui continue de leur être refusée.

— J'suis du même avis que Heather ; les poulets restent attachés. Pour le reste, j'vais me fier à ton jugement, Fred. T'as une meilleure idée de la situation que nous autres. C'est toi qui fais les *calls*, annonce Ève.

— Ça marche, répond le principal intéressé en éteignant le tourne-disque. Faudrait quelqu'un pour aller voir qui a crié pis pourquoi. Faudrait quelqu'un d'autre pour aller remettre le courant en marche, pis un autre pour surveiller nos amis policiers.

— Mauvaise idée, oppose Friedmann. La dernière chose que vous voulez faire avec Kader dans les parages, c'est de vous séparer.

— Le cri venait des chambres d'invités. J'me porte volontaire pour aller investiguer. À condition que tu me donnes ton porte-clefs de Alf, évidemment.

— Pour la centième fois, oublie ça, Ève. J'ai plus de considération pour cet objet-là que pour ma propre vie.

— Hey, les clowns! Avez-vous fini d'agir comme si on parlait dans le vide? On vous dit qu...

— On a compris, Chéry. Chie-nous pas un autobus! *Checkez* ben c'qu'on va faire... Ève pis moi, on va prendre des chandelles pis aller voir qui a crié. Pendant ce temps-là, Heather et Papy vont surveiller nos invités-surprises. Quand Mike va revenir, on fera une autre équipe pour *dealer* avec l'électricité. Une fois le courant rétabli, on va s'occuper de votre copain Shawn.

Friedmann laisse échapper un rire nerveux. Un geste qui n'est pas sans irriter les hôtes.

— T'es pas tellement dans une position pour avoir du fun, se fâche Papy en lui agrippant sauvagement le collet. Qu'est-ce qui t'fait rire, au juste?

— Vous êtes-vous écouté parler? Vous croyez encore que vous êtes les prédateurs, dans cette histoire-là? Vous réglerez pas l'cas de Shawn Kader... C'est lui qui va régler le vôtre. Bienvenue du bord des proies!

Atteindre la section du manoir où sont regroupées les chambres d'invités ne prend à Fred et Ève que peu de temps. Comme ils sont habitués d'y circuler une fois la nuit tombée, l'absence totale d'éclairage causée par la panne électrique ne les affecte à peu près pas. Tel que l'a supposé Papatonis plus tôt, il existe bel et bien un passage direct qui relie les chambres à l'Euphrate, validant ainsi sa théorie qu'on aurait volontairement forcé les policiers à effectuer un détour inutile.

Une chandelle à la main, leur arme dans l'autre, le duo de meurtriers s'immobilise devant la première porte; celle décorée d'un emblème où est gravé un bateau.

— Y'a eu personne d'assigné ici depuis Marcel pis son gros *shaft*. J'pense pas que le cri provenait d'ici.

— Moi aussi j'ai le *feeling* que ça venait d'ailleurs, confirme Ève. Mais aussi ben pas prendre de risque pis aller jeter un œil, au cas.

Fred approuve.

Ensemble, ils poussent la porte, qu'ils savent déverrouillée. Ils ne demeurent à l'intérieur que peu de temps, n'y trouvant pas le moindre élément digne d'intérêt.

La situation s'échauffe toutefois rapidement. Bien avant d'arriver à la prochaine chambre, quelque chose attire leur attention, au niveau du sol.

— C'est quoi ça? Du sang?

— On dirait bien, confirme Fred en s'accroupissant, sa chandelle effleurant la pierre froide.

Ève sent l'intérieur de son corps s'enflammer. Le sang dans ses veines est propulsé à travers son corps par un cœur fébrile. L'idée d'une chasse hante maintenant son esprit.

— C'est pas facile à distinguer sur la pierre, mais j'suis à peu près certain que j'arrive à voir des traces de pas. Ils ont l'air de s'en venir par ici, pis de virer de bord ensuite.

— Y'a dû voir la lumière de nos bougies pendant qu'on arrivait de l'autre couloir pis y'a eu peur. Même s'il a viré de bord, il est sûrement pas ben loin.

Sans se redresser complètement, Fred continue de suivre la trace sanglante, tel un chien pisteur. C'est une chance pour lui qu'Ève ait pris la décision de retirer tous les tapis de cette section à ses débuts comme nouvelle cheffe. Elle aimait la sensation de savoir que les invités l'entendaient se déplacer et la craignaient durant sa ronde nocturne. Sur la moquette, le sang aurait été bien plus difficile à remarquer.

Pendant que lui a les yeux rivés par terre, Ève, elle, marche à ses côtés et couvre leurs arrières, yeux et oreilles à l'affût. Du moins, jusqu'à ce qu'ils arrivent à la porte suivante.

— La chambre de Marie-Pier. C'est d'ici que partent les pas. Si j'me fie au sang dans le corridor, y doit y avoir un pas pire *mess* en d'dans.

Même si Ève ne l'a pas rencontrée depuis son arrivée, elle connaît plusieurs choses au sujet de Marie-Pier. Contrairement à Adam, qui n'en a jamais rien eu à foutre à l'époque où c'était lui qui régnait, elle aime prendre le temps de se renseigner auprès de Michel sur les cibles qu'il dégote pour le groupe, sur le Net.

De tous les Enfants d'Ève, Heather est la seule qui refuse systématiquement ses suggestions, elle qui préfère improviser ses chasses et se fier à son instinct quand vient le temps d'aller chercher un nouvel invité.

— Parfait. Dès qu'on est en dedans, je ferme la porte pis je la garde. Si y'a encore quelqu'un dans la chambre, j't'garantis qu'il en sortira pas.

— Bon plan, approuve Fred.

Côte à côte, dans un silence absolu, ils entrent dans la chambre. Ils se déplacent si lentement que la flamme de leur bougie tangue à peine. Ève s'en tient à son plan et referme la porte dès que c'est possible. Quant à Fred, il n'a que trois pas à faire avant de tomber, comme il l'a anticipé, sur une mare de sang, d'où proviennent sans surprise les traces qu'il a suivies. Tout près du lit s'étend l'épaisse couche de liquide, dont n'arrive plus à s'abreuver le tapis.

Fred soulève sa bougie.

Malgré le fait que leur quotidien soit gorgé de violence et de scènes macabres, ce que les hôtes découvrent arrive à les surprendre.

— *Oh, damn!* lâche Fred.

Ève, elle, demeure muette, mais écarquille les yeux de stupeur.

Sur le lit, dans le sens de la largeur, gît la corpulente dépouille de Marie-Pier. Étendue sur le dos, seuls ses pieds et sa tête débordent du matelas. Sa mâchoire disloquée, pratiquement arrachée, est ouverte à cent quatre-vingts degrés. Les muscles et la peau des joues qui la maintenaient en place, brutalement déchirés. Le fond de sa gorge s'est rempli d'autant de sang qu'il peut en contenir.

La curiosité d'Ève est incapable de résister à ce spectacle morbide. Elle abandonne son poste de gardienne et s'approche afin de pouvoir examiner le corps de plus près.

— *Fuck*, Fred… On dirait qu'elle s'est fait *mouth rape* par King Kong!

Fred approche sa bougie pour mieux détailler le corps.

— À première vue, y semble pas y avoir d'autres blessures que celle-là. La fille était encore vivante quand l'autre lui a accroché ce beau sourire là dans face. J'suis convaincu qu'on l'a retenue pendant qu'elle se vidait. Elle est morte au bout de son sang.

Ève réfléchit

— Ça prend combien de temps pour mourir au bout de son sang? C'est quand même rare qu'on attende jusque-là pendant nos *shows*…

— Si tu coupes à bonne place pis que ça pisse intense, ça peut prendre moins de cinq minutes.

— T'es vraiment sûr que c'est ça qui l'a tuée? On vient à peine de l'entendre crier. Me semble que même si ça nous a pris cinq minutes pour nous rendre, la blessure aurait quand même continué de saigner un tant soit peu, non? J'ai pourtant l'impression qu'elle est morte depuis plus longtemps que ça.

— Est morte depuis un bout, t'as raison. Mais je change pas d'idée : c'est ça qui l'a tuée. Le cri qu'on a entendu, c'est quelqu'un d'autre qu'elle qui l'a poussé.

Une théorie qu'Ève achète rapidement. Les chances qu'une autre personne se soit introduite dans la chambre et ait hurlé en apercevant le cadavre de Marie-Pier sont extrêmement plausibles.

— Penses-tu toi aussi que c'est Diane qui a crié ?

— Pas à cent pour cent, mais c'est un bon *guess*. La seule autre fille dans place, c'est Sandra. J'ai le *feeling* que si ç'avait été elle, elle serait venue nous rejoindre tout d'suite. Ou elle nous aurait attendus ici.

— En tout cas, c'est assurément pas elle qui aurait fait ça, affirme Ève en désignant le corps. Sandra suit toutes les règles à la lettre depuis qu'elle fait partie des nôtres.

— Si c'est aucun de nous autres, ça veut dire qu'on a un invité qui élimine d'autres invités. C'est drôle, ça me fait penser à une fille que j'connais. Elle a ensuite tué notre *leader* pour prendre sa place. Notre mystérieux invité essaie peut-être de faire pareil, se moque Fred.

— Ha! Ha! Très drôle! Premièrement, j'ai tué aucun invité. J'ai simplement dirigé la Faucheuse dans leur direction. Deuxièmement, si quelqu'un cherche à tuer tous nos invités pour venir me *challenger* ensuite, cette personne-là a d'affaire à attacher sa tuque serrée en sacrament! J'suis loin d'être une p'tite conne sans défense!

Son soudain excès de rage évacué, Ève reprend ses esprits et retourne son attention vers le corps ; sur la blessure mortelle, plus particulièrement. À son tour d'en approcher sa bougie.

— Y'a utilisé quoi pour faire ça, tu penses? J'imaginais une sorte de barre de fer, mais y'a pas de dents cassées. Ni même abîmées.

— Y'a rien d'accessible ici qui pourrait ressembler de près ou de loin à une barre de fer, tu l'sais ben. Regarde ; les gencives pis le palais sont intacts, eux aussi. Dans ma tête, ça fait pas de doute : le gars lui a arraché la yeule à mains nues.

Ève encaisse la nouvelle avec stupéfaction, mais aussi une pointe de crainte et d'admiration. Avec ce dernier élément, leur liste de suspects se limite vraisemblablement à un seul. Les mises en garde de Friedmann n'étaient peut-être pas qu'une excuse pour qu'on le libère, comme ils l'ont cru.

— Shawn?

— Shawn, confirme Fred. Les autres sont tous des chiffes molles. *Check* la face d'la fille… Kader est le seul qui a le physique pour y avoir arrangé l'portrait d'la sorte. Le gars doit être fort comme un grizzly.

— Wow! J'ai l'impression qu'on va enfin avoir un peu de *challenge* avec un invité! Ça fait un bout que c'est pas arrivé!

— C'est vrai. Mais emballe-toi pas trop vite. J'ai un *feeling* de plus en plus *weird* avec ce gars-là. J'pense que le mieux pour l'instant, c'est de retrouver tout l'monde pis de retourner à l'Euphrate. J'suis soudain curieux de savoir c'que Nick peut nous apprendre sur notre nouvel ami.

— Ça marche! Avant de partir, on devrait quand même inspecter rapidement la chambre. Juste au cas.

— J'allais justement dire la même chose, répond Fred. J'prends le dessous du lit pis j'te laisse le garde-robe?

— *Deal* !

Comme ils s'y attendaient, leur fouille sommaire ne leur apprend rien de concret, mais mieux valait ne prendre aucun risque. Ève, plus que quiconque, sait qu'il est possible, avec un peu de chance, d'échapper à un hôte en se cachant dans un des garde-robes.

Ils vont ensuite récupérer Ian, Charles et Diane, tous trois tapis dans un des coins de leur chambre. Sans trop de surprise, seul Shawn ne se trouve pas dans la sienne.

— Son lit est même pas défait. J'ai l'impression qu'il a pas dormi dedans.

— Heather pis moi, on est pas mal convaincus que quelqu'un s'est promené dans les corridors, la nuit passée. On a même eu le *feeling* d'être observés. Y'a des maudites bonnes chances que ce soit lui, en déduit Fred.

En faisant un tour rapide de la pièce, Ève fait une découverte inusitée.

— Y manque un pyjama dans l'armoire…

— Quoi… tu veux dire en plus de celui qu'il porte déjà ?

— En plein ça. Ça m'étonnerait ben gros qu'il se soit pris un *kit* de *spare* pour aller se baigner.

Fred se tourne vers les trois autres captifs, toujours aussi apeurés, qu'il tient en respect avec la pointe de son poignard.

— J'imagine que vous avez rien vu ? Rien entendu ? Aucune idée sur c'qui aurait poussé Shawn à voler du linge d'hôpital ?

Charles secoue la tête, bien trop apeuré pour seulement faire usage de sa voix. À sa droite, Diane est tout aussi perturbée. Seulement, dans son cas, la peur qu'elle ressent n'engendre pas du mutisme, mais plutôt de l'hystérie et des pleurs.

— NON, JE SAIS PAS POURQUOI Y'A VOLÉ UNE JAQUETTE ! J'AI-TU L'AIR D'UNE EXPERTE EN VOL DE JAQUETTES, MOÉ CRISSE ? J'PENSAIS SOUPER EN TÊTE-À-TÊTE AVEC TOÉ, PIS TE MANGER LA GRAINE APRÈS ! PAS ME FAIRE KIDNAPPER PAR UNE GANG DE FOUS DANGEREUX QUI TUENT DES GENS SUR DE LA MUSIQUE DE DROGUÉS ! PIS LÀ, VOUS ME DEMANDEZ DE L'AIDE, ET J'AI MÊME PAS LE DROIT DE GARDER MES CIGARETTES AVEC M...

Fred n'en peut plus et la gifle.

— Sérieux, Diane... prends exemple sur Charlot, pis farme ta yeule. C'est iiiiinsupportable.

Pendant que la femme grimace et frotte sa joue endolorie, Ian répond à la question, de façon beaucoup plus posée.

— Comme chaque soir, je suis sorti de ma chambre pour aller manger. J'ai aperçu le grand gars que Heather a ramené. Il se dirigeait par ici. Quand il m'a vu, il m'a souri. Je sais pas pourquoi, mais y'a quelque chose dans son sourire qui m'a pogné aux tripes... Mon instinct m'a dit que ça serait mieux pour moi de retourner dans ma chambre. Ce qui est pas mal cave, on s'entend, étant donné que la porte se barre pas. Peut-être quarante-cinq minutes plus tard, j'ai entendu Sandra passer devant ma chambre. Je sais que c'était elle, parce qu'elle siffle toujours l'air de la fausse infirmière dans le film *Kill Bill* quand elle se promène dans notre section. Pas longtemps après, l'électricité a lâché. Et peut-être deux minutes plus tard, j'ai entendu crier. C'est pas mal tout...

De retour à l'Euphrate avec leurs trois invités, Ève et Fred s'empressent de raconter les détails de leur investigation à Heather et Papy. Sans surprise, la mort brutale de Marie-Pier ne les affecte aucunement. Par contre, le fait que Ian ait affirmé avoir entendu Sandra entre le moment où il a aperçu Kader et celui où l'électricité a été coupée ne leur dit rien de bon, étant donné que celle-ci semble manquer à l'appel.

— J'vous l'avais dit, ne peut s'empêcher de commenter Friedmann, à présent avachi sur le divan.

— Ta gueule, le mangeux de beignes! Quand on va vouloir que tu parles, tu vas le savoir!

— Ouin, ben c'est drôle que tu dises ça, Papy, parce que justement, j'aurais une couple de questions à lui poser à propos de notre nouvel ami Shawn.

Friedmann se redresse en grognant, comme un patient qui entend son nom après plusieurs heures passées en salle d'attente.

— Tabarnak, y'était temps! Bon... son plan est déjà en branle, mais on a l'avantage du nombre. Si on travaille ensemble, on a peut-être une p'tite chance de s'en sortir. Commencez par nous détacher pis j'vais répondre à toutes vos questions.

— Hey, le poulet ! Tu penses qu'on est débiles à c'point-là ? On t'enlèvera pas tes ostie d'menottes même si tu nous suces la queue ! Ôte-toi ça d'la tête ! l'invective Papy en approchant son visage à dix centimètres du sien.

— Papy. J'rêve où tu viens de te sacrer entre Nick et moi pendant qu'on discutait ? C'est impoli en ouistiti, ça, mon ami. Fais du vent, tu veux ?

Une envie impérieuse lui monte à la gorge, mais Papy réussit à la ravaler. N'importe qui d'autre que Fred, même Heather, aurait regretté un tel affront. Au lieu de cela, il fait plutôt un pas sur le côté et bout en silence.

— Bon... Parle-moi de Shawn. Pas besoin de m'expliquer pourquoi vous avez peur de lui ; j'pense avoir une bonne idée de ce dont y'est capable. J'te laisse cinq minutes.

— Mais on a pas cinq minutes à perdre ! Cinq minutes, ça peut faire toute la différence avec un gars comme l...

— Daph... s'te plaît. J'sais tout ça, mais c'est le mieux qu'on peut avoir. On va se croiser les doigts pour le reste.

Chéry se mord les lèvres. Elle s'imagine briser ses liens et gifler tous ces abrutis qui refusent d'écouter leurs avertissements, même après avoir vu Kader à l'œuvre. Peut-être que Friedmann, lui, arrivera à les convaincre.

— Shawn Kader est un criminel dangereux. Très dangereux. Ça fait un p'tit bout qu'on a perdu sa trace, mais on a réussi à le retrouver, y'a à peu près deux mois de ça. Ben... retrouver... c'est quand même un grand mot. Mettons qu'on a délimité un périmètre à l'intérieur duquel y devait forcément se trouver. Ç'a pas été long que des disparitions ont commencé à être rapportées dans cette zone-là. Le gars est un malade pur et dur. Rien à voir avec le p'tit criminel de fond d'ruelle qui te vole ton portefeuille pour s'acheter son crack.

Si Fred écoute attentivement chacun des mots qui sortent de la bouche de Friedmann, Papy, lui, a besoin de tout son *self-control* pour ne pas lui balancer son poing à la figure tellement il le trouve pathétique.

— Prends deux minutes pour regarder autour de toi, p'tit con! T'es entouré de personnes dangereuses! Si ton gros épais est assez cave pour essayer de s'en prendre à nous, on va lui briser tous les os du corps! Penses-tu que c'est le premier suicidaire à vouloir rivaliser avec nous?

Avant que Friedmann puisse répondre, Fred vient se planquer devant Papy et plante son regard le plus glacial dans le sien.

— J'ai accordé cinq minutes à Nick pour qu'il puisse s'expliquer. Les cinq minutes étaient pas terminées. Si tu veux continuer de bénéficier des privilèges de faire partie des Enfants d'Ève, va falloir que tu fasses de gros efforts pour corriger ton attitude face à nos règlements. C'est pas la première fois que j'ai à te réprimander, mais j'espère pour toi que c'est la dernière. Va donc surveiller les autres invités. J'vais gérer nos chers représentants de la loi.

Si Papy ne tenait pas autant à sa misérable vie, il aurait craché au visage de Fred sans un soupçon d'hésitation. Au lieu de cela, il lui tourne le dos et s'éloigne, la pléthore d'insultes guerroyant dans sa bouche lui faisant trembler les lèvres. Mais alors qu'il songe à mille et une façons de passer sa frustration sur les invités dont on vient de lui confier la garde, Papy remarque un détail important.

— Hey, Ève ! Ils étaient pas trois quand vous les avez ramenés ici, t'à l'heure ?

Tous sont à même de constater qu'effectivement, seuls Ian et Charles sont toujours présents dans la salle. Diane manque à l'appel.

— C'est impossible ! Elle était là y'a cinq secondes à peine ! s'étonne Heather.

Ève et Fred échangent un regard inquiet.

— Par où elle s'est sauvée, la vieille conne ! crache Papy en secouant violemment Ian. Envoye, parle !

— Elle s'est pas sauvée, déclare Friedmann. T'as pas encore compris !

Papy repousse Ian et dirige son regard vers le lieutenant.

— On était dix dans salle, v'là une couple de secondes... Tu penses vraiment me faire accroire que ton Shawn aurait réussi à enlever la vieille crisse sous notre nez sans qu'on s'en ap...

Un rire funèbre, poussé par le diable lui-même depuis les profondeurs de son antre, leur semble-t-il, vient alors résonner tout autour d'eux. Mais tandis que tous ceux présents dans la pièce ont le réflexe de discrètement se resserrer, Papy, lui, abandonne le groupe. Il fonce tête baissée et couteau dressé vers la source du bruit.

— Papy, reste ici ! lui ordonne Ève sur un ton autoritaire.

Mais Papy a déjà disparu. Et personne n'est enclin à se lancer à sa poursuite. Charles et Heather, les deux plus proches de la sortie qu'il a empruntée, étirent le cou et risquent quelques coups d'œil, tout en demeurant à bonne distance. Tous sont surpris lorsqu'il réapparaît au bout d'une vingtaine de secondes, un air perplexe accroché au visage, et un curieux objet entre les mains.

— Qu'est-ce qui s'passe, Papy ? ! As-tu vu quelque chose ? C'est quoi l'affaire que tu tiens ? cherche à savoir Ève, énervée.

Il met un certain temps à répondre.

— Non, j'ai vu personne… J'ai rien entendu non plus rendu dans le couloir.

Il exhibe ensuite à tous la chose qu'il semble avoir rapportée de sa brève excursion : une main tranchée.

— Mais… euh… j'suis pas mal sûr que j'viens de r'trouver Sandra…

CHAPITRE 10

— Ouep ! Ma main au feu que c'est bien du chlore, confirme Fred à la suite de quelques reniflements, avant de remettre la main à Ève.

— La seule place ici où y'a du chlore, c'est à la piscine, affirme Heather.

Papy ne peut s'empêcher d'afficher un sourire triomphant. Il lui a bien semblé avoir noté la présence subtile d'une odeur inhabituelle émanant du membre tranché. En deviner la nature ne pouvait être qu'une formalité pour Fred et son odorat presque surhumain.

— La piscine est pas loin d'icitte en plus ! C'est clair que c'est là qui s'cache, jubile Papy. C'est l'temps d'aller l'pogner pendant qu'y s'en doute pas !

Que Kader puisse se trouver à la piscine fait du sens pour plusieurs, mais l'idée d'y sonner la charge sans réfléchir trouve beaucoup moins de preneurs.

— Si vous pensez avoir trouvé un indice, c'est que Kader voulait que vous le trouviez. Y'a rien de c'qu'il fait qui est laissé au hasard ; tout a un but, explique Friedmann.

— OK ! Pis de nous laisser la main de Sandra, c'est quoi le but ? ! demande Ève, à présent plus curieuse que sceptique.

— Le but, c'est de vous provoquer, affirme Friedmann sans détour. De vous avoir offert ce membre-là cache trois choses. De un, il veut vous faire savoir que votre amie est morte, ou va bientôt l'être. Il veut vous faire sortir de vos gonds pour que vous agissiez sur le coup de l'émotion, sans réfléchir. Exactement comme l'innocent de Papy est en train de faire présentement.

— *Fuck you*, Friedmann !

— De deux, il veut que vous sachiez qu'il est maintenant armé. Regardez la main ; elle a été tranchée net. Peu importe l'arme que votre amie avait sur elle, c'est lui qui l'a, asteure. De trois, le chlore. Comme j'viens de vous l'expliquer, si la main en contient, c'est que *lui* l'a voulu. Une quantité parfaite : juste assez pour que ça se remarque, mais pas trop pour pas que ce soit *obvious*. Il veut vous laisser croire que vous avez découvert un indice pour que vous alliez vous jeter dans la gueule du loup.

Ses ravisseurs analysent chacun des mots prononcés, se repassant même en boucle plusieurs fragments des explications. Au bout du compte, Heather et Papy demeurent persuadés qu'il ne s'agit que d'une ruse ; un joli discours n'ayant pour but que de les amadouer, tous les quatre, jusqu'à ce qu'ils consentent à lui retirer ses menottes.

Tu peux toujours rêver ! Je vais veiller personnellement à ce que ça n'arrive jamais, se jure Heather.

En ce qui concerne les deux autres, par contre, le dilemme est beaucoup plus ardu. Ève semble finalement s'être décidée, mais elle demande tout de même l'avis de Fred, dont l'expression neutre est indéchiffrable.

— J'pense que tout c'que dit Nick a ben du sens. Si j'étais à place de Kader, c'est pas mal ça que j'ferais aussi. Par contre, j'opte pour qu'on aille quand même voir à la piscine. On reste toute la gang ensemble. Jamais j'croirai qu'il pourrait réussir à nous tuer tous les neuf.

De tous ceux présents dans le salon, seul Friedmann comprend les motivations qui poussent Fred à vouloir malgré tout se rendre à la piscine.

J'avais raison ; t'es sans aucun doute plus futé que c'que tu veux laisser paraître. En y pensant comme y faut, ça pourrait sûrement m'être utile aussi d'aller voir ce qui s'y trame...

Pour la première fois depuis que les quatre hôtes demeurent au manoir, les lieux leur apparaissent hostiles. Ils ne s'y sentent plus en sécurité. Ils ne s'y sentent plus maîtres. Un doute, qui ne cesse de croître, s'est immiscé dans leur esprit. Les couloirs sombres, jadis leurs plus fidèles alliés, donnent à présent l'impression de comploter contre eux. Bien entendu, il est hors de question de laisser paraître quoi que ce soit. Surtout pas en présence des invités, qu'ils trimballent avec eux. Seules quelques lumières éparses répondent toujours à l'appel, signe que la génératrice s'est mise en marche.

Pour se rendre à leur objectif, Ève a jumelé tous les membres du groupe. Papy surveille Ian, et Heather, Charles. Elle-même surveille Daphnée, tandis que Fred est responsable de Nick et de Steven. Ensemble, ils atteignent le couloir légèrement en pente qui descend jusqu'à la piscine. Ni les invités ni les flics n'ont envie de s'y risquer, mais aucun d'entre eux n'est en position de revendiquer quoi que ce soit.

— Pis on fait quoi, rendus là ? On va se saucer toute la gang ? se moque Chéry à voix basse.

Fred ne répond rien mais s'immobilise, signalant du même coup à tous d'en faire autant.

— Bougez pas d'ici. J'y vais en premier.

Sans fournir davantage d'explications, il s'éloigne et se dirige vers la salle, sans doute celle qui lui est la plus familière de tout le manoir. Il la connaît dans ses moindres recoins. Si la situation avait été différente, il ne se serait probablement pas éloigné du groupe pour y errer seul avec un malade comme Kader sur leur cas, mais si sa théorie se veut exacte, alors il sait qu'il n'a rien à craindre.

Aussi discret qu'un fantôme, Fred franchit les derniers mètres du couloir dont il longe un mur. La gigantesque pièce où se situe la piscine s'ouvre à lui. À l'intérieur, l'électricité fait toujours défaut. Heureusement, la lune, ronde et scintillante, arrive à chasser de sa lumière froide suffisamment d'obscurité pour permettre à Fred de s'orienter. Merci au plafond panoramique de verre.

Exception faite du Studio, aucune autre pièce du manoir ne peut se vanter d'avoir réclamé autant de vies humaines que celle-ci ; l'endroit fétiche d'Adam, du temps où il vivait toujours. Son plateau d'exécution personnel.

La piscine…

Depuis quelques semaines, Fred est en proie à de terrifiants cauchemars, une fois la nuit venue. Ses premiers depuis *ce fameux jour*, alors qu'il n'avait que treize ans. Dans chacun d'eux, il trouve la mort dans d'horribles circonstances, toujours noyé, sinon à proximité d'une source d'eau. Pour lui, ces cauchemars ne peuvent pas signifier autre chose : il rendra son dernier souffle ici, un jour ou l'autre, dans cette pièce. Comme son père avant lui, après y avoir lui-même enlevé tellement de vies.

D'un clignement d'œil, Fred chasse ces images inutiles de sa tête et retrouve sa concentration. À première vue, tout semble exactement comme d'habitude. Pourtant, il est incapable d'ignorer le sentiment inconfortable d'être épié.

C'est pourtant pas la place qui renferme le plus de cachettes potentielles…

Comme si l'esprit des lieux avait pu entendre ses réflexions, une barrière de flammes s'embrase tout le long de la rambarde du balcon en fer à cheval, surplombant la salle du haut du troisième et dernier étage. Résonne alors une voix grave et sûre d'elle, qui ne peut qu'appartenir à celui ayant nargué le groupe de son sinistre rire, un peu plus tôt.

— J'ai cru comprendre que vous aviez un penchant pour le spectacle... Je ferai donc tout en mon pouvoir pour être à la hauteur de votre étrange déviance.

Alarmé par le bref discours de leur invité spécial, le reste des hôtes rapplique aussitôt, traînant de force tous ceux qu'ils surveillent. Au moment même où ils rejoignent Fred, une large silhouette se dessine sur le balcon. Les flammes guinchant le long de la balustrade s'élèvent jusqu'à ses épaules et se reflètent sur la blancheur de ses dents ainsi que dans ses yeux de prédateur.

Ève serre les dents.

Ce sourire carnassier... Ce regard ardent...

Cette image lui rappelle trop bien sa première rencontre avec Adam, ici même, il y a de cela quelques mois déjà. Le malaise profond qu'elle a ressenti à ce moment est le même qu'elle ressent présentement. Friedmann n'exagérait rien ; Shawn est véritablement dangereux. Même pour elle.

Un constat que le criminel s'empresse de valider.

Il s'incline légèrement. Puis empoigne la courte tignasse de Diane, qu'il gardait jusqu'ici prisonnière sous le poids de son pied. La pauvre est nue et bâillonnée. D'un mouvement lent, précis, il glisse la lame de son couteau de cuisine entre la nuque de sa captive et le morceau de tissu bleu pâle qui lui passe entre les dents pour l'en libérer. Diane ne perd pas de temps pour lui faire connaître son état d'esprit :

— VOUS ÊTES TOUS DES TABARNAK DE MALADES ! TOUT LE MONDE ICI VEUT ME TUER ! J'AI RIEN FAIT À PERSONNE ! LAISSEZ-MOÉ SORTIR D'ICI, BANDE DE MANGEUX DE MARDE ! HEY, LA POLICE... VENEZ DONC M'AIDER AU LIEU DE VOUS CROSSER EN BAS COMME DES OST... WOH ! HEYYY !

Avant d'avoir pu terminer de cracher ses réprimandes, Diane est soulevée de terre. Ses bras moulinent l'air de façon agressive, mais rien n'y fait ; Kader la transporte jusqu'au-dessus de sa tête.

— LAISSE-MOÉ TRANQUILLE, GROS BARBU SALE !

Ses intentions sont on ne peut plus claires.

— Dépose-la, Shawn ! Ça sert à rien de faire ça, cherche à le raisonner Friedmann.

— T'impressionneras personne ici en tuant une femme sans défense, Kader ! ajoute Chéry.

— Fais-y faire un *back flip* ! s'écrie Fred en formant un entonnoir autour de sa bouche avec ses mains.

Personne n'a le temps de s'indigner de sa répartie mesquine ; Kader applique sa sentence.

Mais il ne se contente pas de jeter sa victime dans le vide, que trois étages séparent du plancher de béton. Dans un cri bestial, il la projette vers le sol de toutes ses forces, alors qu'elle-même ne cesse de crier.

Tel un météore de chairs flasques, d'os, de nicotine et de vin de dépanneur, Diane Gagné fend l'air à toute vitesse et s'écrase dans un horrible craquement que la vastitude de la pièce se charge de faire rebondir sur tous les murs. Sa tête touche le sol en premier.

Le poids de son propre corps lui pulvérise la moitié des vertèbres cervicales, alors que son crâne se fend et s'ouvre, du lobe frontal jusqu'à la joue. Le bruit qu'il émet à l'impact soutire un frisson de dégoût à tous ceux qui ne sont pas eux-mêmes des meurtriers. Le sang commence à peine à s'étendre que Fred s'approche. Il fléchit les genoux et pointe la victime du doigt.

— *It's the final cunt down! Tidudiii-douuuuu… Tidudi-dudouuuu!* se met-il à chanter sur l'air de la fameuse chanson du groupe Europe.

Trois étages plus haut, Kader, satisfait de sa barbarie, jette sur le groupe un regard de défi qui prend tout le monde aux tripes. Sauf Fred.

— Dis-nous où est Sandra! parvient à réclamer Ève avec une autorité qui la surprend elle-même. Qu'est-ce que t'as fait avec elle?

— Vous allez la revoir bientôt, soyez sans crainte. Je pense que vous allez aimer la surprise que je vous réserve à ce sujet. Si vous survivez jusque-là. Maintenant… sauvez-vous, petits rats.

Comme si ses pieds flottaient sur un nuage, Shawn Kader s'éloigne doucement, à reculons.

— Je descends… et je viens pour vous.

Puis, sa silhouette est aspirée par la noirceur des lieux.

CHAPITRE 11

— Une chiffe molle pas d'colonne comme celles que tu choisis d'habitude, ça te tentait pas cette fois, Heather? la réprimande Ève.

— J'étais juste tannée qu'on se moque de moi et de mes choix! J'ai opté pour un gars costaud avec de l'assurance, mais je pouvais pas savoir que j'allais tomber sur un malade du genre!

— Mais fermez-la! Vous voulez qu'il nous entende? demande Chéry à voix basse. Parce que *lui*, vous l'entendrez pas quand y va nous trouver. Restez sur vos gardes au lieu de brailler!

Heather se garde de répliquer. N'eût été le fait qu'il s'agissait d'une question de vie ou de mort, elle se serait fait un plaisir de faire de la policière l'attraction principale de son prochain spectacle.

À la suite du meurtre de Diane, Fred s'est engagé à guider tout le monde vers le hall principal en utilisant l'itinéraire le plus direct possible. Une fois qu'ils se seront assurés que Kader ne peut pas sortir, ils échafauderont une stratégie pour le coincer et l'éliminer. Un nouveau plan qui ranime ne serait-ce qu'une étincelle d'espoir chez Charles et Ian ; celle qu'on leur permette de quitter les lieux.

À partir de la piscine, Fred fait emprunter à tout le monde un chemin différent de celui pris pour s'y rendre. Ils circulent toujours dans l'aile des invités, mais dans une section différente.

— Si c'est plus rapide, pourquoi vous faites toujours passer tout le monde par l'autre côté ? demande Ian, qui n'est pourtant pas réputé pour engager la discussion avec ses ravisseurs.

Ces derniers s'en étonnent justement.

— On vient de dire de pas parler, p'tit con ! crache Papy en levant la main, comme s'il s'apprêtait à corriger un chien désobéissant.

— Parce que ce chemin-là nous fait passer devant l'escalier principal qui mène au sous-sol, répond tout de même Fred. Pis on essaie d'éviter ça quand on est avec vous. Là, j'ai été assez smatte pour te répondre, tu pourrais au moins lever ton chandail que j'vois ton poil de *chest* ! Qu'est-ce t'en penses ?

Ian l'ignore.

De son côté, Papy, lui, voit rouge. Qu'il ne trône pas au sommet de la hiérarchie des Enfants d'Ève, il peut très bien faire avec. Mais qu'on accorde davantage d'intérêt à l'opinion d'un invité – et même d'un flic – qu'à la sienne, alors là, ça ne passe pas du tout. Lorsque le moment sera propice, il se jure bien de leur faire savoir. À tous.

Une fois qu'ils sont arrivés à l'embranchement suivant, Fred prend à gauche. À peine a-t-il le temps d'effectuer deux petits pas qu'un tintement résonne droit devant, faible, mais entendu de tous. Friedmann remarque immédiatement un énième chevalier en armure à quelques mètres et devine que le son doit forcément en provenir. Comme si quelqu'un était passé tout près et l'avait accroché.

Ou avait projeté un petit objet pour y attirer notre attention...
Trop tard.

Un murmure lui est adressé, au moment même où il tourne la tête pour regarder derrière lui :

— Hey! Psssst...

Pour Friedmann, le temps semble défiler au ralenti dès l'instant où il entend son prénom.

La première chose qu'il aperçoit, c'est la lame du couteau de boucher, sous la gorge de Steven. Derrière son ami, toujours menotté, l'imposante silhouette de Shawn Kader qui l'entraîne à reculons, comme une araignée affamée rapporte l'insecte qu'elle vient d'enrubanner de sa toile après l'avoir mordu. La seule différence, c'est que dans ce cas-ci, la morsure survient par la suite.

— STEVEN!

D'un unique élan, Kader tire un trait sur cinq années d'amitié sincère. Dans la tête de Nick, les souvenirs déferlent avec autant d'amplitude que le sang recraché par la gorge entaillée de Steven.

— NONNNN !

Le temps reprend sa vitesse habituelle. Steven s'est déjà effondré sur le sol. Nick se jette sur lui, mais ses poignets liés l'empêchent de lui porter secours.

— STEVEN ! STEVEN !

Malheureusement, l'entaille est massive. Les yeux du mourant commencent déjà à rouler. Ses dernières paroles, obstruées par tout le sang accumulé au fond de sa gorge, y demeurent à jamais coincées.

Nick panique.

Son impuissance et la peine qui l'afflige agissent ensemble comme le feu et l'essence pour créer une fulgurante colère qui ne perd pas de temps à lui monter à la tête.

— Non ! NON ! STEVEN !

Fred et Ève doivent unir leurs efforts pour le maîtriser. Pendant ce temps, Daphnée s'agenouille près de Steven, en larmes, et pose doucement sa tête contre son ventre. Pendant qu'elle lui fait ses adieux et lui offre ses excuses, Nick ne cesse de se débattre comme un diable dans l'eau bénite.

— ÇA DEVAIT ÊTRE CHARLES, PAS LUI ! ON AVAIT ENCORE DU TEMPS !

La mention de Charles crée un déclic dans l'esprit de Fred. D'instinct, il cherche à localiser le jeune homme, qui devait se trouver sous la garde de Heather, non loin derrière eux. Or, sans surprise, il s'est volatilisé. Ce que Fred n'avait pas anticipé, c'est que Heather manque également à l'appel.

Il faut très peu de temps à Ève pour noter l'agacement dans le non-verbal de Fred et en saisir la raison. Elle pousse Papy hors de son chemin et fonce vers Ian, que l'on a laissé seul, avachi par terre.

— Qu'est-ce qui est arrivé à Heather pis au frais chié ? Où est-ce qu'ils sont passés ?

Le pauvre se trouve dans un tel état de frayeur qu'Ève se voit obligée de répéter sa question.

— Hey ! On t'a parlé, p'tit con ! s'en mêle Papy en lui envoyant un retentissant coup de pied.

Affolé comme un petit animal blessé, c'est à peine si Ian essaie de parer le coup. Sûrement juge-t-il ce châtiment risible comparée à ce qu'il aurait subi si Kader était tombé sur lui plutôt que sur Charles.

— Il l'a amené, couine-t-il, piteux. Il l'a assommé avec le manche de son couteau, avant de le tirer avec lui dans le noir. Heather s'en est aperçue à la dernière seconde. Elle est partie à leur poursuite.

— J'y vais !

— Oublie ça, Ève, oppose calmement Fred. Heather risque rien.

Ève, confuse, freine son élan. Elle dévisage son compagnon, dans le but évident qu'on lui fournisse davantage d'explications.

— Elle est dans le haut d'la liste, lui répond Friedmann en fixant le sol, sa voix empreinte de ressentiment. Il la touchera pas tout d'suite.

— Maintenant qu'il a eu Charlot, Ian est le prochain sur son radar, lui confirme Fred, qui comprend visiblement ce dont parle le policier. À moins qu'on aille droit à une nouvelle surprise. Comme avec Steven...

N'eût été de son ouïe extraordinaire, Heather aurait perdu la trace de Shawn depuis longtemps déjà.

Comment quelqu'un avec sa stature peut arriver à se déplacer aussi rapidement et aussi silencieusement dans un manoir qu'il connaît à peine ? En trimballant un gars inconscient sur une épaule, en plus ! Mais s'il pense qu'il va réussir à se débarrasser de moi aussi facilement, c'est qu'il me connaît bien mal...

Après avoir aperçu Shawn tourner à droite à l'intersection suivante, Heather abandonne momentanément sa poursuite et continue plutôt tout droit.

— Une liste ? Vous voulez dire qu'il nous a analysés pis que là, y nous traque pour nous éliminer un à la fois ? En commençant par le plus faible, pour finir avec celui qu'il juge être le meilleur *challenge* ?

— Ouep !

— En plein ça.

— OK... pis me mettre au courant, ç'aurait été si compliqué ?

Si le ton courroucé qu'emploie Ève importune Fred, il n'en laisse rien paraître.

— Non, c'est vrai, concède-t-il. Mais je devais être certain. C'était primordial que tout l'monde agisse le plus naturellement possible pour pas fausser le résultat. Au moins, là, on sait.

— On sait pas pourquoi il a tué Steven avant Charles, s'objecte Friedmann. Ç'a jamais été un gars ben physique, mais son intellect aurait dû faire de lui un adversaire ben plus coriace que l'autre innocent.

Fred hoche la tête.

— C'est ça que j'pensais aussi. Mais j'ai fait une gaffe : j'ai oublié de tenir compte du fait que ton partenaire était menotté. C'qui faisait de lui le plus vulnérable du groupe. C'est con, hein ? Pis comme si on s'était pas déjà assez fait avoir comme ça, Kader s'est servi de ce meurtre-là comme diversion pour enlever Charlot sous notre nez.

Adossée au mur, près de l'escalier, Heather patiente en silence, son bistouri à la main. Après avoir autant couru, elle cherche à stabiliser son souffle et son pouls. Les prochaines secondes seront critiques. Elle a déjà deviné la destination de Shawn, et ce dernier n'aura d'autre choix que de passer par ici. Bientôt. Très bientôt.

Elle capte une plainte. Faible. Pratiquement inaudible. Elle n'a pas été émise par Kader. Probablement que Charles, qu'il transporte, revient tranquillement à lui. Dans tous les cas, le geignement suffit à lui confirmer que ses calculs sont parfaits.

Dans cinq secondes…

Sa respiration est revenue à la normale, mais les battements de son cœur n'ont pas ralenti. L'excitation de la chasse s'est réveillée.

Maintenant !

Heather se décolle du mur et se précipite dans le corridor perpendiculaire au sien. La lame effilée de son scalpel fissure l'air et incise au vol le muscle de la cuisse droite de Kader, que le mince tissu de son pantalon bleu – cuirasse beaucoup trop délicate – n'arrive pas à protéger.

Davantage déstabilisé par l'apparition inattendue que par la douleur engendrée par la blessure, Kader chancelle, au point d'en échapper son otage. Heather s'empresse de tirer le corps de Charles vers elle, tandis que Shawn, quelques pas plus loin, retrouve son équilibre et jette un rapide coup d'œil à sa coupure.

— C'est ça qui arrive quand on s'amuse avec les jouets des autres, le nargue Heather avec défiance.

Elle prend bien soin de mettre en évidence son bistouri, taché du sang de son adversaire. Shawn étire les lèvres et ne porte plus la moindre attention à sa jambe entaillée. À son tour, il fait parader son arme ; l'énorme couteau de cuisine qu'il a subtilisé à Sandra plus tôt.

— Donc... si Shawn tue vraiment de cette façon... y'a des chances que Sandra soit toujours en vie, non ? Est cent fois plus *badass* que la couille molle à Charles ! raisonne Ève.

— Ouais, les chances sont bonnes. Mon *guess*, c'est qu'il la garde quelque part et s'assure qu'elle crève pas au bout de son sang. Jusqu'à c'que son tour vienne.

Ève ne perd pas une seconde et réorganise les priorités de leur groupe.

— Changement de plan, annonce-t-elle. On doit retrouver Sandra. Après, on s'occupe de *lui*. Pis pour ça, on va avoir besoin d'eux en vie.

Elle désigne Chéry et Friedmann.

— Ils le connaissent mieux que nous. T'as la clef des menottes, Fred ?

Il fouille dans sa poche et en ressort l'objet en question.

— Parfait. Libère-les.

Si Papy avait eu des fusils à la place des yeux, Ève aurait été transformée en gruyère en moins de deux. Heather aurait certainement été furieuse elle aussi, si elle n'était pas partie à la poursuite de Shawn. Seul de son camp, bouillant de colère, Papy détourne la tête, sachant trop bien qu'il lui est impossible de conserver un air neutre.

— Si d'être menottés fait d'eux les prochaines cibles, on va remédier à ça. Pas besoin de vous dire qu'on vous aura à l'œil.

— Présentement, vous êtes le dernier de nos soucis, répond Friedmann en massant ses poignets fraîchement libérés. Et on devrait être le dernier des vôtres. On a autant besoin de vous que vous, de nous.

— La première chose à faire, c'est de récupérer nos *guns*, explique Chéry. Contre Kader, vos couteaux valent pas un clou. Affronter ce gars-là au corps à corps, c'est du suicide, peu importe le contexte.

Les deux ennemis se jaugent de longues secondes sans bouger, convaincus, chacun de leur côté, d'avoir un large avantage sur l'autre.

— Ce n'est pas encore ton tour, ma belle. Mais il viendra, sois sans crainte. Maintenant, ôte-toi de mon chemin.

— Ici, c'est moi qui décide à qui est le tour, chéri. Et pas de chance pour toi ; c'est ton numéro qui vient de sortir. C'est ainsi que notre lune de miel se termine.

Pendant leur guerre de mots, Charles reprend suffisamment ses esprits pour se remettre debout par lui-même. Il ne lui faut pas beaucoup de temps pour comprendre ce qui se passe. Mais il est convaincu d'une chose : peu importe qui sortira gagnant de leur affrontement, ce sera lui le véritable perdant.

— Mêle-toi pas de ça, la limace, lui lance Heather après l'avoir aperçu se relever du coin de l'œil. Tu ferais juste me nuire. Laisse les grands s'amus…

Heather est propulsée vers l'avant malgré elle, après avoir senti deux mains la pousser avec force dans le dos.

Hors d'équilibre, elle effectue trois pas et s'écrase contre le corps massif de Shawn, qui ne bronche même pas.

— Arghhh!

Une poignante douleur vient lui envahir le bas du ventre. Empalée sur la lame de Kader, qui n'a pas eu le temps de réagir lui non plus, Heather laisse tomber son arme et serre les doigts sur le chandail de son ennemi pour s'empêcher de tomber, tellement la souffrance ressentie lui affaiblit les jambes. Au moment où elle entend Charles s'éloigner au pas de course – après l'avoir jetée aux lions afin de gagner quelques maigres secondes –, elle sent ses pantalons absorber le sang qui s'écoule de sa blessure jusqu'à ses chevilles. La poitrine de Kader, contre laquelle elle est appuyée, vibre ensuite, tandis qu'il grogne :

— Petit merdeux de lâche… Tu viens de me priver d'un affrontement intéressant. Je te le ferai payer en triple!

Sans trop de considération pour sa victime accidentelle, il retire la lame du corps de Heather d'un mouvement indolent, lui soutirant un nouveau cri, juste avant qu'elle ne tombe sur ses genoux.

— Désolé, ma belle. Ça aurait dû se passer autrement. Vu ton état, tu passes directement à l'échelon le plus bas, lui explique Kader en décrivant des cercles autour d'elle, tel un requin avant d'attaquer sa proie. Tu pourras au moins te vanter de m'avoir blessé.

Il s'arrête finalement en face d'elle. Il garde le silence et patiente jusqu'à ce qu'elle redresse le menton et le fixe. Un filet de sang s'échappe de sa bouche. La douleur a certainement contracté sa mâchoire au point qu'elle se morde la langue ou les lèvres.

— Tout ça… tout ça à cause de mon orgueil, souffle-t-elle. J'aurais dû jeter mon dévolu sur le vieil alcoolique assis seul au bar…

Ses yeux s'embuent de larmes de rage.

— Non, oppose Shawn en saisissant doucement une épaisse mèche de cheveux afin de stabiliser Heather avant de frapper. Ça devait se passer ainsi.

Sa main droite s'élève sans se presser, la lame du couteau pointant le plafond. Mais avant qu'il ne puisse appliquer sa sentence, Shawn est happé de plein fouet par une masse, lourde et compacte, qui arrive sur lui à toute vitesse dans son angle mort. Même si sa vision est altérée, Heather reconnaît Michel sans difficulté. Il a beau faire la moitié de la taille de son vis-à-vis, il parvient tout de même à le soulever du sol durant son plaquage et à l'écraser contre le mur. Le poids cumulé des deux hommes force bois et plâtre à craquer et à se fendre.

Avant que Shawn ne comprenne ce qui lui arrive, Michel lui envoie une droite à la mâchoire. Le coup, porté avec une force inouïe, aurait suffi à assommer à peu près n'importe qui. Dans ce cas-ci, c'est plutôt l'inverse qui se produit.

Tiens, tiens… le nabot timide? rage Kader, dont tous les sens viennent d'être activés par cette frappe.

Il étire les bras et verrouille ses doigts autour de la gorge de Michel, s'empresse de serrer. Le matamore met toute la gomme. Pas question de lâcher prise avant que l'autre ait perdu connaissance.

Contre toute attente, Michel se libère de l'étreinte en moins de deux, à l'aide d'une violente motion des bras, du bas vers le haut. Il enfonce ensuite la tête de Shawn encore plus profondément dans le mur d'un puissant coup porté avec la paume de sa main droite.

On ne peut plus impressionné par la force titanesque que déploie Michel en état de rage, Kader sourit. Ayant toujours l'avantage de la portée, il repousse son ennemi avec une puissance similaire à la sienne. Michel perd l'équilibre et recule de quelques pas. L'espace entre eux est alors suffisant pour permettre au plus grand d'envoyer un coup de pied au visage de son adversaire.

Michel vacille, ses bras cherchent un appui à l'aveuglette. Il a l'impression de s'être fait renverser par un bus. Bien avant d'avoir pu retrouver ses sens, il est assommé pour de bon, atteint derrière la tête par le manche du couteau de Kader.

— Quelle force! ne peut s'empêcher de commenter à haute voix le seul belligérant toujours debout. Pour être honnête, tu faisais partie des prochains sur ma liste. Mais avec ce dont je viens d'être témoin, je me vois obligé de te garder pour plus tard...

Heather n'est qu'à moitié consciente de ce qui se déroule près d'elle. Plus que jamais, elle a besoin d'attention médicale. La pénombre l'empêche de bien voir la quantité de sang qu'elle a perdu, mais étant donné la nature de sa blessure, elle, mieux que quiconque, sait que sa situation est précaire. Malheureusement, la seule personne avec elle n'a à cœur ni sa santé ni son bien-être.

— Allons-y, ma belle, l'invite Kader en la tirant de force jusque sur son épaule. La suite risque de te plaire. Tu aimes la violence, à ce que j'ai pu comprendre. Tu vas être servie…

CHAPITRE 12

— Mike... Hey, Mike. Es-tu là ? Réveille-toi !

Prisonnier du néant qui règne entre ses deux oreilles, Michel entend résonner la voix de son ami comme si elle lui provenait directement des cieux. L'envie de l'ignorer et de continuer d'errer dans les limbes lui semble attrayante, mais le doux baiser d'une retentissante claque sur la joue le convainc de revenir à lui.

De retour à la réalité, il est accueilli à bras ouverts par un lancinant mal de tête, qui semble lui traverser le cerveau, du lobe frontal jusqu'au cervelet. Il a l'impression que d'ignobles et minuscules créatures se font un malin plaisir de tirer sur ses nerfs optiques.

La première image que captent ses rétines est celle d'Ève, une main tenant une bougie, l'autre caressant sa joue endolorie.

— Contente de te ravoir parmi nous, Michel. On va crissement avoir besoin de toi! Pour ça, j'vais passer par-dessus le fait que t'as enlevé ton costume de lutin en retournant à ta *shed*. Comment tu t'sens?

Il se redresse en grimaçant.

— Woahhh... comme d'habitude, avec mon nez. Mais sinon, j'ai l'impression d'avoir reçu un piano sur la tête. Pas étonnant que j'aie été sur la touche...

— OK, pis jeu d'mots à chier à part, as-tu retrouvé Heather? se hâte de lui demander Papy.

— Je... Heather? répète Michel, toujours étourdi.

Des bribes de souvenirs lui reviennent en tête. Des voix. Une familière. Féminine. Celle de Heather. L'autre grave. Puissante. Masculine. Elle appartient à l'un des nouveaux venus. Le grand avec la barbe et le crâne rasé. Lorsqu'ils apparaissent tous les deux dans son champ de vision, ils sont collés l'un contre l'autre. Pourtant, Michel comprend que quelque chose ne va pas. Il entend le cri de douleur poussé par Heather. Il voit le contour de la lame dans la main de Kader. Il voit... il voit rouge!

— Elle était ici, bafouille Michel. Elle est blessée. Elle va pas bien. Le gars musclé l'a amenée avec lui.

— Où? As-tu une idée d'où il l'a amenée? cherche à savoir Ève.

— Pas mal sûr que je l'sais, moi...

Tous les regards convergent vers Fred.

Légèrement à l'écart du groupe, il fixe le mur de l'air neutre et impassible qui caractérise habituellement son mécontentement. Muni d'une bougie qui ne tardera d'ailleurs pas à rendre l'âme, il éclaire devant lui, révélant le message laissé sur le mur, inscrit avec ce qui semble être le sang de Heather.

NE MANQUEZ PAS LE PROCHAIN SPECTACLE…

Les jets de lumière, aussi faibles soient-ils, agissent comme des poignards sur les rétines de Heather, habituées à la noirceur de l'endroit. Puisque ses mains sont solidement attachées, elle ne peut que détourner la tête.

— Toujours consciente, à ce que je vois. J'admire ta résilience.

Même si l'effort est souffrant, Heather ordonne à ses paupières de s'étirer. Elle veut que Shawn sonde son regard. Qu'il comprenne qu'il ne peut y lire aucune peur.

— J'ai une bonne et une mauvaise nouvelle pour toi, lui annonce-t-il. La bonne, c'est que je t'ai trouvé de la compagnie.

D'une main, il soulève par les cheveux le corps sans vie de Charles, qui la fixe aussitôt de ses orbites creuses, au fond desquelles ses yeux ont été pulvérisés par d'énormes pouces. Sa mâchoire entrouverte est enduite du sang libéré une fois sa langue tranchée. Heather a vu suffisamment de gens souffrir le martyre depuis son arrivée au manoir, et même avant, à l'hôpital où elle travaillait, pour deviner que le passage de Charles dans l'autre monde ne s'est pas fait dans la paix et l'allégresse.

— La mauvaise nouvelle, par contre, c'est que comme Charles n'est plus des nôtres, tu seras la prochaine à avoir la chance d'expérimenter mes talents particuliers. Si je me fie aux activités auxquelles vous vous adonnez ici, je suis certain que tu sauras apprécier.

— Le prochain spectacle… Y nous attend dans le Studio, en déduit Ève.

— C'est ça que j'ai pensé sur le coup, moi aussi. Mais j'me suis souvenu que le seul *show* auquel y'a assisté, c'est celui que j'ai fait dans ma chambre.

— C'est ben vrai. Mais même si y'a réussi à défoncer la porte de bois, j'pense pas qu'il ait pu venir à bout de celle en métal pis avoir accès à ta salle de spectacle. Y'a plus de chances qu'il soit tombé sur le Studio en étudiant les lieux.

— V'là une heure de ça, on s'imaginait même pas qu'il pouvait être une menace pour nous. J'commence à comprendre que c'est pas le genre de gars qu'on gagne à sous-estimer.

Un silence s'installe, tandis que tous réfléchissent à ce qu'ils devraient faire. En fait, leur principale inquiétude n'est pas de décider de la suite, mais plutôt d'éviter d'agir selon ce que Shawn a prévu. Et du même coup, éviter de tomber dans l'un de ses pièges.

— Premièrement, je pense qu'on devrait essayer de déterminer dans quel ordre il compte nous tuer. Déjà, de savoir ça, ça va nous permettre d'élaborer un plan plus efficace.

Tous approuvent.

— Le prochain à se faire cibler est clairement Ian. Ensuite, Chéry et Friedmann. Pis Michel, Papy, Fred et moi. Dans cet ordre-là.

— Même pas proche, conteste Friedmann. Ça, c'est l'ordre que *toi* t'imagines. Tu penses pas comme *lui*. La dernière fois qu'on a fait ça, ç'a coûté la vie à Steven. Bon… Shawn a pas d'arme à feu, merci mon Dieu. Donc, il va devoir se servir de c'qu'il a, c'est-à-dire son couteau pis ses mains. La force physique de ses victimes va être un facteur super important pour lui, étant donné qu'il va devoir entrer en contact direct avec elles pour les éliminer. Y faut y aller avec ce qu'on sait qu'il a vu de nous à date. Fred et toi avez beau être dangereux, Shawn a peut-être pas eu l'occasion de s'en rendre compte encore. Donc, selon moi, l'ordre ressemblerait à Ian, Fred, Ève, Papy, Daph, moi et Michel.

— Ah! C'est cool que tout le monde ait changé d'ordre dans la liste à part moi, ironise Ian.

— J'peux te mettre plus haut sur la mienne, si tu veux, lui répond Fred. Faut juste que tu me montres ta bedaine en échange.

— Si y se fie à la force physique, pourquoi j'me retrouve avant elle, grogne Papy en désignant Chéry. C'est de l'ostie d'marde ta liste, Friedmann.

— Réfléchis, crisse de clown ! Daphnée est un peu moins forte, mais elle a suivi des cours d'autodéfense pendant sa formation. Sa job, c'est littéralement de maîtriser les malades comme toi ! Écoutez, j'me sacre ben raide que ça fasse pas votre affaire ! Vous voulez avoir une chance de survivre ou non ? C'est le temps d'être rationnel, pas d'avoir une crise d'égo !

— Nick a raison. Pis comme on est pas certains de la place où Heather se trouve, j'propose qu'on *split* le groupe en deux équipes balancées, en s'aidant de c'te liste-là.

— En temps normal, je m'opposerais à c'qu'on se sépare, mais dans ce cas-ci, j'pense aussi que c'est la chose à faire, concède Friedmann. On se donne trente minutes, on cherche Heather chacun de notre bord, pis on se rejoint tous à l'Euphrate ensuite. *Deal* ?

Seule Ève si oppose.

— Non, pas à l'Euphrate. Le seul temps où on se donne rendez-vous à cette place-là, c'est quand on tend un piège à un invité coriace. J'irais plus avec le Gihon. C'est un salon un peu plus p'tit, mais on va être proche d'la porte arrière, si jamais on a à sortir.

Fred hoche la tête. Il semble satisfait du plan.

— On se dépêche d'aller chercher Heather avant qu'elle se fasse tuer, on remet l'électricité en marche, on va chercher les *guns* de Nick et Chéry pis on explose la tête du gâcheux de party à Kader. J'aime ça. Mike, as-tu encore ton walkie-talkie ?

— Non, les batteries sont mortes. Je l'ai mis sur la charge pas longtemps après la perte de courant. Mais j'ai ramené ça, par exemple.

Il fouille dans ses pantalons et en ressort quatre lampes de poche.

— Cool! J'vais ignorer le fait que t'as mis ton appareil sur un chargeur qui fonctionne à l'électricité *après* la panne, pis te féliciter pour ton initiative des lampes. Ça risque d'être pas mal plus pratique que nos chandelles. Hey, j'suis-tu le seul ici qui aurait trouvé ça tordant que Mike se trompe pis qu'il apporte ses *fleshlights* au lieu de ses *flashlights* ?

CHAPITRE 13

Étant donné la situation exceptionnelle dans laquelle ils se trouvent, Fred consent à confier à Friedmann son arme de secours, soit un petit couteau de poche, qu'il gardait jusqu'ici dissimulé dans son pantalon. Avec Michel, ils rejoignent finalement le premier étage après avoir grimpé un nouvel escalier.

— Les apparts de Mike sont à l'extérieur, mais sinon toutes nos chambres sont ici, explique Fred en parlant des autres hôtes.

— Si vraiment y'a traîné Heather par ici, c'est qu'il a pris toutes les précautions du monde. Elle était gravement blessée, et pourtant, je vois aucune trace de sang par terre, déclare Michel en remontant ses lunettes du bout de son index, avec sa main libre.

Seul membre de leur trio à ne pas posséder de lampe-torche, Friedmann est également d'avis que ce genre de besogne aurait laissé des traces sanglantes. Il doute que Kader ait emprunté ce chemin tout en transportant Heather blessée. Il croit aussi que Fred ne le pense pas non plus.

Pourquoi est-ce qu'il veut qu'on s'y rende, d'abord? ne peut-il s'empêcher de se demander.

D'ailleurs, il n'est pas le seul à s'interroger sur les actions de l'hôte excentrique.

— Euh... Fred? Ta chambre est par là, signale Michel en pointant de son faisceau lumineux le corridor de gauche qu'ils viennent de dépasser.

Mais Fred ne s'arrête pas.

— On va y aller dans un instant. Faut juste faire un p'tit détour avant. Inquiète-toi pas, ça sera pas ben, ben long.

— Un détour? Mais... euh... mais Heather? On devrait pas plutôt se grouiller pour aller l'aider? se risque à demander Michel.

Cette fois, Fred l'ignore complètement. D'une démarche désinvolte, il guide plutôt le reste du groupe jusqu'à une vaste pièce sans porte, que quelques néons aux diverses couleurs – reliés à la génératrice – délimitent.

La première chose que Friedmann aperçoit, ce sont les deux tables de billard au centre, et le comptoir d'un bar au fond à droite, à la surface duquel se reflète l'enseigne lumineuse L'Alchimiste, bière que Fred affectionne. Même si l'endroit est trop sombre pour tout détailler, il y devine la présence de tables, d'un juke-box, et probablement d'un jeu de dards. Le genre de salle récréative où il aurait adoré se détendre n'eussent été les circonstances actuelles.

— Qu'est-ce qu'on vient faire ici, Fred ? l'interroge Michel, de plus en plus incertain de la tournure des évènements.

— Vous autres je sais pas, mais moi, j'viens me servir un bon verre de gin tonic, lui répond son compagnon en passant de l'autre côté du comptoir. Qu'est-ce que j'vous sers ?

Michel demeure interdit un instant. Puis, il balaie du regard l'entrée de la salle et ses environs, comme s'il anticipait une attaque imminente de Kader. Il se surprend même à vouloir invectiver Fred, mais parvient à se contrôler, sachant que les conséquences d'un geste aussi insensé pourraient s'avérer bien pires encore que tout ce que Shawn pourrait lui faire subir.

— Euh… rien pour moi. Merci.

— Grand Marnier. Double. *Straight*.

— J'aime ton style, Nick ! lui lance Fred avant de glisser sa lampe de poche entre ses dents.

Ses mains libres, il cueille la bouteille de cognac ainsi que l'Ungava. Une fois l'alcool versé, il pousse le verre ballon jusqu'à la main de Friedmann, qu'il gratifie d'un clin d'œil. Il fouille ensuite dans l'une des portes du frigo, s'empare d'une canette de tonic Canada Dry et en transvide le contenu dans son verre, qu'il accompagne d'une lime.

— À la tienne, mon Nick !

— Santé.

Chacun avale une gorgée. Le liquide réchauffe instantanément la gorge et l'estomac de Friedmann, qui s'accorde alors une seconde de répit pour en apprécier les arômes.

Le dernier verre du condamné... ne peut-il s'empêcher de songer.

— Exquis! s'exclame Fred. Ça, c'est un bon gin-tonic!

Sans avertissement ni raison apparente, il place son verre au-dessus de sa tête, puis déverse le reste de son contenu.

Médusés, Michel et Nick le regardent enfouir ses doigts dans ses cheveux détrempés, et les ébouriffe, l'air jovial qui le caractérise tant accroché au visage. Dès qu'il juge être assez dépeigné, Fred ouvre le tiroir d'une caisse enregistreuse et s'empare d'une poignée de change. Il dépose quatre vingt-cinq sous sur le comptoir à l'intention des deux autres.

— V'là une piasse! Allez donc jouer une *game* de pool sur mon bras. Moi, faut que j'me crosse avant qu'on reparte.

Bénéficiant d'un traitement de faveur identique à celui de son collègue, Chéry parcourt les ténèbres armée du canif que vient de lui refiler Ève. Il va sans dire qu'elle aurait préféré se voir confier une arme beaucoup plus intimidante, mais elle s'en accommode. Menottée voilà quelques minutes à peine, elle est consciente que son sort s'est considérablement amélioré en peu de temps.

En réalité, elle sait que le couteau ne l'aidera pas contre Kader. Si elle devait se retrouver quelque part avec lui, armée ou non, elle ne s'en sortirait probablement pas vivante.

Mais face à Papy, par contre...

J'ai vu ce regard-là chez des dizaines de meurtriers avant toi. Chez des prédateurs sexuels aussi. Si le couteau arrive pas à calmer tes ardeurs, fie-toi sur moi, j'vais trouver une autre façon... grogne-t-elle intérieurement.

Depuis que le groupe s'est scindé, Ève a décrété que leur quatuor se déplacerait à présent en paires : Chéry et Papy derrière, Ian et elle-même devant. Une formation créée de la sorte pour plusieurs raisons. À commencer par le fait qu'Ian est censé être le prochain à se retrouver sur le radar de Shawn. En se jumelant avec lui, Ève s'assure d'être le plus près de leur ennemi possible lorsqu'il viendra réclamer sa proie. Elle profitera du fait qu'elle-même se situe très bas – d'après les estimations de Friedmann – sur la liste de Kader. Il ne devrait donc pas trop se méfier d'elle s'il la juge à ce point inoffensive. Un détail qui peut aisément tourner à son avantage. Ensuite, cela lui permet d'éloigner Ian de Papy, dont les pulsions meurtrières semblent de plus en plus ardentes et difficiles à contrôler.

Lampe de poche à la main, Ève éclaire partout où elle peut durant leur périple jusqu'au Studio. Idem en ce qui concerne son partenaire derrière. Même s'il est difficile à discerner sur la pierre noire du plancher, le sang perdu par Heather laisse de longs traits au sol, qui supposent qu'ils sont sur la bonne piste.

J'avais raison; il l'a amenée au Studio. J'en suis certaine, se dit Ève, sans jamais oublier qu'il peut s'agir d'un piège.

— Si je suis le prochain à être en danger, ç'aurait pas été plus logique de me donner le couteau?

— Ferme-la, Ian! T'as pas encore compris que t'es rien d'autre qu'un appât?! Si Kader t'enfonce pas son couteau dans les flancs, c'est moi qui vais l'faire! l'invective Papy à voix basse.

Ses menaces laissent place à un profond silence, qui perdure plusieurs minutes. Comme Ève n'a pas protesté, Papy considère qu'elle approuve ses dires.

— On fait quoi si votre amie est pas là? On clanche pour aller rejoindre Nick et les autres? demande Chéry.

— Ça ressemble à ça. Mais ça arrivera pas. Elle va être là, fie-toi sur moi. Pis si Kader est là aussi, va falloir trouver une façon d'attirer son attention pendant qu'on libère Heather.

Les trois autres ne disent rien, mais tous espèrent secrètement se voir attribuer la tâche de délivrer Heather, le moment venu.

Alors qu'ils ne sont qu'à quelques mètres du Studio, Ève remarque une accumulation de sang plus importante qu'un simple trait. Bien plus importante. Elle fait signe à tous de s'arrêter, puis examine attentivement la zone. Le groupe découvre que la piste sanglante se divise en deux. La première continue en direction du Studio. La seconde s'enfonce plutôt dans la pièce à leur droite, soit une des salles de bain.

Ève réfléchit.

C'est quand même vaste, ici. La porte se barre pas. Sans les flashlights de Michel, on aurait sûrement jamais remarqué la nouvelle trace. Non, j'pense pas que ça puisse être un piège.

— On va voir, tranche-t-elle en désignant la salle de bain. Ian, tu restes à côté de moi, peu importe c'qui arrive. C'est clair?

Le principal intéressé lui signifie qu'il a bien compris. Puis, ils entrent tous les quatre.

De la pierre noire, le plancher passe à la céramique blanche. Le sang qui le macule est beaucoup plus facile à localiser.

— Y'a l'air d'avoir un seul tracé, chuchote Ève. Il part du corridor jusqu'au bain. J'ai comme l'impression qu'on risque d'y faire une découverte macabre.

D'un pas prudent, ils reprennent leur marche. Le faisceau de Papy continue de suivre le sang, tandis que celui d'Ève scrute la pièce dans ses moindres recoins. À première vue, l'endroit lui semble désert. Le seul bruit que l'on puisse y entendre provient des pas de Chéry, qui se déplace pourtant avec autant de discrétion que possible. Elle et Ian sont les plus angoissés.

Devant le quatuor, l'énorme baignoire trônant au sommet de marches pyramidales a des allures de volcan postéruption, où les coulées de magma qui s'en sont déversées auraient été remplacées par du sang humain.

— Surveille la porte, Papy. Frappe sur tout c'qui entre.

Prenant bien soin de poser les pieds aux endroits épargnés par le gâchis, Ève grimpe doucement les marches.

Solidement resserré dans sa main droite, Clint, son monstrueux poignard, est prêt à trancher et à percer tout ce que l'on oserait mettre sur son chemin.

Un peu avant d'arriver au sommet, Ève atteint une hauteur et un angle qui lui permettent de voir ce que contient la baignoire. Sa découverte la laisse perplexe. Presque désappointée même.

What the fuck ? *Encore du sang ? C'est tout ? Y'a rien d'autre ? Y'appartient à qui ?*

Même si elle anticipait plutôt y découvrir un corps, entier ou non, Ève en arrive tout de même au constat que quelqu'un qui a autant saigné ne peut être que mort, ou sur le point de trépasser.

— Hey ! R'gardez un peu par icitte... Y'a l'air d'avoir d'autres spots qui vont jusqu'à bécosse !

Papy dit vrai. Partant de la baignoire, des gouttelettes écarlates se frayent un chemin jusqu'à la cuvette de toilette. Cette fois, c'est celui qui en fait la découverte qui les suit, tandis qu'Ève demeure immobile.

L'échine courbée et les genoux légèrement fléchis afin de pallier une paire d'yeux plissés et usés par l'âge, Papy découvre que les gouttelettes mènent plutôt à une petite poubelle, en retrait derrière la cuvette. Comme le couvercle en est déjà relevé, il arrive sans difficulté à identifier ce qu'elle contient.

— Pis ? le presse Ève. C'est quoi ?

— Une langue, lui répond-il. Une langue tranchée.

Tout comme les corridors de l'aile des invités, ceux du premier étage sont plongés dans le noir. Impossible de voir venir une attaque. Friedmann ignore si le décor lugubre qui l'entoure exerce une quelconque influence sur son esprit, mais il a l'impression qu'un regard hostile est posé sur lui. Michel semble le ressentir également. À la gauche de leur trio, Fred déballe le morceau de gomme Bubblicious au melon d'eau qu'il vient de pêcher au fond de sa poche et se met à fredonner tout bas le refrain de la chanson *Paquetville* d'Édith Butler.

Friedmann ignore si une telle démonstration d'insouciance le rassure quant au danger potentiel qu'ils courent, ou ne fait qu'accroître son angoisse.

Le deuxième. Assurément le deuxième, tranche-t-il mentalement.

De ce qu'il arrive à déduire, grâce au peu d'éclairage fourni par les lampes-torches, les corridors de l'étage sont plus larges que ceux du rez-de-chaussée. Ils sont cependant beaucoup moins longs et comptent davantage d'embranchements. Si vraiment ils ne sont que quatre à y occuper une chambre, Friedmann se demande à quoi peuvent bien servir toutes celles qui demeurent vacantes.

— La prochaine à gauche, c'est la mienne, annonce Fred, cessant du même coup de chanter.

Peut-être pour la première fois depuis qu'il y demeure, Michel ne se sent pas en sécurité dans le manoir. Si les choses devaient mal virer, il espère que la situation permettra à son alter ego de prendre possession de son corps à temps.

— Ah ben, saperlipopette! On dirait qu'y'a d'la lumière qui provient d'ma chambre. Si ça, c'est pas intrigant!

Fred dit vrai à propos de la lumière. Discrète mais observable, une pâle lueur s'évade de la pièce en question sur une bien courte distance. Soit la porte a été forcée, soit la serrure a été crochetée.

Alors que le propriétaire y pénètre sans crainte apparente, Friedmann remarque un curieux détail avant d'en faire autant.

FRED

Son nom est gravé dans le bois du battant, directement au centre. Friedmann souhaite presque que cette gravure soit l'œuvre de Kader. Pourtant, une petite voix lui murmure que Fred en est probablement lui-même l'auteur.

— Heather a pas l'air d'être ici, affirme Michel en se pointant le bout du nez à l'intérieur. Tu penses vraiment qu'elle pourrait être dans ta salle de spectacle? Que Shawn aurait pu trouver une façon d'ouvrir ta porte blindée?

— Bam Bam Bigelow.

Le dispositif de reconnaissance vocale confirme le mot de passe que Fred vient de formuler. Le témoin lumineux passe au vert et la lourde porte métallique dissimulée derrière son garde-robe se déverrouille.

— Non. J'pense pas qu'elle soit là. Je l'ai jamais pensé. J'viens juste chercher quelque chose.

Une fois la porte ouverte, Fred passe de l'autre côté.

— OK, mais… la porte a été défoncée ! Kader est venu ici, non ? C'est-tu lui qui a allumé la bougie sur ta table de chevet ?

— Yep ! C'est bien lui, répond Fred, sans toutefois fournir davantage d'explications.

Profitant du fait que ce dernier ne puisse le voir d'où il se trouve, Friedmann examine la chambre à coucher. Outre la disposition des meubles quasi identique à celle de la chambre visitée plus tôt, le premier détail qui saute aux yeux est l'énorme pile de vêtements à gauche, dans laquelle on retrouve de tout, du veston morne, au sous-vêtement Dragon Ball Z, en passant par le t-shirt White Pony de Deftones.

Au sommet de l'amas, trônent d'ailleurs des vêtements d'hôpital bleus.

Shawn s'est trouvé du linge à son goût, on dirait…

L'attention de Friedmann est ensuite transportée jusqu'à un coffre de bois massif, déjà grand ouvert. Son contenu a visiblement été remué – sans aucun doute par Kader –, mais étant donné la nature insipide de ce qu'il contient, il doute qu'on y ait dérobé quoi que ce soit. Quelque chose, par contre, attire son attention.

Un article de journal ?

La chandelle sur la lampe de chevet est loin de fournir l'éclairage dont Friedmann a besoin afin de le lire. Discrètement, il se penche après s'être assuré que Michel lui fait dos.

— Ça raconte le jour où on a retrouvé les cadavres de ma mère pis de ma sœur, affirme Fred en revenant de la salle de spectacle à cet instant. Ça dit que des voleurs sont responsables de leur mort, mais en réalité, mon père a tué ma mère pis m'a forcé à tuer ma p'tite sœur. J'lui ai tranché la gorge pendant qu'elle était ligotée sur le tremplin de notre piscine. C'est bon, j'ai trouvé c'que j'étais venu chercher; on peut s'en r'tourner. Mais avant, j'ai quelque chose à vous expliquer…

CHAPITRE 14

Each time I make my mother cry an angel dies and falls from heaven...

Le cœur d'Ève fait un tour complet dans sa poitrine.

Ces paroles.

À peine audibles, elles semblent avoir été proférées à partir des entrailles du manoir lui-même. Pourtant, personne d'autre ne donne l'impression de les avoir entendues.

La chanson fétiche de l'artiste fétiche de sa muse.

Heather...

Un horrible pressentiment s'empare d'elle. Si Ève ne s'imagine pas cette musique, alors elle ne peut provenir que d'un seul endroit à proximité ; celui où son groupe et elle se rendaient déjà.

— J'ai l'impression d'entendre quelque chose, leur fait savoir Chéry, sans toutefois pouvoir en identifier la nature.

— Plus vite !

— Woh ! Un instant ! On sait pas encore où s'cache Kader. Ça sent l'piège à plein nez !

— Plus vite ! réitère Ève, qui n'est pas d'humeur à argumenter. Pis la prochaine fois que tu m'contredis, j'te remets tes beaux bracelets !

Ian et Papy paraissent aussi confus que Chéry, mais personne n'a le temps de protester. Ève oblige tout le monde à calquer sa cadence. Plus ils progressent, plus les paroles deviennent distinctes. Et plus la musique s'éclaircit, plus l'esprit d'Ève, lui, s'embrouille.

Y faut qu'elle soit en vie ! Y FAUT qu'elle soit en vie !

Plus les secondes défilent, et plus elle perd son sang-froid. Elle sent les veines de son cou et de sa gorge se gonfler à chaque battement de cœur. Bientôt, sa lampe de poche ne pointe que droit devant et nulle part ailleurs. Ève n'envisage même plus une embuscade.

Ses pas rapides prennent à droite. Tous s'engagent dans le corridor du Studio. Plus loin, à gauche, l'énorme porte coulissante est légèrement entrebâillée. Une couche de fumée artificielle s'en échappe et flotte au niveau du sol. Plusieurs jets lumineux aux différentes teintes de vert parviennent également à traverser la mince fente. Et cette chanson.

Cette chanson.

Each time I look outside, my mother dies, I feel my back is changing shape...

Ève se sépare des autres et prend les devants. Elle comprend ce qui se passe. Comprend ce que Kader a voulu faire en écrivant ce message.

À deux mains, elle agrippe la bordure de la porte métallique. Des images apparaissent sporadiquement dans sa tête. Celles d'un tombeau.

D'un élan féroce, elle fait glisser la porte jusqu'à sa pleine ouverture. Le claquement du métal qui heurte le mur résonne comme celui du maillet d'un juge qui vient d'ordonner une mise à mort.

Au centre du Studio se trouve Heather. Adossé à un énorme panneau de bois, son corps est maintenu à la verticale par des liens qu'Ève n'arrive pas à voir. Ses bras sont disposés comme ceux du Christ sur la croix. Des ailes de chair ont été clouées sur le panneau, au-dessus de chacune de ses épaules. La peau manquante du ventre suggère qu'elle a été récoltée afin de façonner l'une des ailes, et que le dos a subi une mutilation identique pour créer l'autre. Sur le sol, à deux mètres du corps, le cœur, les poumons, l'estomac, le foie, les reins et les intestins ont été méticuleusement disposés dans un schéma répliquant parfaitement l'intérieur d'un corps humain.

Prick your finger, it is done, the moon as now eclipsed the sun
The angel has spread its wings, the time has come for bitter things…

Le trio ne s'attarde que très peu de temps dans la chambre de Fred. Contrairement à ce que le message de Shawn aurait pu laisser croire, Heather ne s'y trouvait pas. Après avoir échangé quelques mots à voix basse près du coffre de bois, tous trois quittent la pièce. À défaut de retourner sur leurs pas, ils empruntent le couloir face à la porte. Avec Friedmann toujours au centre, leur petit groupe ne fait pas quinze mètres que Fred s'arrête.

— Si Heather était pas dans ma chambre, c'est qu'elle est au Studio. Dépêchez-vous d'aller donner un coup d'main à Ève pis aux autres. Mike, montre-lui le chemin. J'tire une pisse rapide pis j'viens vous rejoindre.

— T'es sûr ? C'est pas un peu dangereux de te laisser seul, Fred ?

— Faites-moi confiance. Shawn rôde pas loin d'où se trouve Heather. J'risque rien. De toute façon, j'vais vous avoir rattrapés ben avant que vous arriviez.

— Bon… si tu l'dis, abdique Michel, qui n'est pas reconnu pour discuter les décisions de ses compagnons.

Friedmann et lui pressent le pas et disparaissent dans la noirceur. Pendant ce temps, Fred, lui, pénètre dans la salle de bain devant laquelle il vient de s'arrêter. Il dépose sa lampe de poche en équilibre à la verticale sur le comptoir du lavabo où il compte d'abord se laver les mains. Il ouvre les robinets qu'il règle à la température désirée et fait tomber une petite quantité de savon sur le bout de ses doigts.

— *Lavez, lavez ! Savez-vous savonner ? Lavez, lavez !*

Une fois le savon bien réparti sur ses mains, Fred les rince sous le jet d'eau en tâchant de n'omettre aucun endroit. Lorsqu'il redresse la tête et plonge son regard dans le miroir, il aperçoit une large silhouette directement derrière lui. Dès que les yeux d'animal de Kader croisent les siens dans la glace, Fred sait qu'il est trop tard pour réagir. L'instant suivant, on lui agrippe fermement les cheveux. Sa tête est aussitôt tirée vers l'arrière, pour ainsi permettre à un large couteau de cuisine de se faufiler sous son menton.

Malgré le fait qu'il ne soit qu'à quelques secondes d'une mort quasi certaine, Fred ne réagit pas. Ses bras demeurent immobiles, de chaque côté de son corps. Docile, il se laisse faire.

— On capitule rapidement, à ce que je vois, murmure Shawn, un soupçon de déception dans la voix. Quoique... pouvais-je vraiment m'attendre à autre chose de la part de quelqu'un d'assez idiot pour se jeter dans la gueule du loup? Tu ne seras pas une grosse perte pour ton groupe.

Au moment où Kader commence à presser la lame dans la chair, Fred réplique :

— Tu m'tueras pas.

Shawn se fige. La remarque le décontenance autant qu'elle l'amuse.

— Tu devrais le faire, continue Fred. J'te jure que tu devrais le faire. Mais tu le feras pas.

Kader se surprend à hésiter. Pourtant, sa victime est à sa merci. Ils sont seuls, à l'écart. Il n'a qu'un mouvement du bras à effectuer – mouvement qu'il a reproduit il ne sait plus combien de dizaines de fois au cours de sa vie – pour ajouter cette andouille à son tableau de chasse.

— Je suis forcé d'admettre que je te trouve plutôt détendu, vu les circonstances. Qu'est-ce qui peut bien te faire croire que je te tuerai pas? Ici et tout de suite?

— Parce que ça nous ferait rater notre super affrontement. Tu sais duquel je parle. Celui à la toute fin. *The last man standing.* J'peux pas t'en vouloir de m'avoir mal jugé, mon p'tit Shawn. Mais j'suis pas la dernière des graines molles; j'suis celui que tu vas rencontrer, une fois que tu vas être rendu au sommet.

Cette explication n'est pas du tout celle à laquelle Kader s'attendait. De son regard pénétrant, il examine brièvement le reflet de Fred, qu'il était à un cheveu de saigner comme un porc. A-t-il pu réellement le sous-estimer à ce point? Ce Fred semble pourtant avoir réussi à comprendre sa façon de chasser. Peut-être n'est-il pas aussi stupide qu'il en a l'air.

— Tu bluffes, répond tout de même Kader, curieux de voir sa réaction.

Les lèvres de Fred s'étirent.

— Tu penses que j'te dis ça en espérant que tu me laisses la vie sauve? J'viens pourtant juste de te conseiller d'me tuer. C'est la seule chance que tu vas avoir. Si jamais tu m'épargnes, tu verras pas le prochain lever de soleil, j't'en fais la promesse. Tu t'imagines vraiment que j'suis venu tirer une pisse tout seul ici, ben relax? Je savais que t'étais là. Le message laissé sur le mur avait pour seul but de diviser notre groupe. J'étais le prochain sur ta liste, pis tu savais que j'opterais pour ma chambre. Que j'aurais deux ou trois personnes avec moi au lieu de six. Pas mal plus facile de m'pogner comme ça. La chandelle que t'as allumée était là juste pour que tu puisses voir qui était avec moi, pendant que tu nous épiais à partir de la seule pièce qui te donnait un angle de vue : la salle de bain où on s'trouve. Me pointer ici tout seul m'a non seulement permis de te faire comprendre que je suis pas le dernier des couillons, mais aussi d'apprendre plein de choses sur toi que j'aurais jamais pu savoir autrement. Asteure, j'ai un avantage sur toi.

La main de Kader se resserre autour du manche de son arme. L'envie d'égorger ce petit insolent lui brûle les doigts. Pourtant, quelque chose l'en empêche.

— Et qu'est-ce que tu pourrais avoir appris sur moi en si peu de temps ? C'est à peine si je t'ai révélé mon visage.

— Mon p'tit détour ici m'a permis de confirmer que t'es droitier. Qu'exception faite de l'insupportable Diane, que t'as lancée du haut du balcon, t'as une préférence marquée pour la gorge et toute la région du cou. Que t'es parfaitement silencieux malgré ta stature. Mais le plus intéressant, c'est que jusqu'ici, t'as tué entre trois et six personnes. Plus souvent qu'autrement, de façon barbare. Pourtant, tes mains sont impeccables ; pas une goutte de sang ! Pis comme j'les ai drette dans face, j'peux facilement sentir la vanille et les agrumes qu'elles dégagent. J'en déduis que t'es allé les laver une première fois après le meurtre de Marie-Pier pis de Sandra, pis une deuxième fois dans la salle de bain proche du Studio après avoir tué Steven et Heather.

Si t'as cette espèce de maladie de toujours vouloir avoir les mains propres, comme j'le soupçonne, faut que tu saches que toutes les salles de bain ici sont munies de caméras infrarouges qui sont impossible d'accès. Ça veut dire que j'vais pouvoir suivre tous tes déplacements à distance, en buvant une bonne slush, bien pénard.

Progressivement, Kader relâche la pression contre la gorge de Fred, alors qu'un rire caverneux s'échappe de la sienne.

— Pense à ton affaire comme y faut avant de m'épargner. Tu pourras pas dire que je t'ai pas averti.

D'un pas extrêmement lent, Shawn retourne se terrer dans l'ombre, laissant Fred à lui-même.

— Va. Cours rejoindre les autres, résonne sa voix sinistre aux quatre coins de la vaste pièce. La vraie partie est sur le point de commencer.

CHAPITRE 15

Ève pose le pied dans le Gihon cinq secondes avant que Fred et son petit groupe ne fassent de même. Il n'a qu'à lire l'expression sur son visage pour comprendre qu'il avait bel et bien vu juste et que dès l'instant où ils sont tombés sur le message de Kader, il était déjà trop tard pour sauver Heather.

— On va lui faire payer ça, Ève. Inquiète-toi pas.

— J'vais lui arracher les gosses pis lui enfoncer dans gorge ! Certain qu'y va payer ! Pis toi ton cou, ça va ? Qu'est-ce que t'as ?

— C'est deux fois rien, lui répond Fred en retirant le linge en chiffon qu'il garde appuyé contre sa blessure. Ça saigne presque pu. J'ai eu la présence d'esprit d'utiliser mes boxers pour limiter les dégâts. Coudon, c'est-tu moi ou maman canard a perdu des canetons en chemin ?

Ève fronce les sourcils. Son esprit est un pantin, que tirent toujours les ficelles la colère et la vengeance. Ce n'est qu'alors qu'elle constate que seule Chéry se trouve toujours avec elle. Pas la moindre trace de Papy ni de Ian.

— Ahhh, le tabarnak ! Cette fois-là, ça passe pas, par exemple ! rage-t-elle.

— Ouin. J'pense que mononcle Fred va être obligé de faire d'la discipline.

— Chéry ! C'est quand la dernière fois que t'as vu Papy et Ian ?

— Y'a... Y'a trente secondes à peine, répond-elle en regardant partout autour, aussi surprise par leur disparition. C'est clair qu'ils sont pas ben loin !

— C'est bon. On revient sur nos pas, tranche Ève.

Ainsi, tous les cinq retournent affronter les couloirs obscurs, sans trop avoir de destination précise. Décision qu'Ève remet rapidement en question. Peut-être aurait-il été plus sage d'abandonner ces deux-là derrière et d'enchaîner avec la prochaine partie du plan. La mort de Heather lui a vraiment fait bouillir le sang dans les veines, et depuis, la petite voix dans sa tête qui hurle vengeance l'empêche de bien se concentrer. Si elle veut être efficace et faire une différence dans cette histoire, elle devra s'efforcer de garder la tête froide, élément qui lui fait cruellement défaut depuis que tout va de travers. Il faut dire qu'en étant à la tête des Enfants d'Ève, les pouvoirs qui lui sont octroyés sont ceux d'une déesse, ayant droit de vie ou de mort sur qui bon lui semble.

Hier, un agneau sacrificiel a été leurré jusqu'ici pour être égorgé. Aujourd'hui, cet agneau lui dérobe ses pouvoirs et les utilise contre ses Enfants.

Ève soupire. Profondément.

— Si on retrouve Papy et Ian, j'te laisse gérer la situation. C'est *good* ?

Fred acquiesce, mais ne répond rien. Il a cessé de sourire. Il n'y a rien au monde qu'il ne prenne plus au sérieux que les règlements de leur petite communauté.

Rien.

— Juste ici, avant de tourner l'coin. C'est la dernière place où j'les ai vus, murmure Chéry, l'index pointant vers le fond du couloir.

Ève marche sans faire de bruit jusqu'à la première porte à gauche. Elle l'ouvre et éclaire l'intérieur. À quelques pas d'elle se trouvent deux silhouettes, debout et enlacées. Ou plutôt en train de lutter.

— Ayayayaye ! Qu'est-ce que j'vois là ? Es-tu en train de maltraiter un invité, Papy ? demande Fred en s'avançant vers eux.

Pris en flagrant délit, Papy se retourne sans se presser. Son visage odieux rayonne de satisfaction. À ses côtés, Ian s'effondre sur les genoux, un morceau de tissu dans la bouche pour l'empêcher de crier, et le manche d'un couteau papillon lui saillant du corps, tout juste sous le sternum.

— Légitime défense, clame-t-il en haussant tout bonnement les épaules.

Michel referme la porte une fois tout le monde dans la pièce.

— Wow! Légitime défense. Tu t'es défendu contre un gars sans arme pis en jaquette? J'ai comme l'impression que tu m'contes des pipes, mon coquin. Et que ça serait donc pas l'idée du siècle…

D'un mouvement arrogant, Papy fait rouler sa tête sur ses épaules, faisant craquer les vertèbres de son cou. Toute trace de satisfaction disparaît de son visage.

— OK, là on va arrêter de niaiser, crache-t-il entre ses dents jaunies. On est des meurtriers. Toute la gang! C'est ça qu'on fait, ici! On tue des gens! On les appâte, on s'amuse avec un boutte, pis on finit par les saigner comme des porcs! Ça fait qu'arrêter d'me faire chier! J'ai fini d'me faire parler comme si j'étais un *kid* d'la maternelle!

— Ici, y'a des règles, Papy. On t'en a parlé souvent.

Cette fois, Papy n'en peut plus. La frustration accumulée depuis son arrivée déborde et le fait éclater comme un ballon trop gonflé.

— Pu rien à chier de vos règles! Pu rien à chier de vos ostie de règles de marde! Le poulet vous l'a dit tantôt : c'est pu vous autres au *top*; c'est *lui*! Deux de nous cinq sont morts la yeule ouverte, déjà! Vos règles valent pu rien!

Une réponse qui ne satisfait ni Fred ni Ève.

— On a été hyper clairs la journée où on t'a recruté, Papy, enchaîne Fred. Si tu veux avoir accès à tous les privilèges d'être membre, faut que tu t'plies aux règles. À *toutes* les règles. C'était comme ça dans l'temps avec les Fils d'Adam, pis c'est encore comme ça aujourd'hui avec les Enfants d'Ève.

— J'ai l'impression que t'entends pas les mots qui sortent de ma bouche, fait qu'essaie de lire sur mes lèvres, grand crisse de clown ! *Fuck* vos Fifs d'Adam ! Pis *fuck* vos Enfants de put…

Peut-être inspiré par la façon de procéder de Kader, Fred empoigne Papy par la tignasse et vient le coucher au sol à l'aide d'une violente motion.

— Argh !

L'arrière de sa tête frappe durement le plancher. Sans jamais lâcher son emprise sur les cheveux, Fred s'agenouille à la hauteur de ses oreilles, s'empare de son arme, et poignarde Papy en plein visage.

Une première fois. La lame se loge dans l'œil droit. Papy se met à hurler. De toutes ses forces.

Une seconde fois. Le poignard termine sa course au fond de la bouche ouverte. Une partie de la langue et de la gorge est tranchée.

Après la troisième frappe, Fred abandonne son poignard à demi enfoncé dans une joue. Il se tourne vers Ève, Michel et les deux policiers.

— Ahhh, je sais pas… Me semble j'le *feel* pas.

Friedmann et Chéry sont horrifiés. Comme si la scène elle-même n'était pas assez atroce, les gargouillis qu'émet Papy sont si dégoûtants que les policiers sentent leur estomac se contracter.

Fred claque alors des doigts; il vient d'avoir une illumination. Sa bonne humeur lui revient d'un coup.

— Ah, j'comprends! C'est parce que d'habitude, y'a toujours d'la musique. Là, c't'un peu fade sans. Quoique... j'pourrais toujours chanter. Pas mal sûr que ça va l'faire! J'vais y aller avec le classique de Simple Minds. Hey, gênez-vous pas si vous voulez chanter avec moi, là!

Il déloge le poignard et se remet à frapper avec frénésie et amusement. Chaque élan fait voler une giclée de sang dans une nouvelle direction. Fred en est bientôt couvert. Les spectateurs aussi.

— *Don't youuuu... forget about me! Don't, don't, don't, don't... Don't youuuu... forget about me...*

CHAPITRE 16

En usant de son arme sur un des invités, le seul arrêt de mort que Papy a réussi à signer, c'est le sien. Les blessures infligées à Ian sont sérieuses, sans être fatales. C'est du moins ce que prétend Chéry après l'avoir sommairement examiné. Comme Heather ne peut plus leur venir en aide, la policière est de loin la plus qualifiée parmi les rares survivants.

— Ian a clairement besoin de points de suture. Il me faut aussi de l'alcool pour désinfecter la plaie, réclame-t-elle.

Le blessé est sans contredit le prochain sur qui Shawn va jeter son dévolu. Tous se savent en sécurité tant que ce dernier respire, alors ils ont tout intérêt à ce qu'il demeure en vie le plus longtemps possible.

— Heather gardait une trousse de premiers soins dans un rangement. Non seulement c'est pas trop loin d'ici, mais ça nous rapproche de la salle électrique. On va pouvoir s'occuper de la prochaine partie de notre plan pis restaurer le courant dans place, annonce Ève.

— Ouin, mais non. C'est pu une bonne idée de faire ça, oppose Fred. Au début, on était genre une douzaine. Même dans le noir, ça devait être un jeu d'enfant pour Kader de suivre nos allées et venues. D'avoir remis le courant à ce moment-là nous aurait ben gros aidés à limiter sa furtivité à lui, au contraire de c'qu'on pensait. Là, moins on est nombreux, plus la noirceur va devenir notre alliée.

— Bon point, concède Ève. Je propose qu'on profite du fait qu'il tuera personne tant que Ian est vivant pour le traquer pis l'éliminer. Dans ma tête, ça fait aucun doute que si on veut le surprendre avec une attaque, c'est maintenant ou jamais.

— Sans nos armes à feu, ça sert à rien, réitère Friedmann. Redonnez-nous nos *guns*!

— On peut l'avoir sans arme à feu, confirme Fred. Je suis d'accord que le meilleur moment pour lui tomber dessus, c'est maintenant.

— *All right*! Fait que Fred, si c'est toi Kader, t'es où présentement? Tu fais quoi? lui demande Ève.

— Si c'est moi Kader?

Fred réfléchit. Il en vient à la conclusion que leur groupe sera bien plus efficace s'ils sont tous sur un pied d'égalité au niveau des informations sur leur ennemi. Il consent donc à leur raconter l'épisode de la salle de bain, et de l'entaille qui lui marque le cou.

— Donc, pour répondre à la question, si je suis lui, je réajuste un peu mes flûtes par rapport à c'que je lui ai révélé. J'me trouve un *spot* où je peux réfléchir. Idéalement pas trop loin d'la salle électrique parce que je sais que les chances que mes proies s'y rendent sont assez élevées. J'garde une couple d'affaires utiles sur place, comme d'autres armes pis un peu de bouffe. C'est vraiment pas impossible qu'il ait choisi la salle de rangement dont parlait Ève. Si c'est l'cas, c'est aussi là que s'trouve la trousse de premiers soins pour Ian.

Les policiers n'approuvent peut-être pas l'idée d'une offensive, mais leur non-verbal indique – eux qui connaissent mieux Kader et ses habitudes que quiconque – que la supposition de Fred a du sens. Pendant que tous discutent, Michel demeure silencieux. Il n'a pas les aptitudes intellectuelles pour échafauder, ni même seulement participer, à l'élaboration d'une stratégie où les enjeux sont aussi grands. Assis sur le rebord d'une table basse, il se contente de fixer le bout de ses orteils en silence. Il se sent comme s'il était sur le point de se faire jeter, nu et armé d'une nouille de plage, dans une arène remplie de taureaux.

— J'comprends pas... Si on risque rien pour l'instant à part Ian, pourquoi on n'envoie pas quelqu'un chercher nos *guns* pendant c'temps-là? Ou même avant? Lui courir après armés de *ça*... Aussi bien m'ouvrir les veines avec tout d'suite, proteste Friedmann en faisant allusion au couteau de poche qu'on lui a remis.

En réalité, il comprend très bien. Il sait pertinemment que si, grâce à leurs armes à feu, ils en venaient à maîtriser, ou même à tuer Kader, Ève et les siens seraient alors à la merci des policiers. Une situation que les hôtes cherchent à éviter à tout prix.

Voilà qu'Ève s'aventure une fois de plus à travers les différentes artères du manoir, sans savoir ce qui pourrait l'attendre au prochain tournant. La situation n'est pas sans lui rappeler son premier séjour entre ces murs, après s'être fait leurrer par Greg, comme la dernière des petites filles naïves. Au bout de quelques jours, elle avait appris à bien se repérer dans la place ainsi qu'à mémoriser les itinéraires nocturnes de chacun des hôtes. Leur ennemi actuel donne l'impression d'avoir assimilé dix fois plus d'informations encore, et ce, en dix fois moins de temps.

Comme l'a mentionné Papy plus tôt, Kader a déjà éliminé deux hôtes sur cinq. Considérant que lui-même mange à présent les pissenlits par la racine, Fred et Michel sont maintenant les deux seuls Enfants d'Ève toujours en vie. Au rythme où vont les choses, leur groupe sera éradiqué au moment où les premiers rayons du soleil poindront à l'horizon.

Faut dire qu'il s'est débarrassé des plus nuls en premier. À part Ian, qui est rien de moins que du bois mort, on est cinq éléments solides. On devrait pouvoir rivaliser avec lui. Dommage qu'on ait dû régler le cas de Papy ; y'aurait pu nous être vraiment utile, songe Ève.

Après la mort de ce dernier, c'est Chéry qui a hérité de sa lampe de poche. Fred s'est empressé de refiler la sienne à Friedmann, prétextant qu'il n'en aurait plus besoin. Au lieu de cela, il utilise un modèle de lampe différent, possédant une longue ampoule cylindrique, dont la lumière fluorescente émise tire sur le violet.

— Une lampe à rayons UV? s'étonne Ève, qui marche avec lui.

— J'suis allé la chercher tantôt dans ma chambre. Advenant un face-à-face avec Kader, on se ferait tous casser en morceaux en moins de temps qu'il en faut à Mike pour devenir dur en regardant deux Japonaises se chier dans yeule. Notre seule façon d'avoir l'avantage, c'est par la ruse. Pis même si on arrive avec une stratégie solide, ça sera pas facile. Le gars est fort comme un cheval, mais y'est aussi brillant. Faut juste trouver une façon de l'être plus que lui.

— Pis comment ta lampe à rayons ultraviolets va nous aider à être plus brillants que lui, exactement?

— Y'a plusieurs substances qui *flashent* quand on les expose à des rayons UV. C'est le cas du sperme pis de la quinine. Jusqu'ici, j'ai remarqué que Kader avait le *patern* d'agripper ses victimes par la tignasse. J'me suis donc arrangé pour avoir de ces deux substances là dans les cheveux. À la seconde où il touche de quoi, j'vais le voir, pis on va savoir qu'il est passé ici récemment.

— D'la quinine ? On a ça ici ? s'étonne Ève, qui omet volontairement de faire mention de la présence de sperme dans les cheveux de Fred.

— À l'état pur, non. Mais c'est un des ingrédients qu'on retrouve dans le *tonic water*. Mettons que ça, on n'en manque pas.

— C'est ben beau tout ça, mais tu fais quoi s'il se lave les mains ? demande Chéry, devant eux. Tu vas t'être donné tout ce trouble-là pour rien !

— J'y ai pensé, confirme Fred. Disons que j'me suis arrangé pour lui enlever le goût de s'laver les mains.

Ève hausse les sourcils sans s'en rendre compte. Comme en témoigne la blessure toujours à vif qu'arbore le cou de Fred, le niveau de risque auquel il s'est exposé pour leur cause l'impressionne, sans toutefois la surprendre. Lorsque le moment sera venu, elle se promet bien d'en faire autant pour ses Enfants.

— Ah ben ! Ah ben ! J'pense qu'on a quelque chose, affirme Fred en approchant sa lampe du mur de gauche, au coin d'une intersection de couloirs.

— C'est quoi ? Une trace de doigt ? demande Friedmann.

— J'ai l'impression. On dirait qu'il a tourné à gauche, ici, juge Fred en empruntant le nouveau corridor. Ah oui ! Y'a une nouvelle trace, juste ici !

— Attends, Fred ! Va pas trop loin.

— Inquiétez-vous pas, j'essaie pas de vous semer, répond-il en baissant encore plus le ton. Au moment où on s'parle, la p'tite marmotte à Shawn se terre dans une pièce pas loin d'ici. Notre meilleure chance, c'est d'la surprendre pis de lui tomber dessus avant qu'elle sorte pour voir son ombre. Plus on attend, plus c'est risqué. J'espère que t'es prêt, Mike, parce que si jamais les choses doivent mal virer, on risque d'avoir sérieusement besoin de toi !

Michel bégaye un pseudo début de phrase, avant d'être capable de s'exprimer correctement.

— Je... C'est bon, affirme-t-il sans trop de conviction.

— *Attaboy*, mon Mike ! Là, j'te reconnais ! Donc, on continue par là-bas jusqu'à tant qu'on découvre la pièce où Kader se trouve. Quand c'est fait, Nick et ta *partner*, on vous laisse passer les premiers. Vous êtes les plus expérimentés dans ce genre de procédure. Vous savez comment fouiller une pièce, c'est quoi les *spots* où les gens ont le plus de chances de se cacher pis toute le *kit*. Ève pis moi, on vous *back* pis on intervient à la seconde où vous le débusquez. Mike, tu restes avec Ian, pis tu t'assures qu'il crève pas. C'est *good* ?

— C'est juste que quand on débarque quelque part de même, on a nos armes sur nous.

— Je sais, ma belle, mais Ève pis moi, on n'a pas plus de fusils que vous deux. Au moins, vous êtes allés à l'école de police pour apprendre comment maîtriser un suspect. Vous avez eu des cours d'autodéfense pis toute la patente.

Avant que Chéry ne puisse répliquer, Friedmann la tire doucement vers lui et lui envoie un signe de tête qui signifie : « *Come on*, Daph. On peut faire ça... »

Tous ensemble, ils prennent à gauche et suivent cette nouvelle piste dans le plus complet des silences. Pendant qu'il continue d'éclairer les murs à l'aide de sa lampe spéciale, Fred range momentanément son poignard et s'empare d'un curieux élastique, à peine plus large qu'une ficelle, qu'il se passe autour de la tête. Ève se retient de faire un commentaire en apercevant le bandeau de pirate couvrant à présent l'œil droit de son compagnon. Surtout lorsque ce dernier se met à fredonner tout bas.

— Qui vit dans un ananas au fond d'la mer ? Bob l'éponge carrée ! Jaune et absorbant, la vie porte à vous plaire ! Bob l'éponge carrée…

Aux aguets, ils parcourent plusieurs mètres avant qu'une nouvelle trace ne leur soit révélée. Cette fois, elle apparaît sur l'une des feuilles de l'areca, conservé dans un large pot en fonte.

— Pareil comme dans l'film *Le Prédateur*, souligne Ève en étudiant la feuille en question.

— C'est vrai. C'est quand même cool !

Réflexion qui laisse ceux qui les accompagnent on ne peut plus indifférents.

La trace suivante, par contre, leur envoie à tous une microdécharge électrique dans l'estomac ; elle a été laissée sur une poignée de porte.

— Sacrebleu, moussaillons ! J'crois bien qu'on vient de trouver la place, souffle Fred de façon à peine audible.

Chéry et Friedmann se regardent.

C'est le moment, semblent-ils se dire. Des mois et des mois de recherche, d'interrogatoires, de cafés froids et de nuits blanches, passés à tenter de retrouver la trace de Shawn

Kader. Ça y était. Tous leurs efforts et leurs sacrifices les ont finalement menés ici. Jamais ils n'ont été aussi près de leur but.

Y faut qu'on le surprenne. C'est notre seule chance. Ça pis que les autres malades tiennent parole pis nous assistent. Autrement, on s'en va tous à l'abattoir, songe Friedmann.

Chéry pose une main sur la poignée.

— À trois, fait-elle signe à son partenaire en dressant autant de doigts de son autre main.

Un...

Deux...

Trois !

Chéry ouvre et pousse la porte sans faire le moindre bruit. De l'autre côté, tout est noir. Dès que l'espace est suffisant, Friedmann s'y glisse, et elle le suit. Michel patiente quelques secondes, puis regarde en direction de Fred, qui lui donne le signal. Il attrape Ian et l'entraîne doucement avec lui de l'autre côté.

Mais au moment où Ève entre à son tour, Fred la retient par l'épaule. Il étire le bras et éteint la lampe de poche qu'elle tient toujours. Discrètement, il la tire vers l'arrière et la force à ressortir de la pièce. Même si Ève comprend d'emblée qu'elle a intérêt à garder le silence, elle ignore les motifs qui poussent Fred à les éloigner du groupe. Comme elle n'y voit absolument rien, elle en déduit qu'il a également éteint sa lampe à rayon UV. Toujours de reculons, son compagnon la tire d'un pas rapide jusque derrière l'areca, non loin de la porte. Ève le devine en sentant le feuillage lui chatouiller le bras alors qu'ils passent tout près. Dès qu'ils s'arrêtent, Fred déplace son cache oculaire devant son autre œil et libère celui qui était alors recouvert, mais ne fournit pas la moindre explication à Ève.

Alors elle attend.

Et attend encore.

Jusqu'à ce que...

Ève sent une présence. Ses yeux ne se sont toujours pas habitués à la noirceur, ses oreilles n'arrivent pas à détecter le moindre bruit, mais elle sent une présence. Elle sent *sa* présence.

Il approche.

Alors elle comprend. Elle comprend que Kader a remarqué la présence des substances sur ses mains, et que lui-même a saisi les intentions de Fred, lorsque ce dernier s'est bêtement jeté entre ses griffes. Kader a donc joué le jeu et a laissé des marques sur les murs afin de leurrer ses ennemis.

Mais Fred avait tout planifié.

Depuis le départ.

Il s'est servi des autres comme appâts. De tous, sauf Ève, qu'il a eu la décence d'éloigner du troupeau de brebis. Kader n'a certainement pas choisi cette pièce au hasard, et Ève se trouve assurément plus en sécurité à l'extérieur qu'à l'intérieur.

Tel un horrible cauchemar durant une nuit de sommeil, la sinistre présence passe. Kader ne les a pas vus.

Ève sent une main l'écarter. Fred a ressorti son poignard, se lance à présent à la poursuite de Shawn. L'œil qu'il gardait couvert au départ s'est accommodé à la noirceur. Il n'a pas la moindre difficulté à repérer sa cible, qui s'apprête à passer la porte marquée dans le but de récolter une nouvelle âme.

Fred patiente. Il attend le bon moment. Il attend *son* moment.

Maintenant, la question importante : où frapper ?

La gorge ? Lui réserver le même sort qu'il a fait subir à Steven ? C'est tentant… mais trop risqué. Kader est plus grand que lui. Il a aussi d'excellents réflexes. Ses chances d'éluder l'attaque, ne serait-ce que partiellement, sont trop élevées.

Le cœur ? Encore plus compliqué, et de surcroît, plus risqué.

Le triangle lombaire ? Une option extrêmement intéressante. Comme Kader lui fait dos, cette cible est accessible d'un seul élan. Un coup impossible à parer. Sans compter qu'à elle seule, la douleur insoutenable qui en résultera fera plier les genoux à sa victime, qui se retrouvera alors dans l'incapacité de se déplacer et à sa merci totale.

C'est décidé. Le triangle lombaire ce sera.

Plus qu'un petit pas et Kader se retrouvera à l'intérieur du cadrage de la porte. L'endroit idéal pour attaquer, puisque ses mouvements et sa longue portée y seront limités.

Fred l'a rattrapé ; il est maintenant tout juste derrière lui. Shawn, lui, effectue le dernier pas. Le piège se referme.

Maintenant !

Fred s'élance. Il frappe avec autant de force et de précision que possible. La lame s'enfonce exactement à l'endroit escompté et arrache à Kader un rugissement étouffé. Par contre, elle échoue à lui faire plier les genoux. Fred n'y pense pas deux fois ; il fait pivoter le poignard dans la blessure.

Même s'il pousse un horrible cri, Kader refuse de céder à la douleur et demeure bien droit sur ses jambes. Il envoie un coude percuter la mâchoire de Fred. Sonné, ce dernier lâche son arme et s'écroule.

Davantage furieux de s'être fait surprendre que d'être blessé, Kader voit rouge. Pour la première fois depuis le début de la chasse, c'est son adversaire et non lui qui a réussi à avoir l'avantage. Une humiliation qu'il compte bien lui faire payer.

Par réflexe, il pose la main sur sa blessure. Ses doigts entrent en contact avec le manche du poignard, toujours enfoncé dans le bas de son dos. Une nouvelle décharge électrique lui monte jusqu'au cerveau et attise sa fureur.

— Arghhh !

Il avance vers Fred, qui tarde à retrouver ses esprits, mais est freiné par Ève, qui s'interpose entre eux. Les yeux de la cheffe n'arrivent qu'à distinguer les silhouettes se mouvant dans le noir, mais c'est plus que suffisant. D'une série d'élans vifs où la lame de Clint décrit des X, elle force non seulement Kader à s'arrêter, mais également à reculer d'un pas.

Seulement, sa colère est telle qu'il pousse un grognement agacé et agite les bras. Il cherche la faille dans les mouvements d'Ève qui lui permettrait de se faufiler entre ses attaques et la maîtriser. Il sous-estime cependant son agilité et en paie le prix : le majeur, l'annulaire et l'auriculaire de sa main gauche sont tranchés net, à partir de la deuxième phalange.

— DURGHHH !

La perte soudaine de trois de ses doigts ne refroidit en rien ses ardeurs et sa colère. Il assène à Ève une violente gifle, puis la saisit à la gorge, pendant que sa main amputée attrape celle retenant l'arme. Kader use de toute sa force pour plaquer Ève contre le mur. Il veut la faire payer. Elle n'était pas la prochaine sur sa liste, mais il s'en moque. Il est fou de rage.

— Lâche-la !

Friedmann arrive par-derrière, au moment précis où le genou d'Ève se soulève avec force et s'écrase dans les testicules de Kader, dont les genoux capitulent enfin. Durant le bref instant où l'enragé se retrouve à quatre pattes, Michel en profite pour venir en aide à Ève, tandis que Friedmann prête main-forte à Fred. Ensemble, ils rejoignent Chéry et Ian, avant de tous prendre leurs jambes à leur cou.

— On décâlisse ! ordonne Ève en massant sa gorge endolorie.

— OK, pis on va où ? demande Michel.

— Le plus loin possible !

— Ian se déplace pas ben vite. On ferait mieux de se mettre à l'abri dans la salle la plus *safe* qu'on peut trouver à proximité, propose Fred.

Ève grogne.

— C'est bon. Par ici ! J'sais où on devrait all…

Elle s'interrompt dès l'instant où elle ressent de faibles secousses faire vibrer le plancher. Par réflexe, elle regarde par-dessus son épaule. Elle n'y voit à peu près rien, mais elle peut deviner que Kader fonce sur eux à plein régime.

— Ah, *fuck*! Y nous suit déjà! On fonce! *GO! GO! GO!*

— Je sais pas où tu veux nous amener, mais on se rendra jamais à temps! s'égosille Michel, déjà à bout de souffle.

Il a raison. Ève le sait bien. Elle n'a plus le choix : elle s'arrête devant la première porte à gauche, l'ouvre et y fait entrer tout le monde, elle y comprise. Elle la referme ensuite à deux mains, dans un bruyant claquement, puis s'empresse de la verrouiller. À peine le loquet est-il enclenché que le battant subit un violent assaut.

— Vite! Faut trouver quelque chose pour solidifier la porte avant qu'il passe à travers! ordonne Ève.

Tous peuvent entendre la poignée s'agiter de façon frénétique.

— *La poignée… la poignée… y'a revirait… su toué bords… la poignée…*

— Sérieux, Fred?! Du Normand L'Amour? Dans un moment d'même?

Fred l'ignore. Il continue de chanter, tout en gesticulant, alors que les autres cherchent une façon de barricader la porte.

— *Y'était v'nu m'faire une p'tite visite… Y'était v'nu m'faire une p'tite visite…*

— Y'a-tu quelqu'un qui sait on est où? demande Michel.

Pendant ce temps, Kader continue de remuer la poignée et de mettre la solidité du battant à l'épreuve à l'aide de puissants coups d'épaule.

BOOM! BOOM!

— On est dans la bibliothèque! répond Ève, le dos appuyé au battant. Y'a un long banc pas loin, me semble! Allez le chercher, on va l'utiliser pour bloquer la porte!

Friedmann et Chéry utilisent leurs lampes de poche afin de localiser le banc en question. Ils comprennent alors qu'ils se trouvent dans une section plutôt étroite, qui débouche, au bout de quelques mètres, sur une pièce beaucoup plus vaste. Ils n'ont cependant pas le temps de jouer aux explorateurs, puisque dans la seconde qui suit, un interrupteur est actionné et qu'une fraction des ampoules seulement daigne s'allumer.

BOOM! BOOM!

— J'adore lire pendant les orages. J'ai fait *plugger* une couple de lumières sur la génératrice, au cas, déclare Fred. C'est pas clair comme en plein jour, mais ça va nous permettre de voir où on va.

Ses explications ne sont d'aucun intérêt pour les policiers, qui profitent de la clarté inattendue pour repérer le fameux banc.

BOOM! BOOM! CRAC!

La lame du couteau de Shawn traverse le bois, saillant à quelques centimètres seulement de la tête d'Ève.

— OH, *FUCK*!

Il n'en faut pas plus pour qu'elle s'éloigne promptement. De toute façon, Friedmann et Chéry arrivent avec le banc, dont ils soutiennent chacun l'une des extrémités. Ils écarquillent les yeux en voyant la large lame poindre.

Les coups cessent, mais le couteau demeure en place.

— La bibliothèque... je viens pas souvent ici, mais elle est pas accessible par une deuxième porte, me semble ? demande Michel.

Alarmée, Ève jette un regard vers Fred. Ce dernier acquiesce. Même si personne ne s'est adressé à eux directement, Friedmann et Chéry comprennent que ce nouvel accès doit être sécurisé aussi vite que possible. Ils abandonnent leur banc et s'enfoncent dans la bibliothèque.

— *Come on*! On fonce! s'écrie Friedmann.

Michel les imite. Il sait qu'ils n'ont pas le choix : ils doivent arriver à la seconde porte les premiers. Leur vie en dépend.

Même si la lumière fournie par Fred leur permet de détailler la salle, les nombreuses tables et bureaux sur leur chemin les forcent à zigzaguer, les ralentissant considérablement. Ils ont parcouru un peu plus de la moitié de la distance les séparant de leur objectif, lorsque la seconde porte s'ouvre violemment, résultat d'un puissant coup de pied. Le vacarme qui en résulte les cloue sur place. Kader entre en trombe, avec la fougue d'un secondeur extérieur gonflé à bloc qui traverse le terrain pour terrasser le quart-arrière de l'équipe adverse. Dans ce cas-ci, même s'il semble déterminé à déchiqueter tous les membres du groupe, Kader charge vers une cible bien précise.

Ian. Y s'en va drette sur Ian, comprend Ève, qui se trouve tout près de lui.

Pendant que le forcené fonce dans leur direction, elle a le temps de constater qu'il n'est pas armé. Un détail qui peut faire une énorme différence.

— Y s'en va sur Ian! Arrêtez-le! ordonne-t-elle aux autres en se positionnant devant le blessé, qui entend sonner sa dernière heure.

Sans surprise, personne ne parvient à ralentir la brute, la freiner encore moins. Michel croit bien avoir réussi à l'entailler au passage, mais comme tous ceux avant lui, il se retrouve cul par-dessus tête, aussi sonné que s'il avait été happé par un bus. Il n'a même pas terminé de rouler sur lui-même qu'Ève est sauvagement écartée elle aussi.

Sans jamais stopper, Kader saisit Ian par les aisselles et le soulève. Il franchit à la course les derniers mètres le séparant de la porte principale, contre laquelle il plaque et empale sa victime sur la large lame qui en dépasse toujours. La mort est presque instantanée.

Shawn soulève le menton de Ian, le force à le regarder dans les yeux. Il désire, plus que tout, y voir la vie s'éteindre. Il le fixe ensuite longtemps. Trop longtemps. Fasciné.

CHAPITRE 17

Fred secoue la tête. Sa chute a été rude. Péniblement, il ouvre les yeux. Devant lui, Ève se penche et agrippe son t-shirt pour l'aider à se remettre sur pied.

— Debout, Fred ! On décâlisse !

Ses sens lui reviennent aussitôt. Un coup d'œil à sa gauche lui confirme que Kader s'est chargé d'éliminer Ian, mais que sa fureur ne s'est en rien apaisée. Il peut également constater que Friedmann, Chéry et Michel fuient déjà.

— Envoye, on *scram* ! leur crie ce dernier en leur faisant de grands signes des bras.

Leurs jambes élancées et leur excellent cardio permettent à Ève et Fred de rattraper en moins de deux une partie du retard qu'ils ont sur leurs compagnons, à travers le labyrinthe de meubles.

— Friedmann! Prenez l'échelle, pas la porte! s'écrie Ève.

Les deux policiers entendent l'ordre. Leurs yeux cherchent à la repérer, tout en évitant d'entrer en contact avec les nombreux obstacles.

— Juste là! s'exclame Chéry en pointant près de la porte.

Fred plisse les yeux. Appuyée contre l'une des innombrables étagères, légèrement en angle, l'échelle sur rails donne accès à une partie des œuvres rangées en hauteur.

— Quoi? Ce truc-là? J'veux sauver ma vie, pas aller chercher un recueil de poèmes!

— Vas-y, Nick! L'échelle mène à une allée au deuxième étage!

— Kader nous colle au cul! Pis y'a l'air *pissed*! renchérit Ève.

Les flics hésitent. Et si c'était un piège? Et s'il n'y avait aucune allée en haut et qu'ils devaient se retrouver coincés au sommet d'une échelle qui ne mène nulle part, alors que les trois psychopathes, eux, pourraient s'échapper sans problème par la porte?

— Ahhhhh, pis d'la marde!

Friedmann se surprend lui-même, et décide de faire confiance à Fred. Il dévie de sa course et entraîne Chéry avec lui. Est-il en train de commettre une terrible erreur? Il le saura bien assez tôt.

— Monte en premier, j'te *back*!

— Ça marche!

Pendant que Chéry gravit les barreaux, Friedmann prend un bref moment pour jauger la situation. Vision d'apocalypse. Comme si la mort, à présent furieuse et toute en muscles, fonçait sur eux pour les faucher.

Derrière Kader, à l'autre bout de la pièce, Friedmann remarque un large escalier de marbre, donnant aussi accès à l'étage supérieur.

Y va quand même pouvoir nous suivre. Grimper ici va juste nous faire gagner un peu de temps, même si on arrive à se débarrasser de l'échelle.

Il ne s'égare pas davantage dans ses réflexions et grimpe à son tour dès qu'il a suffisamment d'espace pour ce faire. Après avoir escaladé quelques barreaux seulement, il lui semble que l'échelle est ancrée trop solidement pour être retirée en peu de temps.

Lorsque sa main atteint le barreau le plus élevé, Chéry est soulagée de constater qu'une étroite allée s'y trouve bel et bien.

— La porte est à droite, leur crie Fred.

— À droite, Daph! répète Friedmann, afin de s'assurer que sa collègue a bien entendu.

Mais elle s'élance déjà dans la direction indiquée. Comme la fameuse allée ne comporte aucune rampe ou rambarde, Chéry doit s'assurer de conserver son équilibre pour ne pas chuter. Le mur qu'elle longe est lui aussi garni de centaines d'ouvrages, qui contribuent à brouiller la perception de ceux qui se trouvent en bas et qui ignorent la présence de l'allée.

Après quelques pas rapides, Chéry tourne la tête afin de s'assurer que Friedmann la suit toujours.

— R'tourne-toi pas, fonce !

Elle obéit. Elle n'est plus qu'à quelques mètres de la porte. Elle tend déjà le bras, lorsqu'elle croit entendre un curieux déclic. Ses doigts s'enroulent autour de la poignée, qui refuse de tourner.

Verrouillée.

Chéry panique.

— C'est barré ! LA CRISSE DE PORTE EST BARRÉE ! gueule-t-elle en s'acharnant sur cette dernière.

— Attends, calme-toi ! Laisse-moi essayer, réclame Friedmann en l'écartant sans trop de délicatesse.

Résultat est identique. La poignée refuse de tourner. Ils n'ont nulle part où aller.

— De quoi vous parlez ? On barre aucune des portes qui mènent au deuxième ! argumente Michel, qui vient de les rejoindre.

C'est à son tour de constater l'affolante vérité.

— Tabarnak ! TABARNAK ! C'EST BARRÉ POUR VRAI !

Sa grosse main malhabile s'enfonce au creux de sa poche de pantalon et en ressort un trousseau aux clefs aussi nombreuses que dissemblables.

— C'est sûr que tu niaises ! Y'a au moins trente clefs là-d'dans !

— Daph ! Laisse-le se concentrer !

Même s'il le démontre moins, Friedmann sent sa patience s'effriter. Pendant ce temps, Ève et Fred atteignent le deuxième étage et s'affairent à décrocher l'échelle. En bas, Kader n'est qu'à trois ou quatre enjambées du premier barreau. Lorsqu'il y monte à son tour, sa main aux doigts amputés ne semble pas le gêner le moins du monde.

— Dépêche, Fred ! Y'arrive !

— C'est bon, c'est fait ! répond-il au moment même où il retire le dernier ancrage.

La suite se passe presque au ralenti.

La main indemne de Kader point du vide et cible le visage de Fred, alors que le dernier ancrage vole dans les airs. Sous le poids de son occupant, l'échelle est entraînée vers le bas. Kader chute dans le vide tandis que ses doigts viennent effleurer le bout du menton de Fred. Tout ce temps, ce dernier ne bronche pas d'un poil.

— *Let's go*, Michel ! Le temps presse !

— PENSES-TU QUE JE L'SAIS PAS, GROS MANGE-RAIE !

Les mains hyper moites de Mike rendent la manipulation des clefs extrêmement difficile.

Le corps de Kader donne durement contre l'échelle de bois, qui s'écrase au sol une fraction de seconde avant lui. Ève et Fred peuvent entendre ses poumons se vider d'un coup. Leur espoir que leur poursuivant demeure inconscient – ou à tout le moins sonné – s'envole vite en fumée.

Kader se relève à l'aide de ses mains, comme s'il effectuait un *push-up*. Il ramène ensuite ses genoux sous son corps et se redresse d'un trait.

— Mais c'est qui, lui ?! Le *fucking Terminator* ?

— Y'a déjà *spotté* l'escalier au fond, remarque Fred. Viens, on va aider Mike avec la porte. On a pu grand temps.

Michel, justement, transpire à grosses gouttes. Le col et les manches de son chandail sont imbibés de sueur. Ses doigts tremblants saisissent une nouvelle clef, qui elle aussi refuse de s'insérer dans la serrure.

— *Shit* de marde ! J'étais sûr que c'était elle ! Je...

— Donne-moi ça !

Ève lui chipe froidement le trousseau. Elle le dépose sur le plat de sa main, qu'elle secoue afin que les clefs se distancent au maximum les unes des autres.

— Pas mal sûre que c'est celle-là, murmure-t-elle.

Elle en coince une entre son pouce et son index.

— Y'est rendu en haut ! Y'est rendu en haut ! s'affole Michel.

— *Man*, y'a vraiment le feu au cul ! *Checkez*-le courir !

Les yeux terrifiés de Friedmann, Chéry et Michel alternent entre la serrure et l'enragé.

— Ah, *fuck* ! C'était pas elle non plus !

— Déniaise, y tourne le coin !

— Ta gueule, Mike ! J'essaie d'me concentrer ! OK, non, c'est elle ! Je l'ai !

Cette fois, la clef coopère. Sitôt déverrouillée, la porte est poussée et tout le monde passe de l'autre côté. Ève referme derrière elle et arrive à actionner le verrou une seconde tout juste avant que Kader ne mette la solidité de la porte à l'épreuve.

Mais tous ont déjà déguerpi.

— Elle est ben moins épaisse que celle d'en bas. Y va passer à travers ça sera pas trop long...

Personne ne répond à Fred. Personne n'a besoin de motivation supplémentaire pour fuir aussi vite que possible.

— OK pis... pis là... on fait quoi ? peine à articuler Michel, la mâchoire ramollie par l'effort physique que son corps grassouillet déploie.

— Là ? On clanche jusqu'à ta *shed*, on pogne les *guns* pis on y fait sauter la cervelle à c'te gros crisse là ! rage Ève. Fini le niaisage !

— Y'était à peu près temps ! déclare Chéry, plus fiévreuse que jamais de tenir son Walther 9mm entre ses doigts.

Elle a cependant très peu de temps pour rêvasser ; un lourd craquement résonne, suivi par des débris de bois rebondissant sur le sol. Kader n'a fait qu'une bouchée de la porte.

CHAPITRE 18

Malgré le fait qu'ils n'ont plus à trimballer de blessé, les cinq survivants ont toute la difficulté du monde à distancer Kader. Persuadée qu'il a dû passer beaucoup plus de temps à étudier le rez-de-chaussée, Ève guide le groupe à travers l'étage aussi longtemps qu'elle le peut, ne redescendant qu'une fois atteint l'escalier le plus près possible de la porte arrière.

Qu'à cela ne tienne ; le roulement infernal des pas de Kader continue de les talonner, peu importe la direction empruntée.

Y sait où on s'en va. Y doit forcément savoir où on s'en va, ne peut s'empêcher de présumer Friedmann.

Leur course effrénée finit par les amener dans une pièce vitrée, à l'arrière du manoir. Beaucoup moins imposante que la porte principale, celle qui leur barre la route n'en demeure pas moins robuste, en plus d'être munie d'un verrou électrique nécessitant un mot de passe digital.

C'est Fred qui arrive le premier. Il entre aussitôt le code qu'il a lui-même créé.

4-4-4-1-9

Dès la dernière touche enfoncée, le verrou cède. Personne ne se fait prier pour sortir. La porte est munie d'un mécanisme qui la fait se refermer de façon automatique, mais Ève se charge d'accélérer le processus en la poussant.

Clic !

À l'extérieur, les arbustes, statues, fontaines et fleurs multicolores qui constituent d'ordinaire le jardin se trouvent dissimulés derrière et sous un voile de neige, qui tombe du ciel en abondance. Le vent qui souffle est glacial, mais ce détail semble bien insignifiant vu la situation.

Tous suivent d'abord un petit sentier enseveli qui les entraîne vers la droite, puis s'enfonce vers les arbres les plus hauts, au centre du jardin. Les planches d'un pont de bois invisible craquent sous le poids des pas rapides, peu de temps avant que Michel s'exclame :

— On arrive bientôt. Ma cabane est juste là !

À moins de cent mètres, la lumière agonisante d'une demi-douzaine de projecteurs en fin de vie peine à se frayer un chemin entre les branches tombantes des nombreux conifères. Au premier coup d'œil, Friedmann s'imagine une vieille érablière abandonnée, qu'un cinglé utilise afin d'y découper des marcheurs égarés. Ce qui s'est fort probablement déjà produit.

Plus les policiers s'en approchent, plus elle leur paraît sinistre. Le revêtement est principalement constitué de bois, mais aussi de briques, d'aluminium et de tôle. La vermine y grouille assurément.

Faut vraiment que ce soit une question de vie ou de mort pour que j'entre là-dedans sans mon arme, pense Chéry.

Lorsqu'ils sont tous devant la porte, Ève remet son trousseau de clefs à Michel. Sans la pression d'avoir un enragé à ses trousses, ses épaules s'allègent, et il met vite la main sur la clef du monstrueux cadenas protégeant son antre. Pendant qu'il s'exécute, Chéry et Friedmann jettent plusieurs regards inquiets en direction du manoir.

— C'est bon, la porte arrière est à toute épreuve. Les fenêtres aussi, les rassure Ève. Ça prendrait rien de moins qu'un tank pour les traverser. On est *safe* ici.

Le cadenas retiré, la cambuse leur ouvre toute grande sa gueule. Un relent fétide s'en échappe, qui vient gratter le fond de la gorge des policiers, eux qui ne respirent plus par les narines depuis un bon moment. Libérée du même coup, une vague de chaleur vient caresser leur peau frigorifiée, ce qui suffit à leur faire oublier l'odeur abjecte. Odeur qui ne gêne aucunement les trois hôtes.

La pièce qui les accueille est vaste, mais pratiquement vide. Elle ne compte qu'une longue table de bois sur laquelle reposent, au milieu d'une assiette crasseuse, les restes d'un repas douteux. Il y a une porte au fond, et une autre à gauche, juste à côté d'un énorme foyer de pierre, où un feu sur le point de s'endormir consume la dernière bûche.

La porte refermée, Michel utilise le même cadenas afin de la sécuriser, cette fois, de l'intérieur.

— Mike, va chercher les armes. Pas les radios; juste leurs armes. Fred, va jeter un coup d'œil aux caméras. J'veux savoir dans quelle pièce se trouve Kader pis qu'est-ce qui fait.

— J'y vais!

— C'est *good*!

— Pendant ce temps-là, nous, on va jaser. V'nez donc vous asseoir avec moi. J'ai deux ou trois questions à vous poser sur notre ami Shawn.

— C'est bon pour moi, j'vais rester debout, répond Friedmann en allant se coller le nez à la fenêtre du devant. Va t'asseoir, Daph. Repose tes jambes.

Dans une situation différente, Chéry aurait certainement rétorqué quelque chose, mais elle est réellement épuisée. Elle prend donc place aux côtés d'Ève, sur le siège le plus près du foyer, après y avoir ajouté deux nouvelles bûches.

— Tu regardes dehors. Tu penses vraiment qu'il aurait pu réussir à sortir? Il aurait plus de chances de sortir d'Alcatraz! Sans le code, Kader est coincé là, affirme Ève avec assurance.

— Ouin. Ben tu le connais pas comme nous on le connaît, lui répond Friedmann sans jamais détourner son regard de la fenêtre.

— Justement. Y'a des détails que vous allez devoir éclaircir avec moi le concernant. Par exemple, le fait qu…

— J'ai les *guns*, les interrompt Michel, de retour parmi eux. À qui le Walther 9mm?

— À moi, répond Chéry en agitant faiblement une main.

Michel lance à Ève un regard teinté de méfiance. Elle attend un moment, puis approuve d'un hochement de tête.

— J'en déduis qu'un des deux Glock19 est à toi.

— Solide déduction, le nargue Friedmann. Celui dans ta main gauche. L'autre appartenait à Steven.

— T'es capable de les différencier d'où tu te trouves? s'étonne Michel.

Il baisse les yeux et examine les pistolets pendant qu'il avance jusqu'au policier, sans jamais parvenir à déceler la moindre différence entre les deux armes.

— Merci, lui répond sèchement Friedmann lorsqu'il récupère son Glock, qu'il range aussitôt dans l'étui à sa ceinture, derrière son dos.

Ève retrousse discrètement un coin de lèvres, mais ni Friedmann ni Chéry ne sait comment interpréter ce rictus. Rictus qui s'efface dès que la voix de Fred résonne depuis la pièce voisine.

— OK, tout l'monde, y'a une grosse silhouette pas contente qui se déplace dehors. Soit Bigfoot vit dans notre jardin pis je l'ai jamais su, soit Shawn a réussi à trouver une façon de sortir.

Cette annonce a l'effet d'une bombe. Chéry ferme les yeux. La moue qu'elle affiche en est une de désespoir. Friedmann, lui, fait volte-face et retourne se coller le nez à la fenêtre, balayant du regard chaque recoin du jardin que les projecteurs arrivent à éclairer. Pour l'instant, rien ne bouge.

— Ben non ! *Fuck*, c'est quoi la *joke* ? Y'est où, exactement ? cherche à savoir Ève en se levant d'un bond.

Fred ouvre partiellement la porte et coince sa tête dans l'entrebâillement.

— On dirait qu'il suit nos traces dans la neige. Y devrait venir cogner à porte dans pas long. Y'a l'air encore assez fâché, j'dirais.

— C'est un cauchemar, c'gars-là ! Mike, redonne leurs munitions à nos amis. Y risquent d'en avoir besoin. *Load* aussi le *gun* qui reste ; celui de leur *partner*.

— Êtes-vous sérieux ?! Vous nous avez redonné nos armes sans balles dedans ? rage Chéry en retirant le chargeur de son Walther.

Vide.

— Fallait que je teste votre réaction pis être certaine que vous vous retourniez pas contre nous une fois armés. J'regrette rien, si tu penses me faire sentir *cheap*.

— La porte principale a l'air solide, mais le reste d'la bâtisse est aussi fragile que deux cents *wokes* qui regardent un *show* de Mike Ward. Kader va entrer ici sans suer une goutte, s'alarme Friedmann.

— Oublie pas qu'il est quand même blessé, Nick, lui fait remarquer sa collègue. Là, y'est encore sous l'effet de l'adrénaline, mais ça durera pas éternellement. En plus, on a nos *guns*, cette fois. On a des chances !

— On doit voir l'écran avec les caméras, réclame-t-il à l'intention d'Ève. Faut qu'on ait le plus d'yeux sur lui en même temps.

La requête ne semble pas plaire à Michel, mais à son grand dam, Ève l'approuve sur-le-champ.

— C'est bon, par ici.

Elle guide les policiers jusqu'à la porte derrière laquelle s'est réfugié Fred à son arrivée.

De l'autre côté, la salle a les allures d'un grand *walk-in*, où un petit bureau et trois immenses écrans plats ont été installés. Sur chaque écran défile la prise de vue de quatre ou cinq différentes caméras, dont la plupart ratissent tout ce qui se trouve en périphérie de la cabane de Michel. Quant aux murs de la pièce, il est impossible d'en deviner ne serait-ce que la couleur, tellement ils sont tapissés d'affiches, principalement de *Sailor Moon* et de *My Little Pony*.

— Y'est où, exactement ? J'le vois pas ! Est-ce que c'est lui ? demande Friedmann, qui ne distingue rien d'autre que des branches se mouvant au gré du vent.

D'un même mouvement, Fred et Chéry pointent l'écran de droite, exactement au même endroit.

— Juste ici, répondent-ils à l'unisson.

Évidemment, Chéry, elle, l'a tout de suite aperçu. Friedmann approche son nez de l'écran. Les traits du visage de l'individu sont voilés par la noirceur. Sa démarche n'est pas celle d'un enragé fonçant à pleine vapeur sur ses proies. Malgré tout, le lieutenant ne peut empêcher sa gorge de se nouer, tandis que dans sa tête, sa propre voix le supplie de fuir. Aucun doute possible ; il ne peut s'agir que de Kader.

— On a autre chose pour se défendre ? demande-t-il.

— *Sorry, buddy*. La *shed* à Mike est loin d'être un château fort, lui répond Fred. À moins que notre gars soit super allergique aux peaux d'animaux, au crème soda ou aux Kleenex pleins de sperme, j'ai ben peur qu'on soit obligés de compter sur vous pour s'en sortir.

— Y s'rapproche, fait remarquer Ève. Y devrait se trouver devant la porte dans moins d'une minute.

— Daph pis moi, on connaît pas la place. Y'a-tu d'autres portes ou fenêtres par où y pourrait entrer ?

— Y'a une fenêtre dans chacune des autres pièces, répond Michel. Si y veut entrer ici, y'a l'embarras du choix.

— Cinq pièces. Cinq fenêtres. Cinq d'entre nous. Trois *guns*. Deux vrais tireurs. Des murs en papier mâché. C'est loin d'être une situation idéale pour se défendre. Bon… Mike, pogne ton couteau pis va garder ta chambre. Amène Chéry avec toi pis montre-lui où est le salon. Fred, tu t'occupes de l'entrée. Friedmann, tu hérites de la salle de jeux ; l'autre porte près du foyer. Moi, je reste ici. Je surveille les caméras pis j'vous tiens au courant de c'qui s'passe.

— Câline, j'étais bien moi, assis ici, grommelle Fred. Es-tu sûre que t'aimes pas mieux *checker* l'entrée ?

— On peut faire ça, répond Ève. Mais tu sais c'que ça va te coûter !

— Laisse faire, j'garde mon porte-clefs. *Let's go*, Nick ! Ramène tes fesses !

Ainsi, Michel et Chéry prennent la porte à gauche des écrans, tandis que Fred et Friedmann reviennent sur leurs pas et sortent par celle à droite. Le premier duo se sépare dès sa sortie de la salle d'observation. Michel désigne à la policière le bout du maigre couloir où ils ont atterri, alors que lui-même traverse le cadrage sans porte menant à sa chambre, de l'autre côté d'un mur constitué de feuilles de ripe pressée grossièrement visées.

D'un pas rapide, Chéry atteint ce qui se veut être un salon. Elle prend immédiatement couvert derrière un *La-Z-Boy* si décrépit qu'elle pourrait jurer qu'un T-rex y fait régulièrement ses griffes, et pointe son arme vers l'unique fenêtre. Outre le téléviseur à écran cathodique, toujours allumé, le salon ne comporte qu'une table basse et un portrait de famille accroché au mur, où une dame pose avec quatre hommes plus jeunes. Un cinquième individu est également présent, mais sa tête a été grossièrement arrachée du portrait.

Par trois fois, Chéry modifie l'angle de son Walther afin de s'assurer que le cran de sûreté a bel et bien été retiré. Ses mains tremblent légèrement. Dehors, une mangeoire à oiseaux fabriquée à partir d'une vieille bouteille de Pepto-Bismol est malmenée par l'impétuosité du vent, et vient incessamment cogner contre la vitre. Deux longs morceaux de *duct tape* ont été appliqués sur autant de fissures.

Tu parles d'une journée de marde...

De son côté, Friedmann vit une situation tout aussi peu enviable. Dès qu'il arrive dans la pièce à laquelle il est attitré, il constate, à son grand désagrément, que l'odeur infecte qui flotte partout en provient justement. Il n'a besoin que d'une seconde pour en comprendre la raison.

Es-tu sérieux ?

Partout autour, les murs sont tapissés de peaux diverses, que l'on y a clouées. Des rongeurs, principalement, mais aussi plusieurs chats, quelques chiens, et même… et même… des peaux prélevées de deux corps, indubitablement humains. Quelques mouches errantes tourbillonnent autour de l'un ou l'autre de ces restes séchés.

Sur un long établi reposent par dizaines outils rouillés, guenilles souillées ainsi qu'une vieille lampe à l'huile allumée. Sous l'établi, trois chaudières de métal, débordantes de viscères. Certaines plus récentes, toujours visqueuses, mais la plupart dans un état de décomposition avancée.

Le premier réflexe de Friedmann est de coincer son nez dans le pli de son coude, mais l'odeur putride réussit tout de même à s'insinuer dans ses narines. Un haut-le-cœur et quelques larmes à peine formées plus tard, il prend position, son épaule gauche appuyée contre le mur, près de la fenêtre. D'avoir laissé la porte ouverte lui permet d'entendre les directives et les informations qu'Ève leur fournit à tous.

— Y s'approche ! Les détecteurs de mouvement devraient bientôt s'activer !

Comme annoncé, des dizaines d'ampoules multicolores, semblables à celles que l'on utilise pour garnir les sapins de Noël, s'allument et s'animent en silence sur les quatre murs où elles sont discrètement brochées.

Dès cet instant, l'air nauséabond dans lequel baigne Friedmann cesse de l'importuner. Comme s'il n'existait plus. Idem pour les quelques parasites ailés venus se coller à son visage et à ses mains, bourdonnant leur insupportable symphonie. La seule chose qui existe à présent, c'est la fenêtre, et surtout, celui qui pourrait la traverser.

— Ma main au feu qu'il essaie la porte principale en premier, annonce Ève. Y va voir que le cadenas est pas là, sans savoir qu'il se verrouille de l'intérieur. Après ça, y risque de faire le tour d'la *shed* pour trouver une autre façon d'entrer.

Cette dernière théorie émise, la cabane devient aussi silencieuse qu'un tombeau. Les secondes s'égrènent avec une telle lenteur qu'une vie entière semble s'écouler entre chacune. En dépit de l'angoisse qui l'habite, à aucun moment Friedmann ne tremble ou ne transpire. Il est prêt à affronter à ce qui l'attend. À ce qui *les* attend. Mais alors que tous s'imaginent que leur poursuivant cherchera à défoncer la porte, il y frappe plutôt à trois reprises.

Boom, boom, boom !

Tous les occupants ressentent les vibrations des frappes dans les murs, peu importe dans quelle pièce ils se trouvent. La voix creuse de Kader s'élève alors :

— Petits cochons… Petits cochons… Laissez-moi entrer !

Sans surprise, personne n'ose lui répondre. Pendant un moment, on n'entend rien d'autre que le vent, qui fait trembler les fenêtres et balaye le toit.

— Très bien. Alors je gonflerai mes poumons, et soufflerai si fort que votre maison s'envolera…

Toujours par l'entremise des caméras haute définition, Ève aperçoit Kader sourire, puis s'éloigner de la porte, pour plutôt contourner la cabane par la droite.

— Friedmann, y s'en vient de ton côté.

Un genou au sol et l'arme toujours pointée en direction de la fenêtre, il se tient prêt. Il s'est écoulé un peu plus de deux ans depuis la dernière fois où il a dû faire usage de son Glock, et il ne fait aucun doute dans son esprit que cette séquence sera chose du passé bien avant que la nuit ne tire à sa fin.

À partir de son centre de surveillance, Ève remarque que Kader s'est accroupi, sans jamais cesser de longer le mur du bâtiment. De son poing valide, il en frappe la façade, l'oreille tendue, prenant soin de se maintenir hors de la portée des projecteurs.

— Y'essaie de trouver un *spot* où le mur est moins épais, en déduit Ève à voix basse. C'est clairement pas ça qui manque...

Elle soulève une des piles de magazines érotiques sur le bureau et s'empare de la tablette électronique qui dort en dessous. Elle l'allume et atterrit directement sur la liste de toutes les caméras de surveillance extérieures. Pour l'instant, elle ne sélectionne que les deux couvrant le périmètre où se trouve Kader. Lorsque c'est fait, Ève se déplace d'un pas feutré, accroupie elle aussi, jusqu'à la « salle de jeux » de Michel. À son arrivée, Friedmann y est agenouillé sous la fenêtre. La pointe de son pistolet se déplace sur le mur, suivant les coups qui résonnent, au fur et à mesure que Shawn frappe de l'autre côté, révélant ainsi sa position. Ève devine que le policier songe à l'abattre en tirant à travers le mur. Elle claque d'abord des doigts pour attirer son attention sans avoir à élever la voix. Lorsque c'est chose faite, elle secoue la tête, sourcils froncés et lèvres pincées. Friedmann saisit le message, mais n'en demeure pas moins contrarié. Après tout, il n'est qu'à une pression de détente de mettre fin à ce cauchemar.

Ève lui pointe alors le même mur, mais près du coin gauche, vers où Kader semble se diriger. Elle rapproche ses mains l'une de l'autre pour lui faire comprendre qu'à cet endroit, le bois est beaucoup plus mince. Ou fragile. Non seulement les chances que Shawn choisisse cette partie pour traverser sont-elles élevées, mais une balle tirée là pourrait se frayer un chemin sans risquer d'être interceptée par un madrier dissimulé.

Friedmann acquiesce.

En silence, il se déplace jusqu'à l'endroit où les murs se rencontrent. Il y pose la pointe de son arme, à la hauteur de sa propre tête. Ève vérifie sa tablette et calcule où se situe le crâne de Shawn par rapport à la fenêtre. Elle fait signe à Friedmann d'élever son pistolet de quelques centimètres.

Il s'exécute.

Satisfaite, Ève hoche la tête. Friedmann, lui, patiente.

Boom. Boom.

Les coups se rapprochent. Le mur est encore trop épais à son goût.

Boom. Boom.

De plus en plus près. La sonorité du bois commence tranquillement à différer.

Boom. Boom.

— *SHOOT !*

Friedmann enfonce la gâchette et une forte déflagration retentit. Un cri en provenance de l'extérieur en fait autant. Les yeux d'Ève se collent avec fébrilité à l'écran de sa tablette. Les deux caméras activées montrent Kader se tortillant dans la neige, une main contre sa tête, proche de sa tempe.

Aucun doute possible.

— Y'est touché! ne peut-elle s'empêcher de crier.

Son excitation est immédiatement transmise au tireur, qui se redresse et fonce à la fenêtre, qu'il fracasse avec la crosse de son pistolet. Des flocons s'immiscent par centaines, alors que sa tête à lui traverse vers l'extérieur.

Lorsqu'il aperçoit sa cible, celle-ci n'est plus qu'une ombre en fuite, avalée par la nuit. Malgré tout, il voit dans cette situation sa meilleure chance de l'éliminer. Il en est convaincu.

— Penses-y même pas! On reste ici! lui ordonne Ève en le voyant se diriger promptement vers la porte d'entrée.

— Y'a un couteau de planté dans l'dos pis une balle dans l'corps. Y se déplace beaucoup moins vite, tout en laissant des traces de sang dans neige. J'ai une *flashlight* pis un *gun*. C'est là que ça s'passe!

Ève juge que l'argument a du sens, mais surtout, elle remarque les doigts nerveux de Friedmann autour de son arme. Une balle pourrait facilement lui être réservée si elle décidait de s'interposer.

— Mike! Débarre la porte! Grouille-toi, pis fais-moi pas répéter! ordonne-t-elle, sans jamais quitter Friedmann des yeux.

— Tabarnak! peut-on entendre jurer à partir d'une pièce éloignée, avant que Michel ne finisse par les rejoindre devant l'entrée, tout en épluchant son trousseau de clefs.

— Oublie pas de toujours regarder par-dessus ton épaule, lui conseille Fred pendant qu'on s'occupe du cadenas. C'est pas le genre de gars qui a peur des confrontations *mano a mano*, mais asteure qu'il sait que t'as un *gun*, y va certainement se montrer plus sournois.

— Je sais c'que j'ai à faire, répond Friedmann en vérifiant le nombre de balles que contient maintenant son chargeur.

Personne n'ajoute quoi que ce soit. Le grincement qu'émet la porte en s'ouvrant se mêle au souffle du vent, qui n'a rien perdu de sa fougue.

Friedmann vient à peine de disparaître derrière le rideau poudreux qu'au loin se fait entendre un bruit de verre qui éclate. Tous craignent d'abord qu'il ne s'agisse d'une fenêtre, mais un rapide coup d'œil à la tablette permet à Ève de découvrir qu'il est plutôt question d'un des projecteurs. Kader a compris que des yeux qu'il ne voit pas sont posés sur lui. Il identifie même une première caméra, qu'il arrache sauvagement du mur.

— *Fuck!* s'exclame Ève en fixant l'image embrouillée, signe que le signal a été interrompu.

Elle revient en arrière et sélectionne toutes les caméras disponibles. Sur l'une d'entre elles, la silhouette de Kader réapparaît brièvement. Sa tête tourne brusquement, comme s'il venait de percevoir du mouvement. Puis, il s'enfuit dans le jardin.

Friedmann est déjà sur sa piste, devine-t-elle. *Reste à souhaiter que ce soit le bon qui ressorte vivant de leur affrontement...*

Du sang dans la neige.

Nick a l'impression que depuis son arrivée au manoir, il n'a rien fait d'autre que de suivre des traces de sang. Il n'a d'ailleurs pas oublié que la dernière fois, la piste avait volontairement été laissée par Kader, et que ce guet-apens aurait pu coûter la vie à plusieurs personnes, dont lui-même. En fin de compte, il n'aura été fatal que pour le pauvre Ian.

Malgré la neige qui lui arrive au-dessus des chevilles, Nick progresse aussi vite que lui permettent ses jambes. Le plus tôt il surprendra Kader, meilleures seront ses chances d'en finir avec lui, croit-il. Il ne ménage aucun effort, ni ne se soucie du froid qui, lentement mais sûrement, dérobe à ses membres toute la chaleur qu'ils produisent.

Une paire de Bate's en cuir aux pieds, pas de gants, ni de foulard, ni de manteau... Nick n'est assurément pas équipé pour cette chasse de décembre. Son unique réconfort est de savoir que celui qu'il poursuit se trouve dans une situation identique, en plus d'être blessé et sans arme. Du moins, sans arme à feu.

Tout en regardant par-dessus son épaule chaque fois qu'il en a la chance, tel que conseillé par Fred, Nick arrive à pister sa cible sans trop de problème, la quantité de sang qui imprègne les larges sillons laissés dans la neige par Kader se voulant suffisamment importante.

Comme si le vent, la neige et le froid ne lui nuisaient pas assez, les nombreux arbustes de différentes formes et tailles qui l'entourent à présent le ralentissent de façon considérable. Entre les innombrables conifères, les traces de sang commencent à se croiser, puis à s'entrecroiser, de sorte qu'il est impossible de deviner dans quelle direction elles vont, ou d'où elles arrivent. Bientôt, Nick n'a plus de repères. Ses jambes s'engourdissent et son pas ralentit. Ses cheveux et ses sourcils s'encroûtent de la neige qui s'y accumule et y gèle. Plus que jamais, il se voit dans la peau de Jack Torrance à la fin du film culte *The Shining*, hache en moins.

Un craquement déchire alors l'air et le cloue sur place.

D'où provenait-il? Impossible de savoir.

Les bras tendus vers l'avant, Nick pivote sur lui-même à plusieurs reprises, pointant successivement son Glock dans toutes les directions. Son cœur cogne contre sa poitrine. Ses yeux s'embuent. Sa bouche ouverte expulse une succession d'épais nuages blancs. Chacun de ses halètements lui brûle la gorge et les poumons. Ces cils commencent à se coller entre eux. Dans le but de les séparer, il libère une de ses mains pour frotter ses paupières.

Lorsque Nick ouvre à nouveau les yeux, Kader se trouve devant lui. Il a déjà entamé son élan. La lourde branche qu'il vient d'arracher à un arbre fend l'air et atteint Friedmann au-dessus de l'œil. La force déployée est bien trop importante ; les jambes du policier cèdent simultanément et son arme lui glisse des mains. Gonflé par autant d'assurance que d'aversion, Kader fait voler son bâton avec nonchalance. Il se penche et empoigne Nick à la gorge, avant de le soulever de terre, aidé de sa main blessée.

— Décidément, tu collectionnes les positions fâcheuses, Nicholas.

Kader ressert sa prise sur la gorge de Friedmann, qui n'arrive plus à inspirer la moindre parcelle d'oxygène. Son visage, déjà rougi par le froid, s'empourpre davantage. Il cherche à se dégager des mains qui l'étouffent, mais n'arrive qu'à éplucher une partie du bandage qui recouvre celle aux doigts manquants.

— Notre petit jeu tire à sa fin. Je me suis vraiment beaucoup amusé. Mais c'est maintenant l'heure pour toi de fermer les yeux. Et lorsque tu te réveilleras, le monde aura changé. Alors, tu verras que l'enfer n'est pas que flammes et cendre.

Nick perd de plus en plus le contact avec la réalité. Sa vision s'embrouille. C'est à peine s'il remarque l'oreille que son coup de feu a à moitié arrachée à son assaillant. Son esprit va capituler d'un instant à l'autre.

— Et ne t'en fais pas à propos de ton petit secret. Il est en sécurité avec moi. Bonne nuit.

Les yeux de Nick se révulsent. Son corps devient aussi mou qu'une lingette humide. Il s'écroule à nouveau.

CHAPITRE 19

La pointe incandescente de sa cigarette se reflète dans ses yeux, le rougeoyant brûlant tout au bout accentuant la folie et la fureur qui les habitaient déjà. Par ses larges narines, deux stries de fumée soufflées durant de longues secondes se mêlent à un grognement mauvais, conférant à son visage cruel les allures d'un dragon. Aidé du chalumeau portatif fréquemment utilisé par Michel durant ses prestations, Kader caresse à répétition la lame du couteau de cuisine avec l'extrémité bleutée de la flamme. Les uns après les autres, les nuages de fumée soufflés s'écrasent contre la lame et se dispersent au contact. Quelques minutes plus tard, le métal devient ardent.

Satisfait, Kader dépose nonchalamment l'arme sur la large poubelle renversée qu'il utilise comme table de travail.

Centimètre par centimètre, il retire ensuite le bandage de fortune dont il a enrubanné sa main blessée. Il a beau lui avoir fait faire une demi-douzaine de tours, le morceau de tissu qui recouvre ses doigts tranchés est imbibé du sang qui coule toujours. Lorsque Kader s'en débarrasse, le bandage souillé émet un bruit dégoûtant au contact du sol, comme si on y avait lancé un céphalopode bien gluant.

De sa main valide, il empoigne une bouteille de Wyborowa Exquisite subtilisée dans le bar de ses hôtes, crache sur le plancher le reste de sa Marlboro et porte la vodka à ses lèvres. Après s'en être envoyé une bonne rasade sans jamais grimacer, Kader déverse une partie de l'alcool sur ses moignons, puis troque la bouteille à moitié vide contre le couteau dont il vient à peine de se départir. Sans exprimer davantage qu'un froncement de sourcils, il appuie avec force le plat de la lame brûlante contre ses blessures. Une odeur répugnante se dégage en même temps que s'élève une fine fumée, tandis que les chairs se cautérisent. En l'espace de quelques secondes, le saignement est neutralisé.

Une bruyante respiration plus tard, il s'octroie une nouvelle gorgée de vodka. Cette fois, les muscles crispés de sa mâchoire n'arrivent pas à bien contrôler le débit de boisson, et une infime quantité d'alcool ruisselle le long de sa barbe. À l'aide de ses dents, il déchire ensuite une guenille propre qu'il a dégotée plus tôt dans la salle d'entretien où il se trouve, salle dont il a d'ailleurs fait son quartier général provisoire. Soigneusement, il la plie afin d'en doubler l'épaisseur et l'applique sur ses moignons en guise de compresse. Il la maintient ensuite solidement en place à l'aide de *duct tape*. Son bandage complété, Kader prend un instant pour examiner le résultat. Il remue ses deux doigts restants, satisfait de constater que le degré de douleur que ces mouvements engendrent est aisément tolérable.

Lentement, il remplit ses poumons au maximum, puis relâche l'air accumulé en laissant échapper un grognement. Sa tête tourne vers la droite, jusqu'à ce que son menton puisse s'appuyer sur son épaule. Il l'aperçoit dès qu'il abaisse son regard : le poignard de Fred, toujours à demi enfoncé au bas de son dos.

Agacé, il fait claquer sa langue contre son palais.

Le fils de chienne…

À la suite d'un nouveau grognement, il ramène sa tête vers l'avant et envoie ses mains derrière son dos. Presque simultanément, ses index s'infiltrent dans le trou de sa camisole. Lentement, il tire afin de l'agrandir. Le tissu se déchire sans offrir de résistance. Il peut se dévêtir sans que le manche ne le gêne.

Kader s'efforce de ne pas regarder le sang dont sont maculées ses mains, et de ne pas songer au responsable de sa situation actuelle. Pour le moment, il doit demeurer aussi imperturbable que possible, s'il ne veut pas aggraver sa blessure lors de l'extraction du poignard. Calmer ses nerfs requiert une nouvelle gorgée de son alcool fétiche, dont il ne laisse que quelques onces au fond de la bouteille. Cette dernière lampée lui fait pourtant de l'œil, mais il ne la boira pas. Il la conserve à une autre fin.

— Je vais te faire souffrir comme je n'ai jamais fait souffrir quelqu'un avant toi, rage-t-il à l'endroit de Fred.

Le reste de la Wyborowa est utilisé pour imbiber l'autre moitié de la guenille, qu'il vient soigneusement enrouler autour de la lame. L'alcool se répand dans la plaie et désinfecte ce qu'il peut. Le sentiment de brûlure engendré aurait soutiré un horrible cri à n'importe qui d'autre, mais Kader, lui, n'a aucune réaction. Il replace son menton sur son épaule, cherchant à obtenir la meilleure vue possible en prévision de ce qu'il s'apprête à faire. Pendant que sa main enrubannée se charge de maintenir la guenille en place, l'autre saisit le manche du poignard.

— Tu ne perds rien pour attendre…

Sans gestes brusques, Kader tire un premier coup. Aussitôt, les dents de l'arme mordent la chair et l'empêchent d'être retirée. Shawn peut en sentir la pointe affûtée le gratter de l'intérieur. La douleur, bien plus intense que toutes les précédentes, le force à déglutir. Ses traits se durcissent. Sa poigne autour du manche en fait tout autant.

Il reprend là où il a laissé.

Usant cette fois de plus de force, Kader sent la peau de son dos s'étirer en suivant la lame. Il tire, et tire encore. La guenille peine à retenir tout le sang qui s'échappe. Avant longtemps, le bas de son dos et son pantalon s'en trouvent maculés. Le segment d'épiderme retenu prisonnier des dents cède bientôt et se fend. La peau retrouve sa position initiale, non sans que la profonde entaille ne se soit élargie. Kader souffle et rumine. Son visage se couvre de gouttelettes de sueur. Son teint pâlit, pendant que la lame continue de s'extirper de ses chairs. Chaque millimètre amène un lot de souffrance supérieur au précédent. Au moins, la douleur a comme effet d'apaiser momentanément sa rage.

Un important bouillonnement de sang est relâché dès l'instant où l'arme est extraite. Kader accentue la pression qu'il applique avec la guenille afin de limiter l'hémorragie. L'envie de balancer le poignard lui passe par la tête, mais il résiste. Il a d'autres plans pour cette arme, qu'il repose plutôt sur son établi improvisé. Il jette ensuite son dévolu sur l'agrafeuse-cloueuse qu'il gardait de côté pour cet instant précis. Dès qu'il l'a en main, il l'examine sous tous ses angles, à la recherche d'une défectuosité quelconque. Il n'en trouve aucune.

Sans se poser davantage de questions, il fait glisser la guenille vers la gauche, exposant une extrémité de l'entaille.

CLAC!

D'une pression de la paume, il broche ce segment sans même cligner des yeux au passage. Si la douleur ne le gêne pas, on ne peut cependant pas en dire autant de tout le sang qui continue de s'échapper de l'incision, et qui l'empêche de localiser avec précision l'entaille qu'il cherche à refermer. Il déplace à nouveau la lingette, vers la gauche toujours, et consolide la fermeture de la plaie à l'aide d'une nouvelle broche, qui, d'ordinaire, doit servir à agrafer d'épais cartons et d'autres matériaux robustes. En tout, cinq broches sont nécessaires afin de bien suturer la plaie. Kader utilise ensuite la partie de la guenille la moins souillée pour essuyer les derniers débordements. Lorsque la peau se veut suffisamment sèche, il enduit la blessure de Krazy Glue dans le but de la sceller et de mettre fin à l'hémorragie une fois pour toutes.

Cette horrible entaille s'ajoute à une collection déjà impressionnante de cicatrices, allant de brûlures au troisième degré à de nombreuses marques circulaires laissées par des balles.

Kader laisse passer une bonne minute. Lorsqu'il est convaincu que la colle a bien séché, il risque quelques flexions et pivots du torse, tous accompagnés de faibles plaintes, qu'il s'efforce de taire. Ses points de suture tiennent bon, c'est tout ce qui lui importe. Il fera avec la douleur.

— Toi, tu viens avec moi, déclare-t-il à l'intention du poignard de Fred, dont il reprend possession.

Pendant un instant, il donne l'impression de se diriger vers la porte, au centre du mur, mais il continue plutôt son chemin, jusqu'à l'autre bout de la pièce. Chaque pas qui l'en rapproche étire un peu plus le coin de ses lèvres.

Dans l'ombre, des grincements métalliques commencent à se manifester. Ceux émis par une chaise, bien frêle, sur laquelle s'agite une personne ligotée.

— Doucement… Doucement… Ça ne sert à rien de s'énerver, voyons.

Kader s'immobilise à moins d'un mètre de la chaise. Avec une lenteur calculée, il courbe le dos et approche la tête.

— On n'a pas beaucoup de temps devant nous…

Il pose son index sur le front de sa proie, puis le fait glisser tout le tour de son visage, en décrivant un cercle.

— Mais on va faire avec...

Une silhouette, grande et élancée, traverse le jardin alors qu'il fait toujours sombre. Pour Fred, qui connaît les lieux comme le fond de sa poche, ce détail n'a pas la moindre importance. Le froid qui s'en prend à lui se heurte aux chaudes épaisseurs de l'horrible manteau à poil long qu'il a cru bon emprunter à son compagnon avant de quitter sa cabane.

La neige qui continue de tomber a depuis longtemps recouvert toute trace de sang laissée par Kader, mais les larges sillons creusés par ses pieds, et par ceux de Friedmann, sont encore visibles. En fait, le seul sang que Fred trouve sur son passage est celui dont sont gorgées quelques bandelettes arrachées de la main blessée de Kader par Friedmann, peu de temps avant de s'effondrer.

Le corps de Nick était ici y a pas longtemps. Si y'est encore en vie, y devrait pas être ben loin, se dit Fred.

Une déduction qui ne prend pas de temps à s'avérer juste. À proximité, quelqu'un est soudain en proie à une violente toux, comme s'il venait de s'échapper d'un immeuble en flammes. Fred n'a qu'à contourner un haut buisson aux formes phalliques pour en découvrir la source.

Une main appuyée contre un arbre, l'échine courbée vers l'avant comme s'il s'apprêtait à se vomir les tripes, Friedmann tousse autant que s'il venait de fumer onze paquets de cigarettes. Son autre bras entoure sa poitrine, dans une tentative dérisoire de conserver une partie de la chaleur qui se dérobe à son corps frigorifié.

— Tiens, mon Nick. Mets ça avant que tes gosses tombent tellement elles sont gelées, dit Fred en transférant le manteau de fourrure qu'il porte sur les épaules du policier, qui réagit à peine.

Il lui accorde un moment, le temps de reprendre ses esprits, et que son corps se réchauffe un tant soit peu.

— Ouin, ben l'idée de s'planquer dans la cabane à Mike s'est pas passée comme prévu…

— Y'a *fuck all* de nos idées qui se sont passées comme prévu, crachent les lèvres tremblantes de Nick. Kader nous a enculés de A à Z. Même le peu de fois où on a eu un avantage sur lui.

— Yep. C'est quand même vrai. Pis malheureusement, les mauvaises nouvelles arrêtent pas là, mon chum.

— Quoi? Comment ça? Qu'est-ce qui s'est pass…

Pendant que Friedmann formule sa phrase, son cerveau lui renvoie automatiquement l'image de sa partenaire.

— Daph! s'interrompt-il, visiblement angoissé. Dis-moi que Daph va bien!

Fred le fixe d'un air impassible.

— Ça m'fascine tellement… Même à l'article d'la mort, la seule chose qui a de l'importance pour toi est de savoir si ta *partner* va bien. Clairement un *feeling* que j'comprendrai jamais.

— Réponds à ma question, se fâche Nick, dont la soudaine montée de colère semble dégeler les muscles.

Requête à laquelle Fred se plie.

— Je sais pas, Nick. Désolé.

— Tu... Comment ça, tu sais pas?! Penses-tu réellement que c'est l'bon moment pour te payer ma gueule?!

— *Sorry, buddy.* Si j'te dis que j'le sais pas, c'est que j'le sais pas. Peut-être quinze minutes après ton départ, on a entendu un gros boom! C'était Kader. Y'a réussi à revenir à *shed* sans se faire voir par les caméras. Y'a défoncé la fenêtre du salon, pis une partie du mur avec. On a foncé tous les trois, mais le gros mongol s'est mis à nous tirer dessus. Mike s'est pris une balle dans l'ventre. Ça avait pas l'air trop grave, mais Ève est restée avec lui pour le *patcher* comme elle peut. J'suis pas mal certain que l'autre a utilisé le *gun* de ta *partner*. Y'a retenait sur son épaule, à c'moment-là. J'imagine qu'y se serait pas donné la peine d'la trimballer si était morte ; elle était probablement juste assommée. Hey, je sais pas pour toi, mais perso, j'ai comme une *vibe* de Mario Bros! T'sais, avec Bowser qui kidnappe la princesse pis qui l'amène dans son château pis toute!

Mais Nick n'attend pas la fin de ses élucubrations ; il part comme une flèche. Du moins, aussi rapidement qui lui est possible de se déplacer. Derrière lui, il entend Fred le suivre, tout en chantonnant l'air de Mario Bros, lorsque ce dernier reçoit une étoile d'invincibilité.

Sa course à travers le labyrinthe de haies se veut beaucoup plus courte qu'anticipé. La baisse d'intensité du vent et de la neige y est certainement pour quelque chose. Quoi qu'il en soit, Nick est de retour à la cabane de Michel en moins de deux. Dès qu'il aperçoit le bâtiment, ou plutôt le trou dedans, il sent son cœur se tordre dans sa poitrine. Il craint le pire pour sa partenaire.

— Daph ! DAPH ! ne peut-il s'empêcher de crier, incapable d'assimiler le fait qu'elle ait disparu.

Mais il ne peut faire autrement que de se rendre à l'évidence. Au nombre de scènes de crime sur lesquelles il a dû investiguer au cours de sa carrière, dont plusieurs impliquant Kader lui-même, il comprend exactement à quel genre de situation il a affaire. Tout ce que lui a raconté Fred est vrai. Il sent, d'ailleurs, la main de ce dernier se poser sur son épaule.

— *Sorry*, Mario ! Mais comme je disais plus tôt : *Our princess is in another castle...*

CHAPITRE 20

Aux dires d'Ève, la blessure de Michel n'est que superficielle. La balle aurait traversé une partie de la couche de gras qui enveloppe l'abdomen, sans avoir causé de dommages sérieux. Fred s'est ensuite proposé pour faire équipe avec Friedmann. Ensemble, ils partiraient traquer Kader, et dans la mesure où une telle chose peut être possible, sauver Chéry. Quant à Ève et Michel, ils viendraient les rejoindre dès que ce dernier allait être rafistolé.

Même si l'idée de se départir du dernier pistolet ne l'enchante guère, Ève insiste auprès de Michel pour qu'il refile à Nick le Glock de Steven, le lieutenant ayant perdu le sien dans la tempête. Friedmann ne se fait pas prier pour accepter l'arme. Fred constate également que la moquerie faite plus tôt à Michel n'était pas fondée, et que la panne électrique n'affecte aucun des éléments électroniques que recèle sa maisonnette. Il insère donc une batterie neuve dans son walkie-talkie et s'assure que son compagnon fait de même avec le sien. Ensuite, Nick et lui mettent les voiles en direction du manoir.

— Dommage que le *coat* venait pas avec le casse de poil avec la queue de raton en arrière, se désole Fred, tandis qu'ils traversent à la hâte le petit pont de bois. J'aurais eu l'impression de marcher en forêt avec Daniel Boone!

Friedmann demeure silencieux. Il n'est pas d'humeur à rire. Toutes ses pensées sont concentrées sur Chéry ainsi que sur la façon la plus rapide de retrouver sa trace.

— Tes jambes ont pas trop l'air engourdies. Vas-tu être correct?

— Y'a juste mes orteils que j'sens pu. Mais j'aurai pas besoin d'eux pour crisser une balle entre les yeux de Kader quand on va tomber sur lui.

— Si jamais tu changes d'idée, on fera un p'tit détour par ma chambre. J'ai des pantoufles Chewbacca qui font «RRRRRRRRR» quand tu pèses dessus. J'pourrais te les passer.

— Merci, mais pas mal sûr que j'vais passer mon tour…

Fred atteint le premier la porte du manoir. Il l'ouvre en la tirant vers lui, laissant autant d'espace que possible à Friedmann, qui pointe son arme à l'intérieur, prêt à faire feu, ou encore à prendre couvert derrière le cadrage en cas de fusillade.

Ni l'un ni l'autre de ces scénarios ne se concrétise.

— Y'a de l'eau pis encore du sang sur le plancher. T'avais raison; Kader est revenu dans le manoir. Depuis assez longtemps pour que la neige ait le temps de fondre. Aucune fenêtre de brisée. La porte a pas été défoncée. C'qui veut dire qu'il connaissait le code d'accès quand y'est sorti pour nous trouver.

Le visage de Fred s'assombrit d'un coup. Ses traits joviaux disparaissent en un claquement de doigts. Friedmann a l'impression, soudaine et inquiétante, de se trouver en présence de quelqu'un d'autre.

— Impossible, déclare-t-il froidement. Personne d'autre que nous connaissait le code. Même si on les avait torturées, Sandra pis Heather auraient jamais parlé. Y savaient que j'leur réservais mille fois pire si c'était le cas…

— Si personne lui a dit, Shawn l'a trouvé par lui-même. Mais d'une façon ou d'une autre, y'a utilisé le code pour sortir. C'est un fait!

Conscient qu'il ne devrait pas exposer son véritable visage trop longtemps, à un représentant des forces de l'ordre qui plus est, Fred tourne le dos à Friedmann et pianote sur le clavier de la porte.

— Qu'est-ce tu fais? On a pas le temps de niaiser!

— Je change le code. Si jamais on a à ressortir, au moins, Kader pourra pas nous suivre.

À l'écran, on demande à l'utilisateur de composer un nouveau code. Fred procède.

80085

— C'est bon, c'est fait. On y va !

Les traces laissées par Kader les guident en direction de l'aile est du manoir. Ils se demandent comment quelqu'un peut perdre autant de sang et toujours tenir sur ses jambes. Sans compter qu'au moment de son plus récent passage, il devait trimballer le corps, mort ou vivant, de Chéry.

Un désagréable sentiment s'empare de Friedmann, tout de suite après un virage à droite à un large carrefour.

— Déjà vu ? lui demande Fred. C'est normal, on approche de la bibliothèque, où on aurait facilement pu tous se faire tuer, v'là une heure à peine.

La bibliothèque ? C'est donc ça. Sans contredit l'épisode le plus terrifiant de toute sa soirée. L'idée seule de repasser devant la porte lui ramollit les genoux.

C'est pas l'temps de faire ta chochotte, Nick ! Daph compte sur toi !

Cette dernière pensée réussit à le fouetter. Il retrouve une partie de son aplomb. Si les rôles avaient été inversés, il ne sait que trop bien que sa partenaire aurait traversé l'enfer, aller-retour, afin de lui venir en aide.

— Ah ben, ça parle au mosus ! La porte a été rouverte, déclare Fred, sur un ton beaucoup trop enjoué, considérant les circonstances. C'est donc ben intrigant. Hey, donne-moi cinq secondes, j'ai de quoi d'important à aller *checker*.

Fred bifurque sur la gauche et va examiner le battant.

— Le couteau de cuisine est pu là. Kader a dû réussir à le déloger de d'dans porte. Pas tant une bonne nouvelle.

Il se penche ensuite sur le corps sans vie de Ian, à présent étendu sur le dos.

— Asteure que t'es mort, j'imagine que tu m'donnes la permission.

Il soulève le chandail de l'invité décédé.

— Et voilà ! Le mystère de l'enregistreuse volée est résol...

Fred se tait subitement. Pour la seconde fois en peu de temps, son visage se libère de toute émotion. Ses yeux, vides d'expression, scrutent avec incrédulité le torse de Ian. Non seulement la pilosité blonde du macchabée ne correspond-elle pas à celle, noire, sur le ruban adhésif retenant l'enregistreuse retrouvée lors de la tentative d'évasion de Roberto, mais il n'y a pas la moindre trace de poils arrachés sur tout le corps.

— Y s'passe clairement des choses étranges, ici... déclare-t-il sur un ton qui trahit sa contrariété. Roberto pis Ian étaient pourtant les deux derniers invités toujours en vie.

Tout près de lui, Friedmann arrive mal à camoufler son impatience. Normal, puisqu'il lui est impossible de comprendre l'intérêt soudain de Fred pour la dépouille de Ian, et l'agacement qui en résulte.

— J'ai vu c'que j'avais à voir, Nick. On peut y aller.

— *Good.*

Ensemble, ils reprennent leur traque là où ils l'avaient laissée. À leurs pieds, les traces de sang demeurent visibles. Non seulement est-ce une bonne nouvelle, puisque cela leur permet de le suivre, mais le fait qu'il saigne – ou qu'il saignait toujours à ce moment – laisse miroiter l'espoir qu'il pourrait être affaibli lorsqu'ils lui tomberont dessus. Ou que *lui* leur tombera dessus; une éventualité maintenant marquée au fer rouge dans leur esprit.

Plus ils avancent, et plus Fred a une bonne idée de l'endroit où ils atterriront. En fait, il en est persuadé. Blessé, Kader y aura trouvé plusieurs articles pouvant s'avérer pratiques.

Deux couloirs plus loin, les traces de sang disparaissent sous une porte métallique close. Fred a vu juste.

— C'est quoi c'te pièce-là? demande Nick.

— C'est notre *locker room*. C'est là qu'on stocke nos cossins d'entretien. Des torchons, du *tape*, des *power tools*, des vis, des planches de *spare*, des produits nettoyants, d'la corde... Pas mal certain que notre ami a réussi à trouver une couple d'affaires utiles.

— C'est la seule trace de sang visible. Soit y'est encore là, soit y'a eu l'temps de se *patcher* pis y'est sorti, déduit Nick.

— Yep. Y'a juste une façon d'le savoir.

Le plus discrètement possible, ils prennent place de chaque côté de la porte. Nick à gauche, Fred à droite.

— À trois, j'ouvre. Si on s'fait pas tirer dessus, j'vais balayer un coup à l'intérieur avec ma *flashlight*. Si tout a l'air *safe*, je rentre. T'attends d'avoir mon OK pour me suivre.

— Ça marche. J'me sens un peu tout nu pas d'arme, par exemple. As-tu encore le couteau de poche que j't'ai passé tantôt?

— Hein? Ah oui. Tiens, le v'là.

— *Thanks.*

Une fois l'arme de retour dans les mains de son propriétaire, Nick colle son oreille contre le battant et écoute.

Rien.

Pas un bruit.

Il dresse alors trois doigts et entame un compte à rebours inversé.

Trois... deux... un...

Il tourne la poignée et pousse la porte. Le silence persiste, mais une odeur nauséabonde s'échappe et provoque instantanément une grimace de dégoût chez Nick, dont les narines sont agressées pour la seconde fois aujourd'hui. Fred et lui reconnaissent trop bien l'odeur de la mort.

Daph a été enlevée y'a pas si longtemps. Même si Kader l'a tuée, c'est impossible que son corps sente si fort si tôt, raisonne Nick.

Il entre. Tel qu'il se l'est fait ordonner, Fred demeure là où il est et en profite pour scruter les alentours.

À l'intérieur, rien ne bouge. Dans la partie gauche de la pièce se trouve une large poubelle, que l'on a renversée afin de la transformer en table de travail. Nick en détaille rapidement la marchandise, soit une agrafeuse-cloueuse, un chalumeau portatif, une pile de guenilles blanches, une bouteille de Wyborowa Exquisite vide, et du sang. Beaucoup de sang. Particulièrement concentré sur le plancher, dans un radius d'un mètre autour de la poubelle.

La lampe de poche est ensuite orientée vers la moitié droite de la pièce. Le faisceau lumineux s'arrête d'abord sur le corps d'une jeune femme qu'il ne connaît pas, étendue par terre et ligotée fermement. Ses pieds et ses mains ont été tranchés. D'après la scène, il en arrive à la déduction qu'elle a été abandonnée à son sort, dans cet état, jusqu'à ce qu'elle meure au bout de son sang. Le moment du décès remonte sans contredit à plusieurs heures, et l'odeur qui flotte dans l'air lui est assurément attribuable.

Mais au moment où le jet de lumière remonte légèrement, le cœur de Nick se comprime, comme si on venait de l'écraser avec une presse hydraulique. Soudain pris de vertiges et de nausées incontrôlables, il peine à maintenir sa lampe-torche sur sa funeste découverte. À deux mètres de lui, un corps inerte, assis sur une chaise dont il n'aperçoit que le bas des pattes, a été recouvert d'un long drap blanc, exception faite du large cercle vermeil formé au niveau de la tête. Les vertiges de Nick s'intensifient. Bien qu'il lui soit impossible de voir le corps qui se cache en dessous, son identité ne fait aucun doute.

— Daphnée…

Sonné comme s'il venait de recevoir un coup de batte sur le crâne, il titube jusqu'à la chaise tel un mort-vivant, sa lampe de poche pointant vers le sol. Une fois à portée, il pose la main sur la tête de celle qu'il devine être sa partenaire et agrippe le drap, qu'il retire lentement… très lentement… jusqu'à ce que le dernier coin s'affaisse en frétillant, comme un parachute victime d'un mauvais fonctionnement, et qui s'emmêle dans ses cordes à l'ouverture.

Le drap a beau avoir été enlevé, Nick ne peut se résoudre à lever les yeux. Un simple coup d'œil aux pieds lui suffit à identifier Daphnée.

Faut que tu saches, Nick. Faut que tu saches c'que c'te gros crisse là lui a fait ! Faut que tu saches. Comme ça, la prochaine fois que tu vas l'avoir dans ta ligne de mire, tu vas lui faire sauter la cervelle ! Sans hésitation, et sans remords.

Convaincu par la voix dans sa propre tête, il s'ordonne de relever le menton, jusqu'à ce qu'il puisse croiser le regard de sa partenaire une dernière fois, avant de lui faire ses adieux.

J'vais lui faire payer ça, Daph. J'te l'promets.

Ses yeux remontent jusqu'aux genoux...

Même si c'est la dernière chose que j'fais avant de mourir. Y va regretter de nous avoir trouvés sur son chemin.

Puis, jusqu'aux épaules...

J'vais lui arracher c'qui lui sert de cœur avec mes mai...

Une fois la barrière des épaules dépassée, les paupières de Nick se referment machinalement. Incapable de traiter l'image qui vient d'être transférée à son cerveau, il s'assoit par terre, appuie sa tête contre la cuisse de son amie, et laisse déferler deux rivières de larmes silencieuses.

Même si on ne lui donne pas le signal officiel, Fred choisit d'entrer à son tour dans la pièce, qu'il sait maintenant sécurisée. Ils sont arrivés trop tard pour sauver Chéry.

Contrairement à Friedmann, Fred ne ressent absolument rien lorsqu'il aperçoit le visage de Chéry, que l'on a méticuleusement entaillé sur toute sa circonférence, avant d'en arracher la peau. Il ne ressent rien en lisant toute la terreur imprégnée dans ses globes oculaires, mis à nus, au centre d'un faciès squelettique dégoulinant de sang. Pas plus qu'il ne ressent quoi que ce soit en remarquant les vertèbres violemment rompues de son cou.

À défaut de le bouleverser, un détail arrive cependant à l'intriguer : un curieux objet, de forme cylindrique, saillant de la bouche grande ouverte.

Impossible que Nick l'ait pas remarqué...

Nullement rebuté par l'aspect dégoûtant de la chose, Fred n'hésite pas à la retirer à main nue. Il s'étonne, d'ailleurs, de constater la profondeur à laquelle ça a été inséré, en l'occurrence une vingtaine de centimètres. Spongieux et visqueux en surface, l'objet semble solide en son centre. Ce n'est toutefois que lorsqu'il l'extrait complètement que Fred comprend ce dont il s'agit.

— Hummm...

Il déroule l'étrange cylindre, qui émet un bruit poisseux. Sous son regard indifférent, se forme alors le visage de Chéry. On le lui a enfoncé au creux de la gorge à l'aide d'un clou de neuf pouces autour duquel il a été enroulé.

À cet instant, pour Fred, la seule chose qui est claire, c'est que tout ne l'est pas. Des réponses doivent lui être fournies.

Il s'accroupit près de Nick, qui se trouve toujours dans un état de semi-transe, et vient appuyer ses coudes sur ses propres cuisses. D'un mouvement indolent, il lance et fait tournoyer le visage de la policière, qui atterrit à plat au sol, dans un répugnant claquement.

— Bon... Asteure qu'on est pu pressés, j'pense que c'est le bon moment pour qu'on ait une p'tite discussion, mon Nick. Je sais qu'on se connaît pas depuis super longtemps toi pis moi, mais si y'a une chose que t'as besoin de savoir sur moi, c'est que je tripe pas *full* quand les gens me prennent pour un cave. C'est pour ça que j'vais te demander d'être honnête avec moi. J'aime mieux t'avertir, j'donne jamais de deuxième chance.

Si Fred attend une réaction ou une réponse, il n'obtient ni l'une ni l'autre.

— Là, on va parler de notre ami Shawn. Parce que tu vois, plus ça va, plus y'a des choses que j'm'explique ben mal. Pis pour une raison quelconque, j'ai le *feeling* que tu nous as pas tout dit c'qu'on avait à savoir sur lui. Quand vous vous êtes pointés ici, vous nous l'avez décrit comme un criminel dangereux. Des criminels dangereux, j'en ai vu une pas pire chiée dans ma vie. Mais lui, c'est complètement autre chose...

Un silence de mort s'installe, mais Fred se doute qu'il n'est que temporaire. À tout le moins, le souhaite-t-il. Nick se jette finalement à l'eau.

— Shawn Kader, comme tu l'as dit, est pas un criminel comme les autres. Y doit être au moins cent fois pire que c'que vous avez pu vous imaginer au départ. C'est pas un être humain normal.

— Continue...

Nick marque une nouvelle pause. Il ne se sent pas bien. Comme si parler de cet homme allait faire s'abattre sur lui une terrible malédiction. Mais... quelle malédiction pourrait bien rendre sa situation plus misérable qu'elle ne l'est présentement ? De toute façon, il s'est déjà bien trop mouillé pour revenir en arrière. Il poursuit donc.

— Pendant huit ans, Kader a fait partie du Sayeret Matkal, un commando d'élite d'Israël reconnu comme un des meilleurs au monde. D'après plusieurs, *le* meilleur. Y'a non seulement fini par être renvoyé, mais y'a même fait d'la prison là-bas. Les deux pour crime de guerre. Surprenant, hein ? Y'a réussi à s'évader avant même d'avoir purgé sa première année. On sait pas encore comment y'a fait, mais y'a réussi à se pousser jusqu'au Québec dans les semaines qui ont suivi. Y'avait pas vraiment de famille ici, sauf un cousin, un p'tit bum sans envergure, chez qui y'est allé s'installer, à Chomedey. Six mois plus tard, le cousin se ramassait en prison pour possession et vente d'armes à feu, mais lui a continué de baigner dans le milieu, où y s'est rapidement monté une solide réputation. Shawn Kader, c'est le nom qu'il a choisi de mettre sur ses faux papiers, des années plus tard, quand y'a décidé de disparaître pis de changer d'identité. Son vrai nom, c'est Razoul Badawi. Durant les dernières années avant qu'il disparaisse dans la nature, y'était rendu tueur à gages pour une des plus grandes organisations criminelles d'la province. N'importe quel membre de gang rival chiait dans ses culottes juste à entendre son nom. Parce que si, pour une raison X, y s'était mis dans tête de t'faire bouffer les pissenlits par la racine, la seule chose qui te restait à faire, c'était de t'occuper de tes préarrangements funéraires.

— J'ai l'impression que c'te partie-là a pas tant changé.

— Non, en effet. À un point où les dirigeants des autres gangs se sont mis ensemble pour l'éliminer. Y'ont envoyé leurs meilleurs effectifs pour lui faire la peau. Le gars s'est fait poignarder, étrangler, tirer dessus je sais pas combien de fois... y'a personne qui en est venu à bout. Dans le milieu, on a commencé à raconter que même le diable, effarouché, lui refusait l'accès à l'Enfer. Et que la mort en personne avait trop peur de lui pour réclamer son âme.

— Wow! Pis c'est ça que nos forces policières ont trouvé de mieux pour le mettre en état d'arrestation? Un lutin grec, une fille pas de face, pis toi?

Nick se frotte le front. Visiblement, il n'a pas fini de vider son sac. Et la vérité le met mal à l'aise, au point où il ne relève même pas les insultes à ses partenaires décédés.

— Quand y'a quitté le crime organisé, les grosses pointures de son organisation l'ont vraiment pas bien pris. Non seulement c'était un de leurs meilleurs éléments, mais en plus, il savait beaucoup de choses sur eux. Des choses qu'ils avaient intérêt à c'que leurs rivaux apprennent jamais. La vérité, c'est qu'à aucun moment, Steven, Daph pis moi on a eu le mandat de l'arrêter. On travaillait les trois ensemble, *on the side* de nos enquêtes respectives, pour retrouver sa trace. Avec le matériel pis les ressources de la police. Parce que tu vois, quand y'est parti, son ancien gang a mis un prix sur sa tête. Cinq millions mort, six millions vivant. On a toujours été après lui pour la récompense.

— Six millions. Ça commence à être du bidou, ça! La quantité de yogourt que j'pourrais m'acheter avec un montant de même!

Encore une fois, Nick est trop plongé dans son propre récit pour détecter le sarcasme de Fred, dont la fortune personnelle ne peut être qu'astronomique. Six millions de dollars correspondent sans doute à la somme qu'il conserve dans sa « tasse à p'tit change ».

— Deux fois, on est passé ben proche de l'avoir. Mais les deux fois, y'a réussi à s'pousser. Dès qu'il a compris que mon but était pas de l'arrêter, y'a fait ses devoirs, pis y s'est renseigné sur moi de son bord. Heureusement, y'a jamais su que Steven et Daphnée étaient avec moi.

Fred prend un moment pour assimiler les nouvelles informations qu'il vient de recevoir. Après quelques hochements de tête, il tape dans ses mains et se relève d'un bond.

— *All right*! J'ai appris pas mal d'affaires utiles. Merci pour ton partage. Asteure, passe-moi le talkie ; j'vais voir c'qui s'passe avec Ève pis Masturbo-Mike.

CHAPITRE 21

Dès que leur échange se termine, Ève range son walkie-talkie et aide Michel à se relever.

— C'est beau, j'vais être correct. Donne-moi juste trente secondes. On va être bons pour partir après ça.

— Aussi *tough* qu'un char d'assaut, c'te Mike-là ! J'te reconnais bien !

Aidé de la table basse contre laquelle il prend appui, Michel se relève avec la grâce d'un sac de roches. L'effort physique qu'il doit déployer l'agace presque davantage que la douleur occasionnée par sa blessure. Ses courtes pattes le transportent jusqu'à sa chambre, où il s'empare d'un contenant d'Advil déjà décapsulé. Il s'en verse dans une main, comme s'il saupoudrait du sel dans un potage. La majorité des cachets glissent entre ses doigts et terminent leur course sur le sol, tandis que la moitié de ceux qu'il catapulte dans sa bouche ratent la cible et vont les rejoindre. Ses doigts boudinés cueillent ensuite un petit bol bleu aux motifs de fleurs blanches, taché de traces de gras, et à demi rempli de sauce soya dans laquelle pataugent des résidus de viande datant de l'avant-veille. Il en avale le contenu d'un trait pour faire passer ses médicaments. Pendant que sa langue pâteuse se charge d'éponger le surplus de liquide dont sont couvertes ses lèvres, Michel s'assure d'avoir son couteau sur lui et va rejoindre Ève à l'entrée.

— Fred pis notre ami le poulet vont continuer de sillonner les couloirs pis les pièces de l'aile est. On va faire pareil en entrant, mais on va s'occuper de l'aile ouest. On se rejoint tous les quatre au Studio. Pis si jamais on est séparés pis que t'as à ressortir, le nouveau code pour la porte…

— C'est le 8-0-0-8-5. J'ai tout compris ça dans le message de Fred.

Depuis sa première journée au manoir, c'est la première fois que Michel ose lui couper la parole. Même si on compte le temps où elle n'était qu'une simple invitée. Le ton employé ne relève cependant pas de l'effronterie, plutôt d'une assurance qu'elle n'a jamais vue en lui jusqu'ici, sauf lorsqu'il se trouve en état de rage. Elle accueille donc cette montée de confiance comme une bénédiction, et non comme un affront.

— C'était juste au cas. De le dire à voix haute, ça m'aide aussi à m'en rappeler, se justifie-t-elle.

Au moment où ils quittent la cabane de Michel, la tempête s'est endormie. Pas même la plus délicate des brises ne vient leur caresser les joues. Jusqu'à ce qu'ils atteignent la porte, ils n'entendent rien d'autre que la neige qui craque sous leurs pas. À leur tour, ils aperçoivent les marques sanguinolentes laissées sur le plancher par Kader. Mais contrairement à Fred et Friedmann, eux ne les suivront pas. Ils vont plutôt continuer tout droit, et ensuite prendre à gauche.

— Si cet enculé-là a tué la fille police dans le *locker*, pourquoi on va fouiller les salles de l'aile ouest? Je pense pas qu'il ait pu se rendre aussi vite dans cette section-là du manoir.

— L'idée, c'est d'le pogner en sandwich, explique Ève. On va fouiller les pièces sur notre chemin pour s'assurer qu'on aura pas de mauvaises surprises, peu importe l'endroit où on va devoir l'affronter. C'te gros crisse là est beaucoup mieux préparé que c'qu'on aurait pu s'imaginer. On va mettre toutes les chances de notre bord.

— Bon, y'était temps...

Une fois de plus, Ève est prise de court par l'impudence de son disciple.

— De quoi ça, y'était temps? lui demande-t-elle sans détour.

Son ton à elle est beaucoup plus incisif. Michel comprend qu'elle n'a pas apprécié son commentaire, mais contrairement à ses habitudes, il ne cherche pas à se défiler ni à s'excuser.

— Y'était temps dans le sens que si on avait agi intelligemment dès le moment où on a compris que ce gars-là est plus dangereux que nous autres, y serait sûrement déjà mort. Pis Heather serait peut-être encore avec nous. Papy aussi, mais lui, j'm'en câlisse pas mal.

Piquée au vif, Ève s'arrête net, tout juste avant qu'ils ne pénètrent dans la salle à déjeuner.

— Si on avait agi intelligemment? Es-tu vraiment en train de critiquer mes décisions, Michel Cossette?!

— Quand même, oui. Mais comme j'ai de plus en plus le *feeling* qu'on passera pas la nuit, j'm'en sacre. Mais j't'en veux pas. On passe littéralement toutes nos journées à nous donner le droit de vie ou de mort sur ceux qu'on appâte ici. J'pense que c'est normal de finir par se sentir invincible. Pis toi, t'es au *top* de la hiérarchie de notre groupe. J'étais là, au tout début, quand l'organisation a vu le jour. J'ai vu c'que ça a fait à Adam.

— J'te rappelle qu'Adam a été au *top*, comme tu dis, pendant des années, pis que c'est moi qui lui ai défoncé la gorge! Si j'ai été capable de tuer un gars aussi dangereux qu'Adam Caron, j'pense que j'peux régler le compte de Shawn Kader, le *nobody*.

— C'est pas toi qui as tué Adam Caron, Ève. C'est Sarah Therrien qui l'a tué.

Cette dernière déclaration a sur elle l'effet d'une gifle.

— Sarah a réussi parce qu'elle a pris le temps d'analyser la situation pis de bien étudier ses adversaires. Elle a élaboré un plan qu'elle a suivi sans jamais en déroger, pis elle a fini par surprendre tout le monde. Si t'as le goût qu'on s'en sorte vivants, y serait temps que t'allumes qu'aujourd'hui, Adam, c'est toi, pis que Kader, c'est Sarah!

— J'suis exactement la même que j'étais à mon arr...

— Non. Même pas proche! Si tu continues de prendre trop de décisions sans réfléchir comme du monde, on court à notre perte, toute la gang, répond Michel avant de pénétrer dans la salle à manger.

Ève demeure en retrait, le temps de bien traiter ces déclarations inattendues, lorsqu'elle est ramenée sur terre par le son qu'émet son walkie-talkie.

— Oui, je suis là, Fred. Qu'est-ce qui s'passe? Êtes-vous déjà rendus au Studio?

— *C'est pas Fred, c'est Nick. Changement de plan : on a besoin de vous à l'Euphrate. Le plus vite possible.*

En dépit de tout le chagrin qui l'afflige, Nick reprend sur lui et se décide enfin à abandonner le corps de sa partenaire. À leur sortie de la pièce, Fred lui envoie une petite tape amicale dans le dos. Un geste banal, qu'il apprécie néanmoins.

— Merci, Fred! Si on sort d'ici vivants, j'paye la première tournée de gin-tonic.

Le visage de Fred se durcit légèrement, comme s'il venait de marcher nu-pieds sur un bloc Lego, mais qu'il se retenait de crier. Même si les deux hommes prennent bien soin de tout examiner autour d'eux en se rendant au Studio, Nick perçoit sa réaction.

— Ça va? On dirait que t'as un peu chié dans tes culottes.

Fred réussit à conserver une expression neutre, alors qu'il cherche une façon de bien formuler sa réponse. Un fait plutôt rare, considérant qu'il n'a jamais eu la moindre difficulté à s'exprimer librement, indépendamment des réactions que pourrait susciter sa franchise.

— Écoute, Nick, on va se dire les vraies affaires. T'es un gars intelligent. T'as même fait des hautes études en psycho pis toute la patente. Sûrement que j'apprends rien en te disant que tu devrais pas te fier à l'image du gars *friendly* que j'dégage. J'suis un prédateur, *man*. Mettre les gens en confiance avec mes *jokes* pis ma bonne humeur, c'est ma façon de leur faire baisser leur garde avant de les égorger sur mon *stage*, en écoutant les plus grands succès de Steph Carse. C'est comme ça que je chasse. J'te le cacherai pas, y'a une partie de moi que t'intrigues. Depuis que vous êtes arrivés, depuis que Michel nous a parlé de vous, j'arrive pas à m'enlever ton cas d'la tête. Je cherche des réponses qui viennent pas. J'essaie de comprendre si c'que je ressens c'est de l'espoir, ou ben de l'abattement.

— Tu parles de c'qui est arrivé à ma p'tite sœur, pas vrai ?

Fred se mord l'intérieur des joues et hoche doucement la tête.

— On a vécu la même expérience. Le même trauma. Pis regarde-nous, aujourd'hui : tu mets ta vie en jeu chaque jour pour sauver celle des autres, tandis que moi, je massacre des innocents sous forme de spectacle pour mon amusement personnel. C'est *weird*, hein ? Pis j'peux juste pas m'empêcher de penser que j'aurais peut-être pu être quelqu'un d'autre. Faire comme toi, pis utiliser la douleur qui me ronge par en d'dans comme carburant pour accomplir de quoi d'utile dans vie.

— Y'est pas trop t...

— Ahhhhh! Va pas là, Nick. Certain qu'y'est trop tard. Ma curiosité passagère changera rien. Pour l'instant, on fait équipe parce que c'est notre seule chance de pouvoir éliminer Kader, mais fais-toi pas d'idées. Si par miracle on venait à être capable d'le tuer, jamais y serait question que j'te laisse sortir d'ici vivant. Jamais. Tu comprends?

Ce dernier aveu ne semble aucunement effrayer Nick, qui sourit plutôt.

— Ça fait longtemps que j'ai compris que je sortirai jamais d'ici, mon Fred. Si j'mets autant d'efforts à vouloir me débarrasser de Kader, c'est que je sais que si j't'en fais la demande, tu vas au moins avoir la décence de m'offrir une mort rapide, sans trop de douleur. Un privilège que l'autre m'accordera jamais. Mon destin est scellé, pis j'suis en paix avec ça. À partir de là, je trouvais ça juste cool d'embarquer dans la *vibe* de ton personnage, pis de prétendre que j'avais un ami avec qui passer mes derniers instants sur Terre.

Les lèvres de Fred s'étirent discrètement. Pas celles de l'hôte flamboyant, mais bien celles du vrai Frédérick, celui dont l'expression faciale des vingt et une dernières années a fait preuve d'une neutralité totale, sans jamais faire exception.

— Ouep... J'peux faire ça.

Mais alors que le duo s'apprête à accéder au garage du manoir, il ressent une présence se mouvoir silencieusement, non loin derrière eux. Sans se consulter, Nick et Fred passent leur chemin et s'enfoncent davantage dans le corridor qu'ils patrouillent.

— Y nous suit, murmure le premier. J'peux sentir son regard sur ma nuque.

— Yep, c'est lui, confirme Fred.

— On fait quoi ? On va au Studio comme prévu ? Ève pis Michel doivent nous rejoindre là-bas, ça sera pas un luxe de les avoir en *back-up*.

— C'est trop dangereux de s'enfermer avec lui dans une pièce où y'a une seule issue. L'Euphrate nous donne plus d'options pour fuir, pis du même coup, rester en vie. C'est aussi notre endroit de prédilection pour tendre des guets-apens. Si on arrive à faire savoir à Ève qu'on est là, elle va se douter que Kader est pas loin.

— On a un walkie-talkie. Pourquoi tu l'appelles pas direct ?

— Parce que Kader est trop proche. Si y nous voit sortir notre walkie-talkie dix secondes après qu'il a commencé à nous suivre, y va se douter qu'on l'a repéré. Faudrait que ce soit Ève qui nous lâche un *call*, pour pas que ça paraisse suspect.

— J'aime de moins en moins nos *odds*...

Dès qu'ils en ont la chance, ils prennent à gauche et convergent vers le centre du manoir. Le sentiment d'être épiés les accompagne, peu importe la direction empruntée, ou la vitesse à laquelle ils progressent. Pourtant, pas le moindre son ne parvient à leurs oreilles, comme s'ils avaient été pris en filature par un spectre. Heureusement, ils réussissent à gagner l'Euphrate sans s'être fait tomber dessus en cours de route.

À leur arrivée, le feu dans le foyer – l'unique source de luminosité à l'exception de leurs deux lampes de poche – est sur le point de rendre l'âme. Nick se propose pour l'alimenter, ce à quoi Fred consent.

— C'est bon. J'vais rester ici pis surveiller les deux ouvertures. Si Kader se pointe par une, on se pousse par l'autre.

— Vendu!

Nick dépose sur le lit de braises les deux bûches les plus massives sur lesquelles il parvient à mettre la main. À la hâte, il chiffonne quatre ou cinq feuilles de circulaire, qu'il vient ensuite glisser sous elles afin d'attiser les flammes, qui renaissent presque aussitôt. L'aura de lumière qu'elles projettent s'étend jusqu'aux pieds de Fred, toujours en retrait, et même légèrement derrière. Par-dessus son épaule droite, un visage que la noirceur n'arrive plus à dissimuler se dévoile. Lorsque Nick en discerne les traits malveillants, il est déjà trop tard.

— FRED!

Ce dernier n'a pas le temps de réagir qu'une main puissante se plaque contre sa bouche pour l'empêcher de crier, alors qu'un énorme poignard vient se loger sous son menton. Et pas n'importe lequel: *son* poignard!

Nick tire son pistolet de son étui et le pointe vers la tête de Kader, mais s'en fait rapidement dissuader.

— Jette ton arme, Nicholas, lui ordonne Shawn d'une voix calme, mais autoritaire. Tu n'aimeras pas ce qui va se passer sinon.

— Mais c'est quoi la *joke*?! Tu sors d'où?! Tu t'es téléporté ou quoi?!

Lui, il est tout sauf calme. Sa tête tourne frénétiquement d'une sortie à l'autre, comme s'il s'attendait à voir surgir dans le salon de détente d'autres mauvaises surprises. Ce qui n'est pas sans amuser Kader.

— Bande d'idiots. Vous n'avez vraiment rien compris. Même s'il est vrai que mon sens de l'anticipation est bien développé, jamais je n'aurais pu autant vous manipuler sans avoir obtenu de précieux renseignements, tant sur vos habitudes que sur le manoir lui-même. Pour cela, vous remercierez Kenny, votre estimé chef cuisinier, qui, plus que moi encore, désire quitter ce manoir où il est retenu contre son gré.

Le code d'la porte. C'est lui qui lui a donné. C'est sûrement aussi lui qui a barré la porte de la bibliothèque de l'extérieur quand on a voulu s'en échapper, songe Nick.

— Il n'a pas les capacités intellectuelles nécessaires pour élaborer un plan d'évasion, mais avec ses connaissances de la place et mes talents particuliers, j'ai bon espoir que nous y arriverons. Dès que nous aurons terminé d'éliminer tous les témoins de notre présence ici, bien entendu.

— Ah, pis tu penses que c'est en me disant ça que tu vas me convaincre de m'débarrasser de mon *gun*, peut-être?

Kader réfléchit. Avec le recul, peut-être a-t-il trop parlé. Ce n'est pourtant pas dans ses habitudes. Il préfère agir. Il a toujours jugé que d'expliquer ses motivations à ses futures victimes était une perte de temps et d'énergie.

— Bien vu. Alors voici ce que je te propose plutôt : tu déposes ton arme au sol et tu la bottes par ici. En échange, je laisse partir une personne de ton choix parmi les quatre qui respirent toujours, toi y compris. Par contre, dès l'instant où je sors d'ici, mon unique priorité sera de retrouver cette personne et de l'éliminer. Appelons ça « lui donner une petite longueur d'avance ». C'est le mieux que je peux faire, et c'est ma dernière offre.

C'est au tour de Nick de faire aller ses neurones. Sa première idée est bien évidemment de tenter de loger une balle entre les deux yeux de son ennemi. Après tout, il est un excellent tireur. Cependant, l'éclairage défaillant joue contre lui. Sans compter que Shawn, en adversaire rusé qu'il est, dissimule sa propre tête derrière celle de Fred du mieux qu'il peut. Advenant qu'il rate sa cible, Nick condamne Fred à mort.

— C'est bon, tu gagnes, consent-il en écartant doucement ses mains, dont celle tenant son pistolet.

Toujours en évitant de faire le moindre geste brusque, il fléchit les genoux et pose son Glock sur le sol.

— Laisse partir Fred.

— Botte le pistolet vers moi. Ensuite, je le laisse partir.

Muet et docile depuis sa capture, Fred proteste alors, mais la pression accentuée de la lame sur sa gorge le ramène immédiatement à l'ordre.

— Botte-le, j'ai dit. Ou je saigne cet abruti comme un porc !

Nick fixe Kader, qui se montre un peu plus enclin à s'exposer depuis que l'arme a été déposée. Quel autre choix a-t-il ? Des quatre survivants, Fred est celui qui a le plus de chances de tenir tête à Shawn si ce dernier devait le traquer à l'extérieur de ces murs. Il est aussi le moins impulsif parmi les trois dérangés qui habitent le domaine, et selon son expertise, celui qui a le plus de chances d'être réhabilité. Si telle chose pouvait être possible. Quant à sa propre vie, la sauver n'est désormais plus une option. Il n'a plus envie de se battre, pas plus qu'il a envie de passer le reste de ses jours accablé par la perte de ses partenaires, et tous les remords qui viennent avec.

La pointe de son pied vient cogner l'arme, qui glisse sur le sol et s'immobilise à proximité de son adversaire. Pour l'instant, Kader ne s'y intéresse pas.

— Très bien. À présent, mon ami ici va te refiler son talkie. Tu vas appeler les deux autres et leur dire de venir vous rejoindre.

— Le *deal*, c'était le *gun* ! Laisse-le partir !

— Le *deal*, c'est que tu fais tout ce que je te demande ! Et je n'ai pas l'intention de me répéter.

Une menace qui ne fait effet que sur Nick. Fred, lui, semble bien décidé à ne pas coopérer, peu importe le sort qu'on lui réserve. C'est Friedmann, d'ailleurs, qui doit insister pour obtenir l'appareil.

— Sois bien averti, le met en garde Kader. Si j'ai l'impression que tu leur communiques la moindre information…

— Tu vas saigner Fred comme un porc. C'est bon, j'ai compris ce bout-là.

Il approche le walkie-talkie de sa bouche, presse la touche sur le côté, mais ne dit rien. Peu de temps après, une voix lui répond. Celle d'Ève.

— *Oui, je suis là, Fred. Qu'est-ce qui s'passe? Êtes-vous déjà rendus au Studio?*

— C'est pas Fred, c'est Nick. Changement de plan : on a besoin de vous à l'Euphrate. Le plus vite possible.

— *À l'Euphrate? Parfait, on arrive. On part d'la cabane à Michel, on est là dans dix minutes ben pile.*

— Ça marche! On vous attend!

Le signal coupe.

Personne ne bouge.

Les deux côtés s'étudient un moment.

— Très bien. Le talkie, fais-le glisser par ici. Comme pour le pistolet.

Nick obéit, ce coup-ci sans protester. Une fois l'appareil à sa portée, Kader le pulvérise sous le talon de sa botte.

— C'était parfait, mon cher. Tu as bien fait ça. Mais si tu crois vraiment que j'ai l'intention de laisser partir un seul d'entre vous, alors tu es encore plus stupide que je l'imaginais.

Ses yeux se mettent à briller d'une folie meurtrière. La main tenant le poignard s'élève bien haut...

— NON! s'écrie Nick.

... et s'abat avec force. La lame s'enfonce dans l'abdomen de Fred, qui ploie instantanément de douleur. Mais Kader lui réserve une autre surprise.

— Et voilà la monnaie de ta pièce…

D'une violente torsion du poignet, il fait pivoter la lame logée dans ses tripes.

Pour la première fois depuis les vingt et une dernières années, Fred hurle. À pleins poumons. La douleur qui le terrasse est insoutenable. Il s'écroule dès l'instant où Kader le libère de son emprise, sans même avoir la force d'effectuer un seul pas. Les côtes sur son flanc gauche encaissent le choc, alors qu'il se retrouve étendu par terre, son propre poignard enfoncé au milieu du ventre, par où son sang s'échappe.

Lorsqu'il a finalement la force d'ouvrir les yeux, Fred aperçoit la lumière des flammes du foyer se refléter dans l'eau du bassin, à côté duquel il est affalé.

L'eau…

Cette messagère placide qui – comme il l'a toujours su – vient lui annoncer que tout est terminé; qu'il peut lâcher prise et mettre un terme à une existence de souffrance et de solitude.

Sans se soucier des horreurs qui se déroulent autour de lui, Fred laisse ses paupières se refermer, comme un rideau qui tombe, à la toute fin d'une ultime représentation.

CHAPITRE 22

— Pourquoi tu lui as dit qu'on était encore chez moi ?

— Friedmann nous a donné rendez-vous à l'Euphrate. Ça te sonne pas une cloche ? Le fait que ce soit lui pis pas Fred qui nous appelle, ça veut dire que Fred est en mauvaise posture. Kader va s'attendre à ce qu'on arrive dans dix minutes, mais en réalité, on va être là dans trois. Peut-être deux si on se grouille. On va le prendre par surprise.

— Parfait. Tu passes par l'entrée sud sans faire de bruit, pendant que je contourne le salon pour le prendre à revers du côté nord ?

— C'est *good*. J'espère que la bête est en forme, parce que si on arrive pas à lui régler son cas dans les vingt premières secondes, les choses risquent de partir en couille.

Si la force physique devient nécessaire, t'es le seul de nous quatre qui peut lui tenir tête.

Michel frappe ses poings ensemble. L'enragé qui lui sert d'alter ego n'a toujours pas pris possession de son corps, mais son éternelle timidité s'est effacée.

— Ça va chier, Ève! Ça va chier sur un ostie d'temps!

— C'est ça que j'voulais entendre! Pis oublie pas que s...

Leurs ardeurs sont brutalement refroidies par un interminable hurlement. Un hurlement d'une telle intensité qu'ils ont l'impression qu'il va se propager sur tout l'étage. Le genre de cri qu'ils ont – au fil des années – l'habitude d'entendre naître au Studio, cris qu'ils se font d'ailleurs une fierté de provoquer. Dans ce cas-ci, si une chose est certaine, c'est qu'il est bien trop strident pour avoir été poussé par quelqu'un possédant autant de coffre que Kader.

Tabarnak... Faites que ce soit Friedmann! implore mentalement Ève.

Michel et elle accélèrent légèrement le pas. Impossible d'aller plus vite sans émettre de bruit. L'Euphrate leur donne l'impression de se trouver à une éternité de distance.

Puis, deux nouveaux hurlements, encore plus épouvantables que le précédent, leur font vibrer les tympans. Aucun doute que celui qui s'éraille la gorge à les pousser passe le pire moment de sa vie.

Faut pas que ce soit Fred... Faut pas que ce soit Fred...

Ils ne sont plus qu'à une vingtaine de mètres du salon. Sans communiquer avec elle, Michel prend à droite au couloir suivant afin de contourner la pièce et de faire irruption par l'ouverture du fond.

Si jamais c'est lui, au moins y'est toujours en vie. Tant qu'y crie, y'est pas mort, cherche à se convaincre Ève.

Elle pénètre finalement dans l'Euphrate, au moment même où Kader abat une masse de démolition – autre article emprunté à l'arsenal de spectacle de Michel – sur la cage thoracique de sa victime actuelle : Friedmann. Affalé sur le dos, à proximité du foyer, le pauvre homme voit son sternum et ses côtes pulvérisés d'un élan brutal. Une épaisse giclée de sang est propulsée hors de sa bouche dès l'instant où sa poitrine est violemment compressée. Pendant qu'elle fond sur Kader, Ève a le temps de remarquer qu'une bûche a été placée sous chacune des chevilles du policier. Les cris entendus précédemment ont été poussés après qu'on lui a défoncé les rotules à coups de masse, alors que ses jambes se retrouvent à présent fléchies dans le sens inverse.

Elle n'est plus qu'à quelques pas de Kader, qui ne s'est toujours pas aperçu de sa présence. Dans un silence absolu, elle soulève Clint, dont elle serre le manche comme si sa vie en dépendait. Son attaque est imminente.

Lorsque…

Fred.

Dans sa vision périphérique, le corps de Fred lui apparaît, inerte, l'ancien poignard de Greg profondément enfoncé dans son ventre. Ses yeux, à demi clos, paraissent fixer l'eau placide du bassin dans lequel son sang – dont il se vide – va se déverser.

Si faible soit-elle, une plainte qu'elle ne peut contenir lui échappe.

— Non…

Les oreilles de Kader frémissent et son cerveau sonne l'alarme. Il se retourne juste à temps pour identifier la menace. Son bond agile vers l'arrière lui sauve à coup sûr la vie, alors que la lame qui réclamait sa tête doit se contenter de l'insignifiante quantité de chair et d'os qu'elle arrive à arracher au visage, tout juste sous son œil droit. Kader rugit mais ne peut répliquer pour l'instant, trop occupé à esquiver les attaques.

— Sale pute, crache-t-il entre ses dents serrées.

Pendant que Shawn continue de reculer face aux attaques d'Ève, Michel entre par l'ouverture nord. Il profite du fait que Kader est dos à lui et recule dans sa direction pour foncer à son tour.

Trop petit pour atteindre la tête, il se rappelle que l'attaque de Fred plus tôt, au niveau du dos, s'est avérée bien inutile. Des nerfs endommagés dans cette région pourraient potentiellement expliquer un niveau de tolérance aussi élevé. Quoi qu'il en soit, Michel ne prend aucun risque et cible les jambes. Non pas avec son arme, mais bien avec son épaule gauche, dans laquelle il transfert tout son poids, à la suite d'un élan de quelques pas.

Cette courte distance lui suffit pour atteindre la vitesse désirée. Son plaquage est précis, violent, et efficace. Les pieds de Kader quittent le sol, passant bien près de happer Ève au passage, tandis que le haut de son corps est déporté par-derrière. Ses épaules et sa nuque donnent durement contre le plancher.

Le temps qu'Ève retrouve son équilibre, Michel est déjà de retour sur ses pieds et se rue sur Kader, qu'il se met à poignarder au bas-ventre.

— *Sharmuta…*

Dès l'instant où il prend pleinement conscience de sa mauvaise posture, Kader voit rouge, furieux de s'être à nouveau fait surprendre. Malgré l'obscurité, son poing serré connecte sans problème avec la mâchoire de Michel, qui ne voit jamais arriver le coup et en perd son arme, sonné. Pendant que son compagnon vacille, Ève, elle, retrouve son équilibre et revient à la charge, son arme bien haute.

Mais Kader est plus rapide qu'elle.

Déterminé à en finir une fois pour toutes, il soulève son épaule droite, glisse sa main sous son corps et agrippe le Glock de Steven, qu'il garde coincé sous sa ceinture. Il pointe l'arme vers Ève, qui l'aperçoit trop tard.

La détente est pressée à une dizaine de reprises. Quatre détonations retentissent, suivies par les cliquetis métalliques d'un chargeur vide. Atteinte à bout portant par chacun des projectiles tirés, Ève titube et s'effondre à son tour, aux côtés de Fred.

— ARRRRGH!

Michel pousse un cri rageur en abattant sa masse de démolition, laissée sans surveillance. Dans un réflexe surhumain, Kader roule sur lui-même et évite du même coup une mort certaine, tandis que le poids à l'extrémité du manche lui siffle près d'une oreille et s'écrase avec force contre le plancher de pierre.

— J'VAIS T'ÉCRASER LA FACE, GROS MANGE-MARDE! J'VAIS TE PÉTER LES DEUX TIBIAS PIS J'VAIS TE CHIER DANS L'CUL!

Cette fois, ça y est. Michel n'a plus le moindre contrôle sur son corps. *Mister Hyde* est de retour, plus assoiffé de sang que jamais. Sans attendre davantage, il soulève et abat sa masse à nouveau, pour un résultat identique. Ses attaques suivantes sont toutes aussi rapides, précises et brutales. Rarement dans sa vie Kader s'est-il retrouvé en aussi mauvaise posture. Il sait trop bien que ce n'est qu'une question de temps avant que l'autre ne lui fasse éclater la tête. Il doit agir rapidement, mais ses options sont limitées.

Le Glock.

Même si toutes ses munitions ont été tirées, l'arme pèse près de deux livres. Dès que Michel soulève à nouveau sa masse, Kader lui balance le pistolet au visage. Il fait mouche et l'atteint directement sur le nez, qu'il casse du même coup.

Une vive douleur explose et s'étend, de la mâchoire jusqu'au front. Michel ne peut faire autrement que de laisser tomber sa masse et diriger ses mains à son nez sanguinolent. Kader en profite pour se relever, plus déterminé que jamais à exercer sa vengeance. Il ne s'est approché de Michel que de quelques pas, lorsque ce dernier pousse un cri, qui attise ses pulsions meurtrières et chasse d'un coup toute forme de douleur.

La bête en lui se déchaîne comme jamais auparavant. Michel fonce tête première.

— ARRRRRRRGH!

Pris de court, Kader n'a d'autres options que d'ancrer ses pieds au sol et de se raidir pour encaisser le choc. Malgré ces précautions, et la différence de taille et de poids entre les deux hommes, le bulldozer Michel déploie une telle force lors de l'impact que les pieds de Kader s'élèvent du sol de quelques centimètres, alors que son corps est transporté sur presque trois mètres. Sa course est alors brutalement stoppée par l'une des larges colonnes, contre laquelle Michel vient le plaquer. En plus de faire craqueler le marbre dont elle est constituée, l'impact compresse le ventre de Kader, aggravant les lésions laissées par les récents coups de couteau. Ses poumons se vident partiellement.

— Mphhhhh!

Michel n'a plus d'arme, mais ses poings sont presque aussi dangereux que sa masse de démolition. Il frappe Kader une première fois. Puis une seconde. Des coups si brutaux qu'ils donnent l'impression que des fers à cheval ont été fixés à ses jointures.

— J'VAIS TE TUER AVEC MES MAINS NUES, MON OSTIE! TU SORTIRAS JAMAIS D'ICI VIVANT!

Malheureusement pour lui, Kader arrive à intercepter et à retenir son poing avant que ce dernier sévisse pour la troisième fois. Il met alors sa longue portée à contribution et réplique sauvagement avec sa main libre. Les coups pleuvent, mais peu d'entre eux atteignent convenablement Michel.

— Dès que j'en ai fini avec toi, je vais arracher les deux yeux de ton ami, et les utiliser pour sortir d'ici en sifflant un air joyeux. J'en profiterai peut-être même pour faire un détour à la cuisine et aller me chercher un petit gâteau pour la route.

Michel cherche à tourner la tête pour éviter d'être défiguré, mais le fait que Kader le retienne par un bras lui nuit considérablement. Chaque fois qu'il s'éloigne trop, il est ramené vers son adversaire comme un vulgaire yo-yo.

— Cesse un peu de te débattre, *juban*!

Kader, dont la patience s'effrite, le tire avec suffisamment de force pour pouvoir enrouler ses bras autour de lui et le maîtriser.

— Tu toucheras pas à un des cheveux de Fred, mon tabarnak!

Michel s'accroupit, puis se propulse violemment vers le haut. Le dessus de son crâne heurte la mâchoire de son adversaire de plein fouet, dont les dents qui s'entrechoquent sectionnent au passage une partie de sa langue.

— Ce coup-là, je l'ai appris d'une p'tite crisse de junkie! le nargue-t-il.

Il sollicite à nouveau les muscles de ses cuisses pour écraser Kader contre la colonne derrière lui. Cette fois, non seulement le pilier craque, mais des fragments s'en détachent et se brisent au contact du sol.

— Mphhhhh!

Ce coup fait davantage souffrir Kader que le précédent. Michel en est convaincu. Il l'a ressenti.

Encore deux ou trois comme ça, pis je devrais réussir à l'affaiblir assez pour que je p...

Les pensées de Michel prennent fin de façon abrupte, interrompues par un afflux électrique intense, messager d'une douleur lancinante qui prend d'assaut sa cervelle. Cette douleur, il la reconnaît trop bien, pour en avoir été la proie au printemps dernier, dans sa propre *shed*. Son menton tremblant se pose sur sa poitrine, permettant à ses yeux exorbités de contempler avec effroi le couteau de cuisine qu'on vient de lui loger dans le bide. À l'intérieur de sa boîte crânienne, confusion, furie, peur et frustration rebondissent comme autant de boules blanches dans un boulier de bingo.

C'est finalement la boule de la furie qui est tirée.

Sans chercher à déloger le couteau, Michel se donne un nouvel élan et ordonne une fois de plus à ses jambes d'agir à la manière de ressorts. Le dos de Kader entre en collision avec la colonne pour la troisième fois. De nouveaux fragments s'en détachent, plus gros que les précédents. Dans son dos à lui, Michel peut sentir la chaleur du sang qui coule des blessures au ventre de Kader.

— Mphhhhh!

De toute évidence, aucun des deux belligérants ne mise sur la défensive pour remporter cet affrontement, où tonnent les attaques dévastatrices. D'ailleurs, la réplique de Shawn ne se fait pas attendre longtemps. Lentement, il tire sur le manche du couteau, dont la lame se fraie un chemin à travers les viscères et les couches de peau et de gras qu'elle tranche. C'est alors au tour de la main de Michel d'intercepter celle de

Kader, et de lutter pour que l'entaille de dix centimètres qui lui creuse à présent le ventre ne s'étire pas davantage. Avant longtemps, il se met à transpirer abondamment. Ses mains deviennent moites, ce qui rend l'adhérence sur sa prise de plus en plus difficile.

Son bras tremble sous l'effort.

Son sang s'échappe de la profonde entaille qui lui strie la panse.

— Tabarnak! Tabarnaaaaak!

Michel est sur le point de flancher. Lentement mais sûrement, il sent le couteau continuer de fendre sa chair, alors que la force que génère sa main n'arrive plus à rivaliser avec celle de Kader. L'incision s'étire, et s'étire encore. Le poids de ses organes internes commence à comprimer ses intestins, qui, tout aussi lentement, se mettent à saillir de l'entaille. Il souffre le martyre.

C'est alors que ses yeux larmoyants remarquent de curieuses lumières, tout au fond du salon, dont certaines clignotent. Pourtant, il sait pertinemment qu'il n'y a jamais eu la moindre lumière dans cette section de l'Euphrate. Uniquement...

Des miroirs...

D'un seul coup, tout devient d'une limpidité cristalline.

— FRED! FRED, RÉVEILLE-TOI!

Kader profite de la baisse de concentration momentanée de Michel pour retirer sa lame et la renfoncer un peu plus haut.

— ARRRRRRGH!

Michel crache une longue giclée de sang. Ses dents en sont couvertes.

— FR... FRED ! JE SAIS QUE TU M'ENTENDS !

Errant quelque part entre le monde des vivants et celui des morts, Fred entend son prénom résonner au loin à plusieurs reprises. Cette voix qui l'appelle, aussi lointaine soit-elle, lui est familière.

Michel...

Oui, c'est ça. C'est bien lui. Il en a la certitude.

Alors, il vogue.

Il vogue en direction de cette voix qui l'interpelle. Jusqu'à ce qu'elle résonne avec clarté, sans aucune nuance. Alors seulement, il consent à ouvrir les yeux.

— FRED ! RÉVEILLE-TOI ! LA B... LA BOMBE ! LA DERNIÈRE BOMBE DE G... GREG EST DANS COLONNE !

Tout le sang qui s'écoule de sa bouche empêche Michel d'articuler convenablement.

— FRED !

À la mention d'une bombe, Kader est soudain pris de panique. Il ne lui faut que peu de temps avant d'apercevoir à son tour le reflet des témoins lumineux ornant l'explosif. Il pousse son rival pour se dégager et s'éloigner, mais Michel refuse de bouger. Il étire les bras de chaque côté de son corps, vers l'arrière, et ancre ses doigts dans les aspérités du marbre morcelé. Kader pousse, et pousse encore, de toutes ses forces. Rien n'y fait.

La première chose que les yeux de Fred croisent en s'ouvrant, après qu'il s'est doucement tourné sur le dos, est le visage endormi d'Ève, près du sien. Elle ne bouge plus. Il n'arrive pas à s'expliquer pourquoi, mais de la savoir à ses côtés, même dans une situation aussi funeste, lui fait du bien. D'une main avenante, il replace une longue mèche de cheveux derrière son oreille.

Sarah...

— FRED ! LE DÉTONATEUR EST DANS LE POIGNARD DE GREG ! FAIS SAUTER LA B... ARRRRRGH !

Le regard de Fred se détourne alors légèrement vers la gauche.

Plus déterminé que jamais à se libérer, Kader poignarde Michel à répétition. La lame le perce, et le perce encore. Une partie de ses boyaux lui pend maintenant jusqu'aux genoux. Ses jambes, des cuisses aux chevilles, baignent dans le sang.

Le poignard de Greg...

Les deux hommes et la bombe deviennent soudain flous, alors que Fred centre son attention sur l'arme en question, toujours enfoncée dans son ventre. Ses doigts frigorifiés abandonnent la chevelure d'Ève et se posent avec douceur sur le manche, dont ils dévissent machinalement l'extrémité, pendant que lui chantonne tout bas :

— *On fait-tu un moon au soleil...*

— FRED ! V...LA B... LA BOMB...

L'hystérie qui habite Kader a atteint une telle magnitude que l'on pourrait jurer qu'il est possédé par le diable en personne. Il s'est débarrassé de son couteau pour plonger ses mains nues à l'intérieur du ventre de Michel, qu'il vide frénétiquement de son contenu. Les pieds de l'hôte sont maintenant recouverts d'un amas chaud et gluant. La quantité affolante de sang qu'il a perdu lui grise la peau et lui confère un air malade. Sa tête vacille comme une quenouille au vent, mais ses mains refusent de lâcher prise.

— MAIS VAS-TU FINIR PAR CREVER, PUTAIN DE MERDE !

Le capuchon de métal, dévissé, glisse des doigts de Fred et tinte au contact du sol.

— *On fait-tu un moon au soleil...*

Les étaux de chairs que sont les mains de Kader continuent leur travail d'éviscération. Elles remontent à l'intérieur du corps et lui pressent l'estomac, qui se vide immédiatement.

— BLEURRRRRGH !

— CRÈVE ! CRÈÈÈÈÈVE !

Le bouton rouge qui active le détonateur est finalement révélé, trônant au sommet du manche. Une simple pression du pouce peut mettre fin à ce cauchemar infernal. Les doigts de Fred s'en approchent.

— Fr... Fre... Fred...

— *On met-tu l'soleil dans une bouteille...*

CHAPITRE 23

Clic !

ÉPILOGUE

27 décembre 2019
Lorraine
0 h 14

Les dizaines de gyrophares sur le toit des nombreuses voitures de police et ambulances, et des quelques camions à incendie devancent de plusieurs heures le soleil et éclairent le manoir Caron avec intensité, bien avant que l'astre ne se pointe le bout du nez. Un peu partout, éclairés par de puissantes lumières sur pied, pompiers et secouristes fouillent les décombres fumants de la partie du bâtiment qui s'est effondré.

Fraîchement arrivée sur les lieux, la commandante Chénier, de la Régie intermunicipale de police Thérèse-De Blainville, avale la dernière gorgée de son latté et balance son gobelet vide Starbucks derrière son banc, ajoutant ainsi à sa collection. Un claquement de portière plus tard, elle s'éloigne de sa fidèle Toyota Matrix bleu électrique, et marche en direction de l'attroupement. Les bandes de sécurité ont déjà été tendues, et couvrent une importante partie du domaine.

Dès qu'elle s'en approche, l'agent Paré la reconnaît et lui autorise l'accès.

— Bon début de *shift*, Nadine! J'espère que t'as apporté ton p'tit *kit* de foreuse. Y'a pas mal de creusage à faire ici!

— J'ai pas le temps de niaiser, Mathew. Dis-moi ce que tu sais. Qui est arrivé en premier sur les lieux?

— Désolé. C'est Huet pis Lapierre. Mais ils ont pas pu faire grand-chose avant l'arrivée des pompiers. Une section du manoir s'était effondrée, tandis qu'une autre avait pris en feu.

— Wow! Pis est-ce qu'on connaît la cause?

Paré prend le temps de bien sonder les alentours, visiblement soucieux que personne d'autre n'entende ce qu'il s'apprête à révéler.

— La SIC[1] est ici depuis un bout déjà. J'ai «accidentellement» entendu Savage parler d'une bombe. Léonard pis Dubé avaient l'air d'adhérer pas mal à sa théorie.

— Une bombe?! Es-tu sérieux?

— Une bombe artisanale, ouep! Pis une solide, à part ça! D'après eux, celui qui l'a construite est un vrai pro! Mais va quand même falloir attendre le résultat des analyses avant d'être certain.

— C'est bon. Merci, Mat! Je vais aller v...

---

1. Section des incendies criminels.

Sans prévenir, un vent d'affolement se propage parmi les policiers et les différents sauveteurs, alors que plusieurs d'entre eux convergent à la course vers un endroit précis, à travers les décombres.

— L'AMBULANCE ! ALLEZ CHERCHER L'AMBULANCE ! AMENEZ UNE CIVIÈRE ! s'écrie l'un d'eux en agitant les bras, tandis qu'un collègue, agenouillé, déplace minutieusement toutes les briques à sa portée.

Le cœur de Nadine rate un battement lorsqu'elle aperçoit une main, inerte, émergeant des débris.

— VITE ! DÉPÊCHEZ-VOUS ! QUELQU'UN A SURVÉCU !

FIN

Chanson suggérée pour clore le récit :
All for Me – In Flames

REMERCIEMENTS

D-Natural *is back*! Envoye, amène ton *six-pack* pis embarque dans bar... Ah ben, cacahouète à bicyclette! On est déjà rendus dans les remerciements, toi! C'est-tu vraiment moi qui va faire ça? C'est donc ben cool! Hey, j'espère que ça dérange personne si j'reste en pyjama! OK, attache ta tuque, Ginette, on part ça!

Premièrement, merci au grand shaman de la collection Corbeau, le seul et unique Simon Rousseau. C'est grâce à lui si on peut vous raconter nos histoires un peu *fuckées*, pis juste pour ça, j'y donne un gros bec ben trempe en d'sous du bras!

Ensuite de ça, je fais livrer une cargaison de yogourts à vanille chez Mat Dandurand, que j'classe *easy* dans le *top* 3 de mes artistes préférés of *all time*, avec Francis Sarlette et Madness Reign. Tes couvertures de romans sont tellement *nice* que j'serais presque prêt à enlever une couple de polaroïds de sur mes murs de chambre pour les afficher. Pas beaucoup de gens qui peuvent se vanter de ça !

Merci à Gabriel St-Georges, un chum su'a coche, sur qui Dave a passé plusieurs années à tester ses jeux de mots de marde, dont plusieurs se sont retrouvés dans *Les Fils d'Adam* et dans ce roman-ci ! Hey, Gab ! Des maladies « vénère-hyènes » ! La pognes-tu ? !

Ensuite de ça, y'a plus de chances que j'mange un bol de Kraft Dinner aux Froot Loops que j'oublie de remercier la prochaine personne sur ma liste ! Elisabeth, ma chère Elisabeth, ta contribution à notre histoire est aussi essentielle et appréciée que l'arrivée des pompiers pour celui qui s'est coincé l'bat dans l'filtreur d'la piscine. ÇA, c'est de l'appréciation en p'tit Jésus de plâtre ! *You rock* !!

Un immense merci à Mel B, pour son excellent travail, ainsi qu'à Cath Bélisle ! Sans oublier mes prefs, les deux Denis ! Super cool de votre part de m'avoir permis de chanter *Le soleil dans une bouteille* avec un poignard dans l'buffet, juste avant de faire sauter une partie du manoir ! J'peux enfin faire un ✓ sur ma *bucket list* !

Pour terminer sur une note sérieuse, j'vais remballer mes gosses que j'avais laissées sorties d'mon pyj (Ha ! Ha ! J'vous ai fait imaginer mes gosses !) pis effectuer la plus sincère de toutes les révérences à vous, lecteurs et lectrices. Peu importe c'qui vous a fait aimer nos aventures, que ce soit les scènes légèrement *trash*, mon amour des Tortues Ninja, ou ben les idées-recettes de Mike, on se considère hyper choyés de vous avoir avec nous pendant qu'on râpe des mamelons de danseurs nus.

Dave est ben trop *fucking* mâle pour vous l'avouer, mais votre engouement pis tous vos bons mots lui font sérieusement chaud au cœur! Y vous aime autant, sinon plus, que ses pizzas pochettes pepperoni/fromage au micro-onde.

Mets ça dans ta pipe, McCain!

Si le cœur vous en dit, vous pouvez toujours le suivre sur sa page d'auteur Facebook : @Davidbedardauteur